KB127184

꽃처럼 신화

스 토 리 텔 링 세 계 신 화

아시아 클래식 7

꽃처럼 신화

김남일 지음

아시아

일러두기

1. 국립국어원의 외래어 표기법을 따르되 베트남어는 원음에 가깝게 표기하고 음절 단위로 띄어 썼습니다. 단, 국가 이름 등에 한해서는 음절 단위로 띄어 쓰지 않았음을 밝힙니다.
2. 독서의 편의를 위해 본문에는 가능한 한 외국어를 병기하지 않았습니다.
3. 모든 그림의 출처를 책 뒤편의 '그림 출처'에 밝혀두었습니다.
4. 가능한 한 책은 『 』, 논문은 「 」, 신문과 일부 잡지는 《 》로 표시했습니다. 일반적인 이야기를 가리킬 때에는 주로 〈 〉 표시를 사용했습니다.

차례

제1부

오늘 우리에게 신화란 무엇인가

인간이 만든 인공 지능이 인간 지능마저 압도한 시대, 신화는 새삼 무엇일 수 있을까. 예컨대 신화시대의 주인공들은 이 눈부신 첨단문명의 한복판에서 어떤 대접을 받고 있을까. 그리고 아직도 신화가 의미가 있다면, 그것은 왜, 어떤 이유에서일까.

오늘날 신들의 처지

미국에서 한 상원의원이 신(God)을 상대로 소송을 걸었다. 이런 내용이었다.

"신은 각성하라. 인간에게 죽음은 물론 파멸이나 공포 따위 끔찍한 것만 줄줄이 안겨주지 않았느냐. 일이 이 지경이 되도록 그 잘난 법원은 대체 뭘 하고 있었나. 당장 나서서 신의 횡포를 막아 달라."

소송은 기각되었다. 소송 당사자인 신이 일정한 주거가 없다는 게 이유였다. 저기 저 하늘이 신의 거처라는 말, 통하지 않았던 모양이다. 세계 최초의 우주비행사 옛 소련의 가가린도 "하늘에 올라 주변을 둘러봤지만 신은 보이지 않는다."고 하지 않았던가. 물론 그는 유물론자였다.

신과 반대쪽에서 흔히 짝을 이루는 사탄도 본래의 그 무시무시한 명성에 심각한 훼손을 입었다.[1] 이 역시 미국의 사정이다. 한 기독교 복음주의 단체가 공립학교에서 방과후교실을 통해 기도 의식을 펼 수 있게 해달라고 주장해왔는데, 정교분리 원칙을 명시한 헌법정신에 어긋난다 하여 이를 허용 받지 못했다. 그런데 2001년 미국 대법원은 이것이 표현의 자유를 보장한 수정헌법 제1조를 위배한 것이라고 판결을 내렸다. 이번에는 정교분리 원칙을 옹호하는 쪽에서 들고 일어섰다. 데이비드 서홀이라는 한 남성이 '사탄사원'이라는 이름의 종교단체(?)를 설립하고, 자기들에게도 종교의 자유와 평등 원칙에 입각해 방과후교실을 제공해야 한다고 주장했다. 논란이 있었지만, 시의회는 어쩔 수 없이 이를 받아들였다. 서홀은 영화 〈스타워즈〉에 나오는 다스 시디어스처럼 검은 가운을 입은 채 자칭 '악마의식'을 집행했다. 기독교 복음주의자들은 기겁했다. 그들은 학교로 몰려가 세상이 결딴난 듯 주기도문을 외며 강력히 방해했지만, 서홀은 조금도 물러서지 않았다. 사실 서홀이 옹호한 것은 사탄이 아니라 정교분리 원칙 그 자체였다. 그는 종교를 교육현장에 끌어들인 복음주의 단체를 비판하

1　《한겨레신문》 2016년 7월 31일자. "사탄교, 정교분리 수호 운동에 나서다" 참고.

고 조롱하기 위해 그런 의식을 펼쳤던 것이다. 서흘은 사탄사원이 "실질적인 상식과 정의를 옹호하며, 인간의 양심에 따라서 개인의 의지와 시민적 품성에 바탕을 둔 숭고한 목적을 수행"하는 사명을 갖고 있다고 주장했다. 사실, 온라인 백과사전 위키피디아도 규정하고 있듯이, 사탄사원은 종교단체가 아니라 좌파 시민단체의 하나였다.

물론 신에 대해 여전히 경건한 마음을 지닌 사람들이 많다. 인류 최초로 달에 첫발을 내디딘 미국 우주인 닐 암스트롱도 그중 한 사람이었는데, 그는 가가린과는 정반대로 말했다.

"지구가 이만큼 아름답게 만들어진 게 우연일 순 없다. 우주에서 나는 신의 존재에 대한 인식을 얻었다."

이쯤에서 한 가지 밝히고 넘어갈 사항이 있다. 그것은 이 책의 관심대상인 신화가 '신'이 아닌 '신들'의 이야기라는 점이다. 신, 즉 유일신에 관한 이야기는 사실 '이야기'가 아니라 '말씀'으로, 따라서 경전에서 다루어질 것이기 때문에 이 책의 영역을 벗어난다. 그렇더라도 너무 엄격한 잣대를 들이대지는 않겠다. 가령 신화에서 다룰 그 '신들'이 누구인가 하는 점에 대해서도 의견이 딱 일치하는 것은 아니기 때문이다. 어떤 이들은 적어도 신이라는 이름을 얻으려면 무엇인가 초월적이며 가공할 위력을 지녀야 한다고 주장한다. 반면, 어떤 신화는 무섭기는커녕 사람을 보면 제 쪽에서 먼저 꼬리를 감추는 환상적인 존재에 대해서도 이야기를 들려준다.

인도에서는 인간이 만든 사법체계 속으로 끌려나온 신들이 여럿 있다.[2] 2010년 뭄바이 법원은 코끼리 머리를 한 가네샤를 포함하여 다섯 신들의 이름으로 매매계정을 내겠다는 한 종교단체의 탄원을 기각했다. 단체는 그 신들이 이미 은행계좌와 소득세 카드를 갖고 있다고 주장했지만, 판사는 꿈쩍하지 않았다. 신들이 주식거래를 하는 건 바람직하지 않다는 이유에서였다. 사실 신들이 주식 시황에 일희일비하고, 좋아하는 야구팀의 승리를 위해 속임수를 쓰고, 놀이동산에서 꺅꺅 소리 지르는 광경은 자못 어색할 것이다.

하지만 이렇게 생뚱맞은 방식으로 불려나온 신화 속 주인공들이 이미 하나둘이 아니다.

우리나라에서 제일 유명한 자양강장제가 그리스로마 신화에 나오는 주신(酒神)의 이름을 땄다는 것은 굳이 더 설명할 필요도 없다. 스타킹의 대명사 비비안은 켈트 신화에 나오는 요정이다. 아서 왕 전설에서 호숫가에 있던 어린 랜슬롯을 데려다가 훌륭한 기사로 키운 게 바로 그녀였다. 파에톤의 아버지는 태양신 헬리오스였다. 어느 날 파에톤은 친구들에게 놀림을 받자 아버지를 졸라 태양을 끄는 마차에 올라탔다. 하지만 아무나 몰 수 있는 게 아니

2   When gods were hauled into Indian courts, BBC News 29 February 2016.http://www.bbc.com/news/world-asia-india-35629805

었다. 면허도 없는 그가 마차를 엉뚱하게 몰자 저 아래 세상에는 난리가 났다. 궤도를 벗어나 너무 높이 날자 대지가 얼어붙었고, 너무 낮게 날자 대지가 타버렸다. (그때 에티오피아 사람들이 애꿎은 희생자가 되어 피부가 까맣게 타버렸다고 한다.) 보다 못한 제우스가 벼락을 때려 파에톤은 죽고 말았다. 독일의 폭스바겐사가 자사의 프리미엄급 자동차에 하고 많은 신들 중에서 하필이면 왜 그런 불행한 신의 이름을 붙였는지는 미지수다. 단, 폭스바겐의 명성에 먹칠을 한 연비 조작사건은 파에톤 출시 훨씬 훗날의 일이다.

비너스, 칼립소, 마이다스, 나이키도 그리스로마 신화에 호적을 두고 있다.

우리나라에서 '별다방'으로 알려진 스타벅스의 로고는 전쟁이 끝나 10년 만에 집으로 돌아가는 오디세우스를 유혹하는 바다의 요정 세이렌이다. 원래는 고혹적인 노랫소리로 길손을 유혹하는데, 현대의 대도시에서는 워낙 시끄럽고 또 소음 규제 탓에 그게 쉽지 않을 것이다. 세이렌은 대신 간판에서 긴 머리를 물결처럼 출렁이며 바쁜 현대인의 발길을 붙잡는다.

뭐니 뭐니 해도 오늘날 신화는 영상과 게임 산업에서 각별한 대접을 받고 있다. 일찍이 20세기 전반에는 J. R. R. 톨킨이 『반지의 제왕』을 통해 게르만 신화와 켈트 신화를 화려하게 부활시켰고, 20세기 후반에는 조앤 K. 롤링의 『해리 포터』가 그 뒤를 이었다. 이에 따라 피터 잭슨 감독의 〈반지의 제왕〉, 크리스 콜럼버스 감독과 알폰소 쿠아론 감독의 〈해리 포터〉가 나온 것은 필연적인 수순이었다. 쇠망치를 든 토르는 북유럽신화의 주인공이다. 그를 전면에 내세운 영화도 속속 등장하고 있다. 〈토르: 라그나로크〉(2017)는 그 결정판이다. 제임스 카메론 감독은 인도 신화에서 착상을 얻어 영화 〈아바타〉를 만들었다. 하반신이 마비된 해병대원이 아바타 프로그램을 통해서 판도라 행성의 토착종족이 된다는 발상이 획기적이다. 제목으로 쓴 '아바타'라는 말 자체가 산스크리트어로 화신 혹은 분신을 뜻하는 '아바따라'에서 나왔는데, 신이 인간의 모습을 하고 세상에 내려오는 경우를 일컫는다. 인도를 대표하는 대서사시 〈라마야나〉의 주인공 라마가 바로 그런 종류의 아바타였다. 컴퓨터 게임이나 온라인 채팅창에서 사용자를 대신해 주는 가상의 캐릭터들도 아바타라고 부른다. 사실 컴퓨터 게임은 처음부터 신화의 세계와 떼려야 뗄 수 없는 관계를 맺고 있다. 예를 들어 플레이스테이션용 타이틀로 출시된 비디오 게임 〈갓 오브 워〉는 그리스로마 신화에서, 〈위쳐〉는 슬라브 신화에서 각기 소재를 구하고 있다. 일본 애니메이션의 거장 미야자키 하야오 감독은 재앙신과 원령이라는 아이누 신화의 기본사상을 바탕으로 〈원령공주〉를 세상에 선보였다. 할리우드는 태평양 신화의 꾀돌이 캐릭터 마우이도 애니메이션 〈모아나〉의 주인공으로 등장시켰다.

　나아가 과학의 기세는 거침이 없어서, 신의 영역까지 서슴없이 넘보고 있는 게 현실이다. 공상과학 영화에나 나올 법한 일들이 눈앞에서 버젓이 실현되고 있는 건 더 이상 놀랄 일도 아니다. 예를 들어 1996년 세계 최초로 체세포 복제양 돌리가 태어난 이후 불과 20년 만에 이제 유전자 조작은 손바닥 뒤집듯 일어난다. 가위로 색종이 오리는 것보다 더 쉽고 정확하게 작동하는 유전자 가위 크리스퍼로 유전자를 쉽게 바꿀 수 있게 되었다. 인공지능을 탑재한 바둑프로그램들은 인류 최고의 기사들을 차례로 격파하고, 이제 자기들끼리 따로 리그를 꾸려야 할 수준까지 이르렀다. 알파고는 단연 선두주자인데, 2016년 말 인간계 최고의 기사들을 상대로 60전 60승 0패의 '말이 안 되는' 전적을 거두었다. 세계 최고 기사라고 자부하던 중국의 커제 9단도 울면서 나가떨어졌다. 바로 그 직전 이세돌 9단이 거둔 1승이 인류가 거둔 마지막 승리일지 모른다는 탄식도 담담히 받아들여야 할 지경이다. 알파고의 최신 버전은 더 놀랍다. 기보를 아예 보지도 않은 백지 상태에서 기존의 내로라하는 버전들과 대결을 시작했는데, 스스로 학습을 통해 불과 몇 달 만에 세계 최강의 자리에 올랐다. 인공심장은 상식이 되었고, 몸통은 놔둔 채 머리끼리 바꾸는 페이스오프(안면 수부 이식) 수술도 가능하다. 과학이 거둔 눈부신 개가! 이런 식의 목록은 무한히 늘어날 것이다. 물론 인간의 명령 없이 스스로 판단해 '적'을 살해하는 킬러 로봇의 등장이라든지, 4차원 가상현실에서 일어나는 성추행 등 따라올 문제들의 목록 역시 그만큼 길지 모른다. (참, 중요한 정보 하나: 사진을 찍을 때 손가락으로 행여 V자를 만들지 마시라. 생체 정보로 결제하는 금융 서비스가 늘어나고 있는데, 해커들은 이미 사진 속 그런 지문까지 도용했다고 한다.)

미국의 아폴로 우주선이 그리스 신화에 나오는 아폴론에서 이름을 따온 것임은 굳이 말할 필요도 없으리라. 인도가 최근 개발했다고 발표한 대륙간 탄도미사일의 이름은 아그니-5인데, 아그니는 막강한 위력을 지닌 불의 신이다. 중국의 기술력도 만만치 않다. 1999년 최초의 무인우주선 선저우(神舟), 즉 '신의 배'를 발사한 이래, 2013년 세계에서 세 번째로 달 착륙에 성공했다. 달 탐사 위성의 이름 창어(嫦娥)는 우리가 흔히 항아 혹은 상아라고 부르는 달의 여신이다. 창어 3호가 달에 내려놓은 무게 120킬로그램의 달 탐사선은 옥토끼[玉兔]호였다. 중국은 자신들이 건설한 첫 번째 우주정거장에 톈궁(天宮), 즉 '하늘의 궁전'이라는 이름을 붙이기도 했다. 신화가 하나 둘 우주 굴기의 현실로 나타나고 있는 셈이다.

온몸으로 신화를 살던 때

한편으로 자본에 치이고 한편으로 과학에 치이는 신화의 운명이 아슬아슬하다. 논점을 우리의 관심인 신화로 좁혀도 마찬가지이다. 자본과 과학기술의 전방위적 공세 속에서, 신화가 무엇이고 인류는 왜 그것을 자신들의 삶 속으로 끌어들였는지 차분히 살펴볼 필요가 있다.

그런데 신화란, 사실에 입각한 정보를 주기 때문이 아니라, 유효하기 때문에 진실이라는 말이 있다.[3] 중요한 건, 사실인지 아닌지가 아니라 쓸모가 있느냐 없느냐 여부라는 말이다. 신화는 철저히 쓸모가 있어서 가치를 지녔다는 뜻. 신화가 출현했을 최초의 순간들이 언제인지 모르지만, 어쨌든 그때 신화는 할머니가 손주에게 들려주는 재미있는 옛날이야기로 나타난 게 아닌 것만은 분명하다.

처음으로 자기가 짐승하고 다르다는 사실을 깨달은 현생인류가 이제 막 저 깜깜한 혼돈의 동굴을 빠져나왔을 때, 그리고 그 이후에도 꽤 오랜 기간 동안, 가장 큰 문제는 자연이었다. 살을 저미고에는 이 추위는 어쩌란 말인가. 산꼭대기에서 갑자기 터져 나오는 저 불더미는 무어란 말인가. 눈앞에서 난데없이 땅이 갈라지고 뒤집히다니! 태풍, 벼락, 폭설, 사태, 해일은 또? 나무 열매를 따먹고 들짐승을 사냥해서 먹고 살던 때, 주변에서 갑자기 그런 것들이 사라지면 어떠했겠는가. 이어 농경이 시작되어 스스로 씨앗을 심고 땅을 일구고 보리와 밀을 거두어 그것으로 먹고 살게 되었을 때, 최초의 농부들은 하늘과 바람과 비에 대해서 얼마나 간절하고 또 두려웠을 텐가. 그때, 그 모든 순간에, 신화는 당장 눈앞에 닥친 자연의 엄청난 힘을 깨닫고 또 헤쳐 나가는 데 꼭 필요한 지혜와 다르지 않았을 것이다.

3   카렌 암스트롱 저, 이다희 역, 『신화의 역사』, 문학동네, 2005. p.16.

그런 간절함은 예컨대 메소포타미아의 성혼례에서도 잘 드러난다. 수메르인들은 양치기 신 두무지가 여신 인안나와 신성한 관계를 맺어야 다산과 풍년을 보장받는다고 굳게 믿었다. 그리하여 해마다 두무지를 대신하는 왕이 인안나를 대신하는 왕비(혹은 다른 여자)와 관계 맺는 의식을 집행했다. 궁궐의 특별한 방에 향수를 뿌린 침대가 놓이고, 시녀들의 도움으로 목욕을 끝낸 뒤 아름답게 치장한 '여신'이 기다리면, 이윽고 왕이 다가온다.

> 왕이 당당하게 그녀의 품으로 다가가네.
> 그가 당당하게 인안나의 품으로 다가가네.
> 암마-우슘갈-안나(두무지)가 그녀 곁에 드러눕는다네.
> 여주인이 (왕의) 신성한 품에서 침대에 눕고,
> 순결한 인안나가 그의 신성한 품에서 침대에 누워,
> 그녀는 그의 침대에서 그와 사랑을 나누네.
> 그녀는 이딘-다간에게 말하네.
> "당신은 정말 내 사랑이에요!"라고.[4]

고대 메소포타미아의 성혼례는 기원전 40세기경부터 약 3,500년간 지속되었다는데, 인류 역사에서 그토록 오래 지속된 관습도

---

4   조르주 루 저, 김유기 역, 『메소포타미아의 역사(1)』, 한국문화사, 2013. pp.114~115.
    이딘-다간(BC. 1974~1954)은 이신 왕조의 왕.

흔치 않다.[5] 그만큼 풍요와 다산에 대한 기원이 간절했기 때문으로 볼 수 있다. 그러나 간절함이 열이라면 두려움은 백이었다. 유프라테스와 티그리스 두 강 사이의 삼각주는 해마다 발생하는 홍수가 강둑 너머로 새 흙을 퍼 나르는 등 농사짓기에 천혜의 조건을 제공했다. 하지만 그만큼 강바닥에 쌓이는 충적토도 늘어나 여차하면 큰물이 도성 안까지 집어삼켜 커다란 피해를 남기기 일쑤였다. 유량과 유속이 일정치 않다는 것도 골칫거리였다. 인구가 늘어나면서 상황은 더 나빠졌다. 변변한 배수 시설이 없는 상태에서 소금기가 묻은 땅은 쉽게 불모의 사막으로 변했고, 특히 두 강의 지류들은 쉽게 바닥을 드러내곤 했다. 그밖에도 50도까지 치솟는 더위와 부족한 강수량, 또 지진, 가뭄, 병충해, 모래바람 등 농사의 성패를 좌지우지하는 자연은 하나둘이 아니었다. 세계에서 가장 비옥하다는 메소포타미아의 '초승달 지역'[6]이 그럴진대, 초기 문명의 다른 지역들에서는 상황이 훨씬 심각했을 것이다. 나아가 그런 것들만이 자연의 전부가 아니라는 데 문제의 심각성이 있었다.

그렇다. 죽음이야말로 인간을 위협하는 자연의 마지막 관문이었다. 사람은 왜 늙고 왜 죽는가. 어제까지 멀쩡하던 사람이 왜 오

5   조철수, 「고대 메소포타미아의 성혼례와 별자리 신화소」, 《종교연구》 제26집, 한국종교학회, 2002. p.241.
6   '비옥한 초생달 지역'(The Fertile Crescent)의 동쪽 끝은 페르시아 만의 충적 평야이며, 티그리스와 유프라테스 강을 따라 북상하여 시리아, 팔레스티나로 연결된다. 서쪽 끝은 나일 강 유역까지 포함한다. 세계에서 가장 오래된 농경문화가 이 지대에서 일어났다.

늘 아침 눈을 뜨지 않는가. 조금 전까지 움직이던 그의 손과 발이 왜 더 이상 움직이지 않는가. 이것이 진정 끝인가. 겨울이 지나면 다시 봄이 오듯이, 이지러진 달이 다시 차오르듯이, 그 역시 다시 돌아올 수 있는 건 아닌가. 여기 삶의 세계가 있듯이, 저기 죽음의 세계가 있는 건 아닌가. 죽음은 모든 것의 끝인가, 새로운 것의 시작인가. 그때 여기서의 삶은 어떤 의미인가. 죽음에 대한 비밀을 풀지 않고서는 삶 또한 아무런 의미가 없었다.

꼭 죽음이 아니더라도 예부터 신화는 다양한 제의 행위와 연관 되게 마련이었다. 인간은 스스로 감당하기 어려운 문제를 풀기 위해 제의를 지내는데, 이때 신화가 직접적인 도구 혹은 수단으로 이용되는 경우가 흔했다는 말이다.

동북아시아 몽골 초원의 대서사시를 '토올리'라고 한다. 그 토올리를 부르는 것은 단순히 옛날이야기를 들려주거나 그것을 재미로 노래 부르는 행위하고는 전혀 차원이 다르다. 서사시로 표현되는 신화의 주인공들이 '실제적'으로 도와주기를 기대했기 때문이다. 그들은 추위와 역병으로부터 사람과 가축을 보호해주는 수호신이었다.[7] 토올리 중에서도 가장 유명한 〈게세르〉(혹은 게사르)는 지상에 역병이 퍼지고 사람들이 서로 이간질하고 망구스(마귀)

7　토올리, 특히 〈게세르〉의 주술적 혹은 제의적 성격에 대해서는 발터 하이시히 저, 이평래 역, 『몽골의 종교』(소나무, 2003)와 이선아, 「〈단군신화〉와 몽골 〈게세르 칸〉 서사시의 신화적 성격 비교」(고려대학교 박사학위 논문, 2012)를 참고할 것.

가 날뛰어 말 그대로 아비규환의 지옥도가 펼쳐지자, 이를 보다 못한 천신 코르마스타가 둘째아들 게세르를 내려 보내 혼란을 다스린다는 내용이다. 하늘의 영웅이 나타나 혼란에 휩싸인 인간세상을 바로잡아준다는 전형적인 천강신화인 것이다. 유난히 혹독한 동북아시아의 자연환경도 이러한 신화적 영웅의 출현을 재촉했다. 영하 30~40도를 오르내리는 혹한이 겨울 가뭄과 겹치면서 벌어지는 천재지변을 '조드'라고 하는데, 몽골 초원에서 사는 유목민들에게는 피할 수 없는 숙명이었다. 조드가 닥치면 양과 말, 소 따위 가축이 한꺼번에 수천수만 마리씩 죽어나가는 게 보통이었다. 이럴 때, 유목민들은 하늘이 보낸 게세르에게 기도하는 수밖에 달리 도리가 없었다. 서사시를 읊는 이들은 샤먼, 곧 무당들이었다. 그들은 〈게세르〉를 읊기 전 온몸을 정갈히 하는 것을 잊지 않았다. 입에서 입으로 전해지던 〈게세르〉가 1716년 활자로 기록되어 목판본(북경본)이 출현한 이후에도 사정은 동일했다. 책자도 소중히 보관해야 했다. 그렇지 않으면 게세르 칸(대왕)의 노여움을 사기 때문이었다. 훗날에는 샤먼이 아니라도 그 책의 인쇄본이나 필사본을 가질 수 있게 되었는데, 어쨌든 그 책을 먼지가 타지 않도록 보자기로 싸서 깨끗하고 평평한 자리에 잘 모셔 두었다. 유목민들은 〈게세르〉를 책으로 가지고 있으면 가축들이 병들어 죽지 않을 거라고 믿었다. 오늘날에도 이런 풍습은 꾸준히 지켜지고 있는데, 책이든 토올리든 부정을 타면 안 된다는 생각도 여전하다. 어떤 샤먼은 〈게세르〉 채집 작업을 위해 중국 정부가 보낸 학자들 앞에서 함부로 토올리를 불렀다가 죽을 고비를 두 번이나 넘겼다고도 한다.

제주도의 이삿짐센터들은 해마다 음력 정월 초순 눈코 뜰 새 없이 바쁜 나날을 보낸다. 보통 대한 후 5일에서 입춘 전 3일 사이 일주일간으로, 그 무렵을 일러 신구간(新舊間)이라 한다. 평소 제주도 사람들의 일거수일투족을 두 눈 부릅뜨고 지켜보다가, 집의 중창 하나, 울타리 돌담 하나라도 함부로 고칠라치면 여지없이 동티를 내리던 온갖 신격들이 일제히 하늘로 올라가 버리는 기간이다. 자연히 그들이 새 임무를 부여받고 내려올 때까지 지상에는 감 놔라 배 놔라 시시콜콜 따지고들 신들이 없어진다. 그러니 세 살던 사람들은 이때를 타서 부지런히 거처를 옮기는 것이다.

그렇더라도 세상은 확실히 달라졌다. 오늘날 신화에 과거와 같은 구실 그대로를 기대하거나 요구하는 건 무리일 것이다. 공동체나 개인이 처한 문제를 해결하거나 실제적이고 구체적인 이익을 얻기 위한 주술 행위 같은 기능은 더 그렇다. 그보다는 신화의 이야기 자체에 대한 관심이 절대적으로 커졌다고 봐야 한다. 이는 곧 신화가 하나의 문화적 산물로 자리 잡았다는 말일 터. 다시 말해, 신화는 과거 인류와 '직접적'인 관계를 맺었을 테지만, 오늘날에는 점점 더 '간접적'인 방식으로 관계를 맺을 뿐이다. 옛날 사람들이 머리부터 발끝까지 그야말로 온몸으로 신화를 산 반면, 오늘날에는 그렇게 사는 것 자체가 거의 불가능하다. 물론 이 말을 오늘날 신화가 더 이상 의미 없다거나 아무런 구실을 하지 못한다는 말로 오해해서는 안 된다. 신화는 예전과는 다른 방식으로 우리와 관계를 맺을지언정 여전히 의미 있고 여전히 유효하기 때문이다.

우리는 모두 식인종이다

스스로 '합리적'이라고 생각하는 사람들 중에는 신화를 아예 쳐다보지도 않는 사람들도 없지 않다. 그들은 하나에서 열까지 신화를 허무맹랑한 뮈토스(mythos), 즉 이성적인 말이나 이야기를 뜻하는 로고스(logos)하고는 반대되는 거짓말로 간주하기 때문이다. 세계적인 진화생물학자 리처드 도킨스[8]가 대표적이다. 그의 독설은 유명하지만, 우리를 지성의 막다른 골목까지 내몬다는 점에서 귀를 빌려줄 필요가 있다. 신/신들 혹은 경전/신화, 그의 독설은 굳이 대상을 가리지 않는다. 초월적인 것이라면 그게 무엇이든 그의 적이다.

- 신(혹은 지각판)이 관련된, 대규모의 지진들이 언제나 인간과 관련이 있다고 믿다니 정말로 주제넘은 자기중심주의가 아닐 수 없

---

8 영국의 생물학자. 인간을 포함한 모든 생명체는 DNA 또는 유전자에 의해 창조된 '생존 기계'이며, 자기 유전자를 후세에 남기려는 이기적인 행동을 수행하는 존재라고 주장하는 저서 『이기적 유전자』(1976)로 세계적인 명성을 얻었다.

다. 창조와 내세를 생각하는 신성한 존재가 대체 왜 인간의 비행 같은 하찮은 일에 관심을 가져야 한단 말인가? 우리 인간은 자신의 하찮은 '죄'를 우주적인 의미를 지닌 것으로 확대시키면서까지 으스대고 있다![9]

  지진이 나고 화산이 터지는 게 인간이(때로는 못된 신이) 죄를 지어 그렇다는 게 인류의 오래된 해석이었다. 예를 들어 필리핀의 이바나그 부족은 어렸을 때부터 벽이며 쇳덩어리며 만지는 것마다 다 부셔버리는 놀라운 힘을 자랑하던 한 청년의 오만함 때문에 지진이 발생했다고 믿는다. 그 청년이 마침내 신의 능력까지 우습게 여기게 되자, 신이 두 개의 커다란 산 사이에 그를 몰아넣었다. 두 산의 거리는 점점 좁혀들었다. 청년이 두 팔을 뻗어 막아보려고 애를 썼지만 실패했다. 결국 청년은 머리만 내민 채 두 산 사이에 갇혀버리고 말았다. 청년이 괴로움에 아등바등 몸을 비틀 때마다 땅이 흔들렸다. 그것이 바로 지진이라는 것.[10] 북유럽 신화에서는 신들의 노여움을 산 로키가 제 아들의 창자로 포박 당한 채 머리 위에서는 독사가 독액을 뚝뚝 떨어뜨리는 형벌을 받는다. 로키의 아내 시귄이 대야를 들고 독액을 받아내지만, 다 차면 그것을 비우러 자리를 떠야 한다. 그때 독액이 얼굴에 떨어지면 로키가

9   리처드 도킨스 저, 이한음 역, 『만들어진 신』, 김영사, 2007. p.359.
10 Damiana L. Eugenio, The Myths, The University of the Philippines Press, 2001. pp.262~263.

고통에 못 이겨 몸을 비트는데, 그것이 지진이다. 지금은 물론 이런 해석을 믿는 이들이 없을 것이다. 도킨스가 과학의 이름을 앞세워 의기양양할 만도 하다. 그의 주장에 따르면, 화산과 지진의 유래에 관한 신화를 포함해 모든 신화는 허무맹랑한 거짓말이 되고 만다. 한마디로, 귀신 씻나락 까먹는 소리라는 것. 심지어 그는 "죽는다는 것은 태어나지 않는다는 것과 아무런 차이가 없을 것이다……. 거기에 두려워할 만한 것은 없다."라고 말한다.[11] 이렇게 말함으로써 그는 흔히 신화의 가장 큰 근거이자 원천으로 간주되어 온 '죽음'조차 간단히 무시해 버린다. 그 스스로 말하듯 안락사를 위해 생명 유지 장치를 제거하는 일이 맹장을 떼는 일과 다르지 않기 때문이다. 그는 종교를 믿는, 그래서 내세의 지복을 믿는 이에게 독하게 말한다.

"아니, 당신들 믿음대로면, 죽음은 단지 하나의 삶에서 다른 삶으로 옮겨가는 일뿐일 텐데, 왜 그리 죽음을 두려워해? 그렇다고 당신들에게 아무 때나 자살하라고 말하지는 않겠다. 대신, 당신들은 사랑하는 고양이는 안락사 시키면서 인간에 대해서는 왜 극구 안락사를 거부하는가. 그게 대체 무슨 '개 풀 뜯어먹는 소리 같은' 휴머니즘이지?"

죽음에 대해 도킨스가 진지한 순간이 있다면, 맹장을 떼어낼 때 마취를 하듯이 자기가 죽을 때에도 안락사를 하거나 전신마취를

---

11   리처드 도킨스 저, 이한음 역, 『만들어진 신』, 김영사, 2007. p.546.

통해 (아프지 않게) 죽었으면 좋겠다는 의견을 피력할 때뿐이다.

그러나 미신(또는 신화)과 과학의 경계는 도킨스가 생각하는 것만큼 명확하지 않다. 1956년 뉴기니 밀림의 원주민마을에서 발생한 쿠루병과 1976년 노벨의학상을 받으면서 공인된 크로이츠펠트야코프병은 둘 다 지연성 바이러스로 인한 퇴행성 신경질환이다.[12] 요즘 우리가 아는 광우병과 유사한 증상을 보인다. 처음 쿠루병이 발견된 이후 그 질병의 원인을 두고 여러 가지 분석이 있었지만, 과학적으로 확실한 해명은 이루어지지 않았다. 일부 민속학자들은 해당 원주민 부족의 식인풍습에 주목했다. 그들은 가까운 친척이 죽으면 그 시신을 먹었는데, 그것이 고인에 대한 사랑과 존경의 표현이었다. 쿠루병 환자들 가운데 특히 성인 여자의 비율이 훨씬 높았다. 그 이유 역시 시신을 자르고 빻고 요리를 하는 과정에서 제일 먼저, 또 제일 많이 노출되었기 때문이라는 것. 물론 백인이 간섭한 이후 쿠루병은 거의 자취를 감추었다.[13] 그런데 1990년대 중반 인간의 뇌하수체에서 추출한 호르몬을 주입하거나 뇌에서 떼어낸 막을 이식한 이후 발병하는 크로이츠펠트야코프병에 대해 새삼 논란이 일었다. 이에 대해 프랑스의 인류학자 레비 스트로스는 그 병 또한 주사기로 혈관을 통해 뇌물질을 받아들인 데 원인이 있지 않을까 하는 질문을 던졌다. 다시 말해 타인

12 클로드 레비 스트로스 저, 강주헌 역, 『우리는 모두 식인종이다』, 아르테, 2014.
    pp.121~129.
13 이상희, 윤신영, 『인류의 기원』, 사이언스북스, 2015. 특히 제1장 참고.

을 먹는 원시 부족의 식인풍습과 주사기를 통해 타인의 뇌물질을 받아들이는, 이른바 과학적 치료 사이에 근본적인 차이가 없다고 주장한 것. 레비 스트로스의 구조주의적 견해를 따르면, 현대의학에서 보편화된 장기이식 또한 현대판 식인풍습에 다름 아니기 때문이다. 그가 살인을 인정하거나 옹호할 리는 없다. 그가 강조하는 문제의식은 식인풍습이 야만이라고 일방적으로 단정 짓는 것이 과연 올바른 태도인가 하는 점이다. 그에 기대면, 과거의 특정한 식인풍습은 우리가 흔히 생각하듯 '살인' 혹은 '야만'이 아니다. 오히려 그 반대, '사랑'과 (그 당시의) '문명'이라는 관점에서, 즉 타인과 자신을 동일시하는 가장 간단한 방법으로 고안되고 널리 퍼져나갔을지 모른다. (사랑하기 때문에 먹는다!) 사실, 기독교에서도 성찬식 때 빵은 예수그리스도의 몸이요, 포도주는 피라고 말하는데, 이 역시 예수를 기억하고, 이웃과 사랑을 나누라는 메시지일 것이다.

레비 스트로스는 다년간 아마존 일대에서 실시한 인류학 현장조사를 통해서 고대인들 역시 현대인들과 마찬가지로 주어진 상황에서 나름대로 가장 합리적이고 효과적인 방식으로 자신들에게 닥친 문제를 해결하고자 애썼을 거라고 추론했다. 이후 그는 평생 고대인들이 야만이고 현대인은 문명이라는 일방적인 편 가르기를 완강히 거부한 것으로 유명하다.

레비 스트로스에게 주술은 문명의 저급한 단계가 아니다.[14] 만일 그것을 문명의 발달 과정에서 멀리 지나간 한 시점이나 원시적인 단계로 단정한다면 결코 주술적 사고를 이해할 수 없다고 그는 말한다. 예컨대 그는 추상화, 즉 체계화와 개념화의 능력 부족을 문명과 야만의 가늠자로 삼을 수는 없다는 사실을 무수한 사례를 통해 입증한다. 우리가 흔히 야만인이라고 부르는 원주민들일지라도 살아가는 데 충분할 만큼 천체는 물론 식물과 동물에 대해 체계적인 분류법을 체득하고 있었다. 나아가 그것들을 얼마든지 시적이고도 풍부한 추상적 어휘로 표현할 능력이 있었다. 예를 들어 북미 대륙의 치누크 인디언들은 "그 악인이 그 가엾은 아이를 죽였다."라는 말을 "그 사나이의 악이 그 아이의 가엾음을 죽였다."라고 표현한다는 것, 그리고 이런 예는 수없이 들 수 있다는 것.

하지만 과학이 발달하면서 이런 식의 생각은 점점 뒷전으로 밀려나고 있는 것도 사실이다. 특히 도킨스와 같은 사람에게, 20세기 인문학이 보여준 가장 합리적인 사유 중 하나로 평가받았던 이와 같은 구조주의적 해석이 먹혀들어갈 틈은 거의 없을 것이다. 앞서도 말했듯이 그에게는 도무지 죽음 자체가 힘을 발휘하지 못하는데, 당연히 우리 삶에 어떤 비밀스럽거나 알지 못하는 목적이나 이유 같은 것, 즉 '생의 비의(秘義)' 따위도 있을 수 없다. 도킨스가 '건강한 지식인'이라고 치켜세운 영국의 철학자 버트런드 러셀

14　레비 스트로스 저, 안정남 역, 『야생의 사고』, 한길사, 1996.

도 죽음 앞에서 당당했다. 그는 "나는 죽어서 썩으면 내 자아 중에 살아남는 것은 없으리라고 믿는다. 나는 젊지 않으며 삶을 사랑한다. 하지만 나는 사멸한다는 생각에 겁에 질려 벌벌 떠는 짓을 경멸한다."[15]고 말했다. 한마디로 '죽음 같은 것'을 가지고 징징거리지 말라는 것이다. 70억 인류 중에서 그들처럼 용감한(?) 호모사피엔스사피엔스가 얼마나 되는지 궁금하지만, 백 번 천 번 양보해서, 꼭 죽음의 극복이 아니더라도 신화는 여전히 할 말이 많다.

비사실적 허구로서 신화가 어떻게 사실 이상으로 그 통찰의 깊이를 확보하고 진리가치를 인정받게 되는지, 설명을 들어보자.

- 신화는 답이 아니라 질문일 때가 많습니다. "피뢰침이 나온 시대에 제우스의 벼락이 무슨 소용인가?"라고 마르크스는 말했죠. 그러나 현대인은 제우스가 벼락을 때려 악당을 벌했다는 이야기를 사실적 진술로 읽는 것도 아니고 과학적 해답으로 읽는 것도 아닙니다. 제우스 이야기를 질문으로 바꿔보면 이런 질문이 나옵니다. "세계에 정의가 없다면 인간아, 너희는 그런 세상에 살 수 있겠느냐?" (중략) 신화는 상징과 은유의 언어이기 때문에 과학의 사실적 언어로 읽으면 안 됩니다. 신화의 상징적 의미는 인간의 삶에 매우 중요하고, 신화의 근본적 질문들은 여전히 해답 없이 열려 있죠. 생물학이 인간의 기원을 제아무리 과학적으로 해명한

15　리처드 도킨스 저, 이한음 역, 『만들어진 신』, 김영사, 2007. p.543.에서 재인용.

다 해도 신화가 제기하는 질문은 없어지지 않습니다.[16]

우리 시대에 신화는 과거와 같은 속 시원한 정답이 아닐지 모른다. 죽음을 극복하게 해주지도 못하고, 병자를 치료해주지도 못한다. 현대인은 지진이 땅속 깊은 곳의 마그마가 지각 변동에 따라 분출되는 자연스러운 자연현상일 뿐이라는 사실도 안다. 죄를 많이 지었다고 지진이 더 자주 더 세게 일어나는 것도 아니다. 그러나 오늘날 신화는 오히려 질문으로서 더 의미 있는 기능을 발휘한다. 질문의 한 형식으로서 신화는 과학과는 다른 방식을 통해 오히려 사실의 표층에 잘 드러나지 않는 진리까지 포착할 수 있다는 것이다. 신화가 오늘날에도 여전히 의미를 지니는 것은 물론이고, 나아가 인류에게 일정하게 길을 가르쳐주는 지도로서, 나침반으로서, 내비게이션으로서 기능한다면, 상당 부분 그것은 바로 이런 알레고리를 통해서이다.

16 도정일, 최재천 공저, 『대담』, 휴머니스트, 2005. pp.119~120.

제2부

신화, 이렇게 읽어도 된다

우리 시대, 신화는 스토리텔링으로서 각별한 의미를 지닌다. 우리 앞에 놓인 신화는 까마득한 시간 저편의 빛바랜 사진첩만은 아니다. 그 것은 오늘 우리에게도 독서의 재미는 물론, 어떤 형태로든 우리 삶에 풍성한 참조를 제공하는 인문학적 각주의 구실도 한다.

아파트 층간소음의 뿌리

신화를 알레고리로 읽는다는 것은 무슨 뜻일까.

예를 들어 아즈텍, 잉카 문명과 더불어 중남미 3대 문명 중 하나 인 마야 문명을 대표하는 신화 역사서 『포폴 부』에는 다음과 같은 내용의 신화가 전해 내려온다.[17]

---

17 고혜신 편역, 『마야 인의 성서 포폴 부』, 여름언덕, 2005. 이하 『포폴 부』의 줄거리는 이 책을 기본으로 하고, Delia Goetz and Sylvanus Griswold Morley(trans.), The Book of the People: POPOL VUH(from Adria n Recino's translation from Quiche into Spanish, 1954) 을 참고했다.

- 점장이 부부 사이에서 쌍둥이 아들 훈 후나푸와 부쿱 후나푸가 태어났다. 형제는 공놀이를 즐겼는데, 하필 그곳이 지하세계 시발바로 가는 통로였다. 바로 머리 위에서 날마다 공 차는 소리가 들려오니 도무지 견딜 재간이 없었다. 화가 난 시발바의 신들은 회의를 열어 대책을 논의했다.

"이거야 도대체 시끄러워 살 수가 있나? 하루 이틀도 아니고 허구한 날 공놀이를 하다니!"

"우리를 존경하지도 않고 예의도 없는 놈이다. 이번 기회에 단단히 혼을 내줄 필요가 있다."

그들은 네 마리 부엉이를 지상으로 보내 공놀이 시합을 하자는 구실로 형제를 초청했다. 어머니가 만류했지만 형제는 이에 응해 지하세계로 내려갔다. 깎아지른 층계를 내려가 급류가 휘도는 계곡을 지났다. 이윽고 피의 강을 건너 각기 색깔이 다른 네 갈래 길에 이르렀다. 훈 후나푸와 부쿱 후나푸는 검정색 길을 택했다. 가지 말아야 하는 길이었다. 입구에서 형제는 나무인형을 신으로 잘못 알고 인사를 건넸다. 신들은 크게 웃으며 자신들이 이길 것임을 확신했다. 시발바에 들어가자 신들은 형제에게 긴 의자에 앉으라고 권했는데, 사실 그것은 불에 뜨겁게 달구어 놓은 의자였다. 엉덩이가 타들어갔지만 형제는 이를 악물고 참아냈다. 신들은 그런 형제를 보고 깔깔 웃어댔다. 신들은 형제에게 담배와 횃불을 주고 암흑의 집에서 밤새 머물되, 그것들에 손을 대서도 불을 꺼뜨려서도 안 된다고 명령을 내렸다. 새벽이 왔을 때 불은 이미 다 꺼져 버린 뒤였다. 쌍둥이 형제는 죽음을 피할 수 없었다. 신들은 형제의 시신을 폭발차라는 곳에 묻었다.

마야 문명은 오늘날의 멕시코와 과테말라를 중심으로 번성했던 인디오 문명으로 5세기를 전후해 전성기를 구가했다. 『포폴 부』는 마야의 키체 부족에게 구전된 신화와 고대 역사에 관한 문헌인데, 애초 키체어로 전해졌지만 원본은 소실되고 지금은 그 필사본과 스페인어 번역본만이 전승된다. 제목은 '조언의 책'이라는 뜻으로, 당시 신화가 어떻게 사용되었는지 짐작케 해준다. 그저 심심풀이 읽을거리가 아니라 살아가는 데 부닥치는 여러 가지 문제들에 대해서 직접적으로 도움을 주려는 목적이었다는 뜻이다. 책의 주요 내용은 천지창조와 지하세계 여행, 옥수수 인간의 창조 등 신화와 키체족의 역사로 구성되었는데, 이는 마야 문명 초기와 고전기(4세기~9세기)의 여러 유적과 토기 등에 등장하는 상형문자와 그림 등을 통해서도 확인된다. 특히 쌍둥이 형제가 지하세계로 여행하는 내용을 다룬 부분의 신화는 마치 오늘날 심각한 사회문제의 하나가 된 아파트 층간소음 문제를 연상시킨다. 사실 요즘에는 아파트 위아래 층에서 층간소음 때문에 서로 얼굴을 찌푸리고 말다툼하는 것은 물론이고, 멱살잡이 끝에 우발적으로 살인을 저지르는 일까지 아주 낯선 일은 아니게 되었다. 신들의 세계에서도 그 소음이 어지간했던 모양이다. 훈 후나푸와 부쿱 후나푸 형제는 자기들의 발밑에도 누군가 살고 있다는 사실을 무시했다. 그리하여 결국 신들에게 죽임을 당하는 운명에 처해졌던 것.

물론 이 신화가 키체 부족에게 충간소음을 조심하라는 경계의 의도를 담고 전해졌을 리 만무하다. 이웃끼리 사이좋게 지내라는 도덕교과서 또한 아니다. 신화의 후반부를 접하면 의미를 좀 더 정확히 이해할 수 있을 것이다.

– 신들은 형 훈 후나푸를 죽이기 전 머리를 잘라 열매를 맺지 못하는 나무에 걸어두었는데, 거기서 과일이 주렁주렁 열렸다. 사람들을 갑자기 피 토하게 하여 죽이는 신의 딸 익스퀵이 이를 신기하게 여겨 구경하러 왔다. 해골이 된 훈 후나푸의 머리는 그녀에게 침을 뱉어 아이를 갖게 만들었다. 딸이 부정한 아이를 뱄다고 생각한 아버지는 부엉이들을 시켜 그녀를 죽이려고 했다. 익스퀵은 오히려 부엉이들을 설득해서 목숨을 구하고 지상으로 달아나는 데 성공했다.

형제 이름에서 '훈'은 숫자 1, '부쿱'은 7이다. 아마 태어난 날을 가리켰을 것이다. (참고로 마야인의 달력에 따르면, 한 달이 20일이다.) '후나푸'는 사냥꾼이라는 뜻이다. 그럼에도 이 신화는 사냥보다는 농사와 관련된 알레고리로 가득하다. 익스퀵은 지하세계에서 추방되

마야 신화-쌍둥이 영웅

자 곧바로 훈 후나푸의 어머니를 찾아가 며느리로 인정해 달라고 애원한다. 이에 시어머니는 〈콩쥐팥쥐〉와 〈신데렐라〉처럼 시험을 보는데, 옥수수를 한 자루 가득 따서 가져오라는 게 문제였다.

- 밭에 가보니 옥수수는 겨우 한 그루밖에 없었다. 그러니 한 자루 가득 채우는 일은 애초 불가능했다. 익스퀵이 덩그마니 서 있는 옥수수 앞에 주저앉아서 신세를 한탄하자 농사의 신들이 동정을 베풀었다. 그녀의 자루는 금세 찼다. 이제 다시 그 무거운 짐을 집으로 무사히 나르는 일이 문제가 되었는데, 이번에는 온갖 동물

들이 나타나 그 힘든 일을 말끔히 해결해 준다.

　며느리로 인정받은 익스퀵은 곧 후나푸와 익스발랑케라는 아들 쌍둥이를 낳았다. 하지만 이복형제인 훈 바츠와 훈 초우엔, 그리고 할머니까지 나서서 그들을 핍박하기 일쑤였다. 이복형들은 후나푸 형제를 개미집에 올려놓는가 하면, 가시나무에 찔려 죽기를 바라기도 했다. 이복형제는 후나푸 형제가 사냥을 나가 애써 새를 잡아오면 자기들끼리만 먹어치웠다. 할머니도 그들 형제에게는 밥도 제대로 주지 않았다. 후나푸 형제는 나중에 마법을 써서 이복형들을 원숭이로 만들어 버렸다. 그런 다음 할머니에게 자기들도 손자니까 할머니를 잘 돌봐드릴 것이라고 말했다. 그때부터 형제는 밭에 나가 옥수수 농사를 지었다. 옥수수 밭은 그들에게 다시 시련을 안겨준다. 온종일 애써서 밭을 일구어 놓으면 밤마다 온갖 동물들이 모여들어 밭을 망쳐놓았기 때문이다. 후나푸 형제가 그중 쥐를 잡는 데 성공했다. 쥐는 제 목숨을 구걸하며 후나푸 형제의 아버지와 삼촌이 공놀이 할 때 쓰던 기구들이 있는 곳을 알려준다. 할머니는 행여 손자들에게도 그런 일이 벌어질까봐 그것들을 천장에 몰래 숨겨두었던 것이다.

　눈치 챘겠지만, 이 신화에서는 옥수수가 아주 중요한 구실을 한다. 옥수수는 라틴아메리카에서 신이 내린 작물이었다. 동양의 쌀이나 유럽의 밀하고 거의 같은 비중을 차지했다. 서구의 경우 주식인 밀이 18세기까지 파종량과 수확량이 1:5에 지나지 않았지만, 라틴아메리카에서는 옥수수가 그 비율이 무려 1:70에서 1:150에 이르렀던 데다가 이모작까지 가능했다고 한다. 최소한의 노동만으로도 풍족한 수확이 가능했다는 말인데, 라틴아메리카의 3대 문명은 이런 물질적 토대 위에서 형성되고 유지되었던 것이다.[18] 그런 만큼 옥수수에 얽힌 설화 또한 풍부하다. 예컨대 아즈텍 신화에서는 나이 든 여신 케찰코아틀이 옥수수 알갱이를 물고 가는 붉은 개미 떼를 따라가서 옥수수를 처음 가져온다.[19] 마야 신화(『포폴 부』의 앞부분)에서는 신들이 옥수수를 가지고 인간을 만들었다. 팔과 다리는 노란 옥수수와 하얀 옥수수로 만들고, 몸속에는 옥수수 덩어리를 집어넣었다. 그렇게 해서 처음 만든 옥수수 인간은 모두 네 명이었는데, 전부 남자였다. 이들은 입이 있어 말을 할 줄 알았고, 눈이 있어 무엇이나 다 볼 수 있었다. 신들은 스스로 자신들의 창조 행위를 기뻐했는데, 다만 한 가지 인간이 자기들처럼 너무 멀리 본다는 것에는 기분이 언짢았다. 그래서 안개를 뿜어내서 옥수수 인간들이 오직 가까운 곳만 볼 수 있게 만들었다. 여자를 만든 건 그 후의 일이다. 어쨌거나 이들은 자기들보다 이전 시기에 출현했던 '진흙인간'이나 '나무인간'하고 달리 영

---

18 우석균, 「포폴 부와 옥수수」, 《이베로아메리카연구》 제8호, 서울대학교 라틴아메리카연구소, 1997.
19 박병규 해제 및 번역, 「다섯 태양의 전설-아스테카의 태양신화(2)」, 《트랜스라틴》 28호, 2014. pp.144~145.

혼까지 지니고 있어서 인류의 진정한 조상이 되었다.[20] 2001년 과테말라 북부 산 바르톨루 마야 유적지에서 발견된 벽화는 기원전 100년경에 이미 『포폴 부』에 묘사된 것과 같은 마야 신화의 요소들이 나타났으며, 특히 옥수수 신이 아주 중요한 신으로 숭배되었다는 사실을 잘 보여준다.[21] 마야 인의 유골은 어린 시절부터 머리 모양을 변개한 편두(編頭)가 특징이다. 이것은 우리나라 삼한시대를 포함하여 원시사회에서 널리 행해졌던 두개변형의 일종이되, 특히 마야 인들에게 가장 중요했던 곡물로서 옥수수를 신체에 표현한 것이기도 했다.

그들이 축구를 잘하는 이유

마야 신화의 층간소음 문제가 무슨 의미인지 정확히 매듭을 지으려면 한 가지를 더 살펴야 한다. 마야 신화에서는 공놀이의 의미도 중요하다. 그것은 맨 마지막 장면에서 후나푸 형제가 시발바의 신들 중에서 가장 중요한 두 신 훈 카메와 부쿱 카메를 죽인 다음 나머지 신들에게는 벌로 제일 먼저 공놀이를 금지시킨다는 사실에서 분명히 드러난다.

20   고혜신 편역, 『마야 인의 성서 포폴 부』, 여름언덕, 2005. 제3부 〈옥수수 인간〉 ; 박종욱,
     『라틴아메리카 신화와 전설』, 바움, 2005. pp.141~146.
21   공식 사이트 http://www.sanbartolo.org/index.html

- 후나푸 형제는 쥐를 통해 아버지와 삼촌이 가지고 놀던 공을 발견했다. 핏줄을 속일 수 없었다. 그들은 즉시 공놀이를 시작했다. 또다시 시끄러운 소리가 들려오자 시발바의 신들은 이번에도 그들 형제를 불러오게 했다. 쌍둥이는 옥수수를 심어 놓고 할머니에게 그것이 마르면 자기들이 죽었다는 것을, 생기가 있으면 무사하다는 증표로 여기라고 말한 다음 지하세계로 내려갔다. 네 갈래 길에서 후나푸는 무릎의 털로 모기를 만들어 신들을 물게 했다. 그러자 신들은 따가운 나머지 차례대로 자기 이름들을 밝혔다. 이제 쌍둥이 형제는 지하세계 모든 신들의 이름을 알게 되었다. 그들은 자기 아버지와 삼촌이 당한 시험을 다시 당하게 되었는데, 나무인형과 신들을 가려낸 것은 물론이고 신들의 이름을 하나하나 정확하게 부를 수 있었다. 형제는 불에 달군 돌의자에는 아예 앉을 생각도 하지 않았다.

깜짝 놀란 신들은 다시 그들 형제를 암흑의 집에 보내고 담배와 횃불 시험을 치렀다. 형제는 붉은앵무새의 깃털을 이용해 새벽이 와도 횃불이 여전히 타고 있는 것처럼 보이게 만들었다. 신들은 후나푸와 익스발랑케를 다시 추위의 집, 재규어의 집, 불의 집, 칼의 집에 보냈으나 아무런 효과가 없었다. 마지막으로 박쥐의 집에 보냈는데 후나푸가 새벽이 되었는지 확인하려다가 그만 박쥐에게 머리를 잘리고 말았다. 후나푸의 머리는 공놀이 경기장에 떨어졌다. 신들은 환호작약했다. 하지만 새벽이 오기 전, 익스발랑케는 호박

위에 후나푸의 머리를 올려놓았다. 호박은 후나푸의 얼굴로 바뀌었다. 새벽이 되어 공놀이 시합이 시작되었다. 쌍둥이는 시치미를 떼고 경기장에 나타났다. 신들은 박쥐가 자른 후나푸의 머리로 공놀이를 했다. 익스발랑케가 그것을 아주 세게 차서 숲속으로 보냈다. 거기서 미리 기다리던 토끼가 대신 그 공인 것처럼 데굴데굴 굴러갔다. 신들이 토끼를 내쫓는 동안, 익스발랑케는 진짜 후나푸의 머리를 목에 얹었다. 신들은 이제 익스발랑케가 내던진 호박을 공처럼 찰 수밖에 없었다. 결국 승리는 쌍둥이 형제의 몫이었다.

신들은 후나푸와 익스발랑케더러 다시 불구덩이 위를 뛰어넘으라고 명령했다. 자기들이 죽을 때까지 단념하지 않을 거라고 판단한 형제는 불구덩이에 뛰어들어 스스로 죽음을 택했다. 신들은 타고 남은 형제의 뼈를 갈아서 강물에 뿌렸다. 뼛가루는 가라앉지 않고 도로 형제가 되었다. 닷새 후 그들은 떠돌이 늙은 광대로 변장하고 다시 시발바를 찾았다. 죽음의 신들은 그들에게 사람을 죽인 다음 살려보라고 했다. 익스발랑케는 후나푸의 머리를 자르고 심장을 꺼낸 후 그를 도로 살려냈다. 깜짝 놀란 신들은 자기들도 죽인 다음 살려보라고 했다. 쌍둥이는 죽음의 신 훈 카메와 부쿱 카메를 죽였지만, 다시 살려내지는 않았다. 나머지 신들에게는 제일 먼저 공놀이를 금지시켰고, 대대로 비천하게 살라는 벌을 주었다. 형제는 아버지와 삼촌을 옥수수와 조상신으로 되살렸다. 그런 다음 자기들은 하늘로 올라가서 해와 달이 되었다.

사실 마야 사회에서 공놀이는 단순한 오락 이상의 것이었다. 그것은 전쟁과 농사 등 사회생활의 중요한 영역에서 극명히 드러나는 삶과 죽음, 어둠과 빛, 밤과 낮의 대결을 상징하는 것이었다.[22] 예컨대 농사에는 어둠과 빛, 밤과 낮이 제때에 나타나고 물러나는 것, 즉 천체의 순조로운 운행이 무엇보다 중요했다. 공놀이 할 때의 소음은 농부들이 농지를 정리할 때 내는 소란스러움으로 해석할 수 있다. 그 소음이 지하세계의 신들을 분노케 만들었다. 자기들이 지배하는 영역에 대한 침입으로 간주했기 때문이다. 쌍둥이 형제는 공놀이를 하자는 말을 좇아 지하세계에 내려갔다가 죽임을 당했다. 그렇지만 침을 뱉어 익스퀵을 임신시킴으로써 '부활'에 성공했다. 이때 침을 뱉는 것은 씨앗을 심는 행위로, 그로 인해 잉태를 하는 것은 싹이 트는 행위의 알레고리라고 할 수 있다. 그 바로 직전에는 훈 후나푸의 해골이 한 번도 열매를 맺은 적이 없는 나무에 걸리자 거기서 열매가 열렸다. 이 또한 당연히 풍요와 다산의 상징일 터.

세월이 흘러 아들 쌍둥이 후나푸 형제가 다시 공놀이를 하자, 이번에도 지하세계에서 호출한다. 형제는 지하세계로 내려갈 때 과거의 기억 때문에 두려워하는 할머니에게 옥수수를 증표로 삼으라고 일러준다. 즉, 옥수수가 말라비틀어지면 자신들의 죽음을, 잘 자라면 살아 돌아옴을 뜻한다고 했다. "내가 진실로 진실로 너

---

22 최병일, 「포폴 부에 수록된 마야 신화 읽기」, 《외국문학연구》 제22호, 한국외국어대학교 외국문학연구소, 2006. pp.285~287. ; 정혜주, 「고전기 마야 문명 공놀이의 주인공들」, 《스페인어문학》 제59호, 한국스페인문학회, 2011. p.385.

마야 신화 공놀이

희에게 이르노니 한 알의 밀이 땅에 떨어져 죽지 아니하면 한 알 그대로 있고, 죽으면 많은 열매를 맺느니라."(요한복음 12:24)는 성서의 구절이 절로 떠오를 수밖에 없는 장면이다. 이 장면은 지상과 지하, 삶과 죽음이 밀접하게 연결되어 있음을 상징한다. 어쨌거나 형제는 두 번 다시 속지 않는다. 그들은 아버지와 삼촌이 풀지 못한 관문들까지 모두 통과했고, 결국 지하세계를 정복한다.

마야 문명의 유적지에서는 공놀이 경기장이 상당한 비중을 차지한다. 예를 들어 멕시코 유카탄 반도에서 마야 문명의 마지막 시기를 화려하게 꽃피웠던 치첸이츠아에는 길이 96.5미터, 너비 30미터로 오늘날의 월드컵 축구 경기장하고 견주어도 크게 손색 없는 규모의 경기장이 있다. 거기에 경기자의 목이 잘리고 그 잘린 목에서 피 대신 여섯 마리의 뱀과 하나의 수련이 솟아오르는 장면이 돋을새김으로 새겨져 있어 주목을 끈다.[23] 다른 유적에서는 머리가 잘리는 장면 대신 이미 잘린 머리가 나타나는 경우가 흔하다. '단두의례'를 묘사한 이 장면들은 마야 문명 초기부터 끝날 때까지 거의 모든 시기에 나타난다. 치첸이츠아의 경우, 공놀이 경기 자체를 부각시킨 다른 경기장의 그림과 달리 의례 행위에 더 초점을 맞추고 있다. 그런데 머리를 자르자 피 대신 수련과 뱀이 나타나는 건 무슨 뜻일까. 수련은 물에서 핀다. 유카탄 반도는 석회암 지대로 물이 지하로 흘러 모여 샘을 이루고 강이 흐른다. 한마디로 수련은 지하세계를 상징하며, 따라서 이 의례가 지하세계에서 일어났다는 사실을 보여주는 것이다. 마야 신화에서 뱀은 창조의 신으로 생명의 근원과 풍요를 상징한다. 결국 수련과 뱀을 그린 이 그림은 지하세계에서 공놀이를 통해 경기자 중 한 사람이 죽었지만, (『포폴 부』에서 훈 후나푸의 머리가 잘려 나무에 걸리는 장면을 통해 드러나듯이) 그의 죽음, 그가 흘린 피는 오히려 새로운 생명으로 부활한다는 사실을 의미한다.

---

23   정혜주, 「공놀이에 나타난 '단두의례'의 의미」, 《민속학연구》 제31호, 국립중앙박물관, 2012.

죽음이 오히려 생명을 잉태하는 이 놀라운 기적의 순환구조에 대해 마야인들 역시 다른 고대인처럼 경배하는 일을 잊지 않았다. 마야 문명에서 공놀이가 특별한 의미를 지녔던 만큼 이를 주관하는 것도 왕이었으니, 마야에서는 왕의 직함에 '공놀이를 하는 자'라는 뜻의 '아흐 피츠'가 흔히 쓰였다고도 한다.[24]

멕시코 중앙고원을 중심으로 한 아즈텍 문명의 신화에서도 공이 의미 있게 등장한다. 아즈텍 신화의 태양신이자 군신(軍神)인 우이칠로포츠틀리의 탄생 신화가 그 좋은 예이다.

- 용맹한 여신 코아틀리쿠에는 신령한 뱀의 산에서 우연히 깃털로 만든 공을 발견했다. 그녀는 그것을 허리에 차고 다녔는데, 어느 날 온데간데없이 사라져버렸다. 나중에 알고 봤더니 그녀의 몸속으로 들어간 것이었다. 깃털로 만든 공은 그녀의 몸 가장 깊은 곳에서 이미 새로운 생명으로 자라나고 있었다. 배가 불러오면서 그 사실은 저절로 알려졌다. 그때 이미 장성했던 다른 자식들은 그녀의 임신 사실에 경악했다. 어머니가 부정을 저질렀다고 생각한 것이다. 딸 코욜사우키가 앞장서서 사백 명의 다른 아들 형제들을 부추겼다. 어머니를 죽여야 한다고, 그래야 신들의 진노를 막을 수 있다고 선동했다. 코아틀리쿠에는 할 수 없이 뱀의 산으로 올라가서

24   정혜주, 「고전기 마야 문명 공놀이의 주인공들」, 《스페인어문학》 제59호, 한국스페인문학회, 2011.

참회의 기도를 올렸다. 코욜사우키와 자식들이 그 산으로 몰려왔다. 그 무렵 코아틀리쿠에는 아이를 낳았다. 그 아이가 바로 우이칠로포츠틀리로서, 태어날 때부터 완전무장을 하고 있었다. 그는 산으로 몰려온 배다른 형제들과 맞서 싸웠다. 코욜사우키는 온몸이 갈기갈기 찢겨 죽임을 당했다. 우이칠로포츠틀리는 그녀의 시체를 산 아래로 내던졌다. 다른 형제들도 죽임을 피하지 못했다.[25]

깃털이 코아틀리쿠에의 몸속으로 들어가 임신을 하게 되는 것은 신화에서는 흔한 장면에 속한다. 이것을 감응신화라고 하는데, 우리 신화에서는 주몽을 낳은 유화가 햇빛으로, 몽골 신화에서는 알란 고아가 달빛의 정기를 받아 임신하는 장면이 대표적이다. 고구려 신화에서는 아버지 금와 왕과 배다른 일곱 형제가 남달리 무예가 출중한 주몽을 시기하여 해치려 한다. 몽골 신화의 경우에도 장성한 형제들은 어머니의 신령한 임신을 의심한다.

아즈텍 신화에서는 이런 의심이 급기야 형제간의 살인으로까지 이어졌다. 얼핏, 형제간의 살인을 소재로 한 이런 신화가 잔인해 보일 수도 있겠다. 하지만 도킨스가 아닌 이상 신화에서 그렇듯 죽음(살인, 도륙, 학살, 절단, 고문)에 대해 너무 예민하게 반응할 필요는 없다. 이 역시 알레고리로 읽을 때 제대로 그 뜻을 읽어낼 수 있

---

25   박종욱, 『라틴아메리카 신화와 전설』, 바움, 2004. pp.33~37. ; 정혜주, 「우나푸, 스발란케와 우이칠로포츠틀리: 신화에 나타난 마야와 아즈테카 문명의 성격」, 『세계의 영웅신화』, 동방미디어, 2002. pp.118~122.

다. 깃털 달린 공을 뱀의 산에서 발견했다는 말은 기왕에 메소아메리카 지역을 지배하던 신 케찰코아틀을 연상시킨다. 그의 이름 자체가 '깃털 달린 뱀'이기 때문이다. 따라서 우이칠로포츠틀리의 탄생신화는 용맹한 여신 코아틀리쿠에가 깃털 달린 뱀의 세력을 집어삼켰다는 뜻이며, 우이칠로포츠틀리의 승리는 아즈텍 문명의 판도 확장을 상징하는 것이기도 하다.[26] 실제로 다른 부족에 비해 뒤늦게 멕시코 계곡에 진출했던 아즈텍 인들은 우이칠로포츠틀리가 누이와 배다른 형제를 처치한 것처럼 이미 있던 부족들을 물리치고 그곳을 점령했다. 그리고 자신들의 정통성을 주장하기 위해 그에 따른 희생도 요구했던 것이다.

우이칠로포츠틀리가 형제들을 물리친 곳에서 선인장이 한 그루 솟아났다. 그리고 어느새 독수리 한 마리가 날아와 앉았다. "독수리가 뱀을 물고 앉는 호숫가 선인장이 있는 곳에 도읍을 세워라"라는 아즈텍 신화의 오랜 예언이 실현되는 순간이었다. 그게 정확히 1325년의 일이었다. 멕시코 국기에 독수리가 문장(紋章)으로 새겨지게 되는 것도 이 때문이다.

오늘날 중남미 축구가 막강한 이유를 이런 신화 전통에서 찾는다면 억지 춘향 소리를 듣겠지만, (사실 이때의 공놀이는 오늘의 축구하고 경기 방식도 많이 달랐다.) 그래도 어쩐지 그렇게 믿고 싶은 마음이 무척 크다.

26 칼 토베 저, 이용균 천경효 역, 『아즈텍과 마야 신화』, 범우사, 1998. p.105.

제3부

아주 많은 것들의 시작

세상이 처음 열리고 인간이 처음 생겨날 때의 이야기. 진정한 의미에서 신화는 이 시절의 신화를 가리킨다. 창세와 개벽, 그리고 인간 존재의 비밀이 거기에 있을지 모르기 때문이다. 아무도 보지 못했지만 그 시절의 신화에서 인류의 아주 많은 것들 또한 비롯한다.

세상이 처음 열리던 때

만일 신이 천지를 창조했다고 말하면, 이런 질문이 따라올지 모른다.

"그럼, 그분은 그 전엔 뭘 하고 계셨는데요?"

고약한 질문이다. 실제로 "하나님은 너무 깊은 신비를 꼬치꼬치 파고드는 너 같은 놈들을 위해 지옥을 만들고 계셨다."라고 대답한 사람도 없지 않았다. 아우구스티누스는 초대 교회가 낳은 위대한 교부 사상가였지만, 이렇게 짓궂게 대답하지는 않았다.

- 시간조차도 당신께서 만드신 것이오니 당신이 만드시기 이전에는 아무 시간도 지나갈 수가 없습니다. 그러므로 천지가 창조되기 이전에 시간이 없었다면 어찌하여 그들이 묻기를 "당신이 그때(tunc) 무엇을 하고 계셨습니까?"라고 합니까? 왜냐하면 시간이 없을 때에 '그때'란 있을 수 없기 때문입니다.[27]

그는 현대 물리학 교과서에서도 인용할 만큼 사뭇 논리적으로 대담한 셈이다. 곧 그는 "시간이란 신이 창조한 우주의 특성이고, 우주가 시작되기 전에는 시간이 존재하지 않았다."[28]고 말한 것이다. 우주의 시작이 곧 시간의 시작이라는 말이겠다.

하지만 대체 그게 언제고 또 무슨 뜻인가.

신화의 알레고리가 가장 단순하면서도 복잡하고, 가장 분명하면서도 모호한 순간이 있다면 바로 이처럼 우주와 시간이 처음 시작되던 때일 것이다. 아무도 본 적이 없기 때문에 이렇게밖에 이야기할 수 없다. 어쨌거나 그때 그 순간은 가장 장엄하면서도 시시하고, 가장 진지하면서도 허탈하고, 가장 신비로우면서도 그저 그랬을지 모른다. 한 가지 흥미로운 사실은, 세상이 처음 열리던 개벽이나 세상을 처음 만들던 창세의 신화도 이야기를 위한 이야기를 넘어서서 어떤 분명한 목적의식, 분명한 쓰임새를 지니고 있

27   어거스틴 저, 선한용 역, 『성 어거스틴의 고백록』, 대한기독교서회, 2003. p.392.
28   스티븐 호킹 저, 현정준 역, 『시간의 역사』, 삼성이데아, 1988. p.32.

었다는 사실이다.

중국의 소수민족 먀오족 중 바이먀오족은 중국의 쓰촨성 남부, 구이저우성 서북부, 윈난성에 주로 거주하는데, 장례식 때 창세신화가 들어 있는 〈지로경〉(指路經)을 부른다.[29] 〈지로경〉에는 우주의 기원, 인류의 기원, 홍수신화, 남매혼, 시조신화 등이 두루 담겨 있고, 이어 전쟁이 벌어지면서 부족이 도망치는 장면, 심지어 이주해 간 땅에서 망자가 출생하는 장면까지 나온다. 하필이면 장례식 때 창세신화와 시조신화, 그리고 망자의 출생 장면까지 부를까. 그 이유가 중요하다. 즉, 〈지로경〉은 말 그대로 길을 가리켜 주는 경전인데, 망자가 중간에 길을 잃지 말고 처음 태어난 곳으로, 그리고 조상들의 뿌리가 있는 곳으로, 나아가 세상이 처음 열리던 그 순간 그 근원으로 돌아가라는 분명한 목적의식을 담고 있는 것이다. 물론 〈지로경〉의 목적은 망자를 창세 이전의 혼돈과 무로 돌아가게 하는 데 있지 않다. 조상들이 있는 곳까지 무사히 가도록 길잡이를 하는 게 목적이다. 거기서 망자는 조상들과 함께 또 다른 생을 살게 되는바, 말하자면 그것이 망자가 누려야 할 권리라면, 망자는 이제 새로운 조상이 되어 후손들을 잘 돌봐줄 의무 또한 갖게 되는 것이다. 바이먀오족은 (당연히) 저승이 초행인 망자를 위해 장례식을 집전하는 지로사(指路師)가 친절하게 길을 안내

---

29 김인희, 「지로경을 통해본 먀오족의 저승관념 : 서부방언의 바이먀오를 중심으로」, 《어문논집》 제60집, 중앙어문학회, 2014.

하는 것은 물론이고, 위기가 닥쳤을 때 대처하는 방법까지 자세히 가르쳐준다. 예를 들어 저승사자가 나타나 구리줄과 쇠사슬로 묶으려고 하면 생전에 죄 없음을 말하고 묶지 못하게 하라, 비가 내리고 안개가 축축한 언덕에 이르거든 천으로 몸을 가려라, 우물에는 독이 있으니 반드시 맑은 샘물만 마셔라 등등.

베트남의 소수민족 므엉족 역시 바이먀오족과 똑같은 목적에서 장례식 때 창세신화가 포함된 서사시 〈땅과 물의 기원〉을 읊는다.[30] 사람이 죽었을 때 굿을 하면서 창세의 서사부터 구연하는데, 그렇게 함으로써 망자가 내세에 그 '기원'으로 돌아가기를 바라는 것이다. 〈지로경〉을 우리의 박수무당 격인 지로사가 부르는 것처럼, 〈땅과 물의 기원〉 역시 남자 무당인 옹 어우(혹은 보 모, 옹 모)가 구연한다. 므엉족의 이 구연서사시에서 중요한 것은 창조를 주관하는 신을 따로 설정하지 않았다는 점이다. 천지가 태초의 모호한 상태에서 분명한 모습으로 분리되는 것도 특정한 주체의 작업에 의한 것은 아니다. 저절로 그렇게 되었다고 말할 뿐이다. 이어 인간의 기원을 말하고, 이어 우두머리를 선출하고, 집을 짓고, 쌀을 찾고, 결혼하고, 토지를 나누고, 사냥을 하고, 침략자 귀신을 물리치고 영토를 보전한다는 내용을 말한다. 한마디로 앞부분에서는 창세신화를, 뒷부분에서는 자기 민족의 역사까지 두루 들려주

---

30 최귀묵, 「월남 므엉족의 창세서사시 〈땅과 물의 기원〉」, 《구비문학연구》 제11집, 한국구비문학회, 2000. ; 보 람 수언(2004), 「한국과 베트남의 창세서사시 비교연구」, 부산대학교 대학원 석사학위 논문. pp.10~16.

는 것이다. 이것 역시 망자가 자기가 온 뿌리를 잘 찾아가라는 분명한 목적의식을 반영하고 있기 때문이다. 므엉족은 조상을 새라고 믿기 때문에 무당은 장례식에서 망자를 이끌어 마지막에는 영혼에 날개가 돋을 수 있게 돕는 역할도 한다.

우리나라의 경우에는 한때 창세신화가 따로 없다는 의견도 있었다. 신은 이미 있던 하늘에서 내려오는 게 일반적이었다. 단군신화의 환웅이 그러했고, 김수로나 박혁거세가 그러했다. 적어도 한국의 문헌설화에서는 신이 인간을 창조한 이야기도 없고 세계를 만들었다는 이야기도 없다. 개벽신화가 없으니까 그 짝인 종말신화도 없다고 했다.[31] 하지만 우리의 경우에도 많지는 않아도 몇 편의 창세신화가 입에서 입으로 전승되어 왔고, 훗날 그것들이 채록되었다. 함흥 무녀 김쌍돌이가 구전한 〈창세가〉는 하늘과 땅이 처음엔 붙어 있었으나 미륵님이 탄생하여 구리 기둥을 세워 이들을 떼어놓으면서 천지개벽을 주도한다는 내용을 포함한다. 반면 〈천지왕본풀이〉는 태초에 천지가 맞붙은 혼돈의 상태에서 하늘과 땅이 열리고 이후 별을 필두로 세상이 만들어지는 내력을 말하지만, 이는 '세상이 처음으로 생겨 열린다'는 의미에서 개벽 과정이라고 해야 할 것이다.

〈천지왕본풀이〉는 말 그대로 하늘의 천지왕이 세상의 본(근본)을 푸는(풀이하는) 신화를 가리킨다. 따라서 개벽 이후 해도 달도 둘

---

31   김열규, 『한국의 신화』, 일조각, 1980. p.2.

이기 때문에 필연적으로 발생하는 혼란을 어떻게 조정해 나가는지, 인간은 어떻게 탄생하고 어디에서 사는지, 그 인간 세상은 누가 다스리는지 등을 집중적으로 다룬다. 어쨌든 굿을 할 때 처음에 굳이 이렇게 개벽에 대해 이야기하는 까닭 역시 분명한 목적이 있기 때문이다. 여기에는 앞으로 굿판을 벌이겠으니 모든 신들이 하늘에서 내려와 주기를 청하는, 말하자면 심방(무당)이 풀어내는 이 내력을 듣고 신들이 굿판에 내왕하여 불쌍한 인간들의 소원을 들어달라는 기원이 담겨 있는 것이다.

신들의 반란

대부분의 현대인들이 창세신화의 내용은 대체로 진지할 거라고, 세상의 시초를 더듬어가는 일이니만큼 당연하지 않을까 생각한다. 마치 찰턴 헤스턴이 모세로 나오고 율 브린너가 람세스로 나오는 세실 B. 데밀 감독의 영화 〈십계〉(1956)에 나옴직한 장엄한 시퀀스들을 연상하기 십상이겠다. 홍해가 쩍 갈라지고, 하늘에서는 구름을 뚫고 눈부신 햇발이 쏟아져 화면을 압도하는 장면.

육사의 시는 또 어떠한가. "까마득한 날에/ 하늘이 처음 열리고/ 어디 닭 우는 소리 들렸으랴.// 모든 산맥들이 바다를 연모해 휘달릴 때도/ 차마 이곳을 범하던 못하였으리라."(「광야」) 했던 그 장엄함이야말로 파천황(破天荒)으로 제격이지 않겠는가.

그러나 세상이 처음 열리던 때의 이야기를 다룬 창세신화도 생각만큼 근엄하거나 엄숙하지만은 않다. 어떤 경우는 초장부터 끔찍한 피비린내가 진동한다. 아직 올림포스의 질서가 제우스를 중심으로 확립되기 이전 그리스로마 신화에서는 근친 간에 생사를 건 투쟁으로 세상이 열린다.

- 태초에, 대지의 여신 가이아와 하늘의 신 우라노스가 결합하여 아이들을 낳는데, 하나같이 어딘가 괴상했다. 퀴클롭스들은 이마에 눈이 하나 박힌 외눈박이 괴물이었다. 나아가 사람들이 그들의 이름조차 부르기를 꺼리는 괴물 삼형제도 태어났다.
그들은 실로 대단한 아이들이었으니, 그들의 어깨에는
백 개의 팔이 보기 흉하게 앞으로 뻗어 있었고,
각자의 어깨로부터는 쉰 개의 머리가 튼튼한 사지 위로 자라나 있었다.
그리고 그들의 거대한 형체에는 무한하고 강력한 힘이 깃들어 있었다.[32]

아버지 우라노스조차 눈을 돌릴 정도였다. 그는 아이들이 태어나는 족족 세상에서 가장 외지고 어둡고 암울한 곳, 가이아의 자궁 속 타르타로스에 던져버렸다. 그때 그들이 아무리 괴물이라 하

---

32   헤시오도스 저, 천병희 역, 『신들의 계보』, 숲, 2009. p.42.

더라도 어머니의 마음은 어떠했겠는가. 가이아는 복수의 날을 기다렸다. 그리하여 그 다음에 낳아 자궁에 넣어 기르던 티탄족 삼형제에게 아버지 우라노스를 살해하라고 부추겼다. 위로 두 아들은 망설였다. 하지만 막내 크로노스는 겁 없이 나섰다. 가이아는 그 아들에게 청동으로 만든 낫을 주었다.

이제 그리스로마 신화에서도 가장 극적인 장면 중 하나가 생겨난다.

크로노스는 어머니가 준 시퍼런 낫으로 아버지의 생식기를 잘라버렸다. 그것을 통해 어머니와 아버지가 하나로 이어지고 있다고 판단했기 때문이다. 그때 비로소 하늘과 땅이 처음으로 나뉘어

크로노스

졌다. 크로노스는 우라노스의 생식기를 바다에 내던졌다. 그러자 거품이 일면서 세상에서 가장 아름다운 여신 아프로디테가 태어났다. 우라노스가 흘린 피에서는 복수의 여신 에리니에스가 태어났다. 우라노스는 아들 크로노스에게 쫓겨나면서 저주를 남겼다.

"네 이놈, 너 역시 네 아들에게 쫓겨날 것이다!"

자식이 휘두른 낫에 아버지의 생식기가 잘려나가는데, 그것으로부터 오히려 신들의 세상에서도 가장 아름다운 아프로디테 여신이 태어난다. 이것은, 뒤에 살피겠지만, 죽은 신체가 생명을 탄생시키는 창조 작업의 전형적인 한 형태이자 아이러니라고 할 수 있다. 따라서 낫은 살해의 도구인 동시에 과거의 부정과 단절하고 새 생명을 불러오는 정화의 도구인 셈이다.

메소포타미아 최초의 문명인 수메르는 질서정연한 창세서사를 남기지 않았다. 수메르에 이어 들어선 바빌로니아는 서사시 〈에누마 엘리쉬〉를 통해 마르둑과 티아마트의 전쟁을 중심으로 한 창세신화를 전한다. 이 서사시는 토판에 기록되었는데, 1876년 니네베의 폐허가 된 도서관에서 파편들이 발굴되었다. 〈에누마 엘리쉬〉는 7개 점토판에 1,100행이 넘는 분량이며 아카드어로 기록되었다. 이 서사시는 고대 바빌로니아의 세계관을 이해하는 데 귀중한 문헌이다. 무엇보다 메소포타미아 만신전에서 특히 주권자 마르둑의 존재를 확인하고 신에게 봉사하는 존재로서의 인간을 말하고 있기 때문이다.

바빌론 신화에서 마르둑은 거대한 용 티아마트를 죽이고 난 뒤 그 사체를 이용해서 세상을 창조해낸다. 앞서 마야의 층간소음 문제를 살펴봤지만, 메소포타미아 지방의 바빌론 신화에서도 소음이 문제의 발단이었다. 여기서는 아직 인간이 없을 때여서, 소음의 주범은 젊은 신들이었다.

- 태초의 원시 우주에는 민물(혹은 땅 밑의 바다)의 신 아프수(압수)와 짠물(바다)의 신 티아마트 이외에는 아무것도 없었는데, 이들이 결합하여 차차 신들이 태어난다. (수메르 신화에서 최고신이던 엔릴은

바빌론 신화에서는 모든 지혜의 근원인 에아 혹은 엔키로 대체된다.) 티아마트와 아프수는 젊은 신들이 떠드는 바람에 도무지 편안하지 않았다. 그중에서도 아프수는 참을 수 없었다.

> 그들의 행위가 나의 마음을 아프게 합니다.
> 낮에는 쉴 수가 없고 밤에는 잘 수가 없습니다.
> 그들의 행위를 없애고 그들을 쫓아 버려야겠습니다.
> 우리가 잘 수 있도록 조용하게 만듭시다.[33]

티아마트가 반대했지만, 아프수는 자기 종 뭄무(파도)와 함께 모든 젊은 신들을 없애버릴 계획을 세웠다. 신들이 두려움에 벌벌 떠는데, 에아는 이미 이 계획을 알고 있었다. 그리하여 아프수와 뭄무를 잠들게 한 후 결박하여 죽여 버렸다. 그로써 신들의 세계에 평화가 찾아왔다.

에아가 장차 바빌론 신화의 최고신이 될 마르둑을 낳은 것은 그 후의 일이다. 젊은 신들이 아프수를 죽이는 거사에 손을 놓고 있던 티아마트를 비판했다. 이에 분개한 티아마트가 무시무시한 괴물들을 만들어내고 '운명의 서판'을 맡긴다. 이제 그들의 전진을 막을 자는 없었다. 새롭게 나타난 영웅 마르둑 이외에는. 눈이 네 개, 귀가 네 개인 마르둑이 활과 번개와 그물과 폭풍을 무기 삼아

---

33   헨리에타 맥멀 저, 임웅 역, 『메소포타미아 신화』, 범우사, 1999. p.115.

힘겨운 격전 끝에 티아마트와 그녀의 용들을 물리친다. 그런 다음에야 세상은 비로소 오늘 우리가 보는 모습으로 창조되는 것이다.

마르둑은 티아마트를 '말린 시체처럼' 갈라서 절반으로는 하늘을 덮고, 절반으로는 땅을 떠받친다. 새롭게 조성된 하늘의 둥근 천장에 해와 달과 별의 길을 정한다. 티아마트의 머리와 가슴에 산을 쌓는다. 티아마트의 터진 눈에서는 티그리스와 유프라테스가 솟아나게 한다. 티아마트의 '침'으로는 눈과 비가 태어나게 한다.[34]

마르둑은 마지막으로 티아마트의 부하 킨쿠의 목을 잘라 그 피로 인간을 창조한다.

바빌론 신화는 이렇듯 거인 티아마트의 사체로 세상을 만들고, 그 부하의 피로써 인간을 만든다. 소음의 원인에 대해서는 달리 말을 보태지 않는다. 그러나 아카드어로 쓰인 유명한 홍수신화 〈아트라하시스〉는 이와 다르다. 작은 신(=젊은 신)들은 왜 엘릴 신의 잠을 방해했을까. 그들은 그저 혈기 방장해서 그랬던 것일까. 천만에! 작은 신들은 큰 신들이 지켜보는 가운데 힘든 노역을 감당했다. '아눈나키 큰 신'들이 '이기기 작은 신'들에게 일곱 배의 노동을 시켰다. 강바닥을 파서 그 흙을 강둑에 쌓아 올리게 했다. 운하를 파고 수로를 뚫게 했다. 그 일들이 오죽 힘들었을까. 작은 신들은 목

---

34 조르주 루 저, 김유기 역, 『메소포타미아의 역사(1)』, 한국문화사, 2013. p.122.

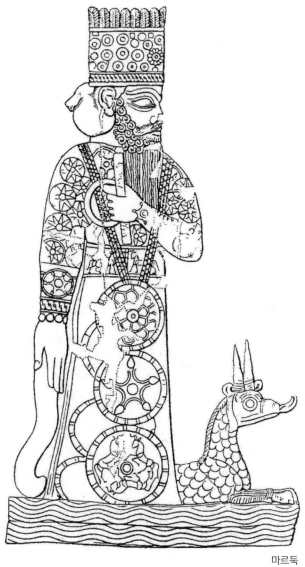

마르둑

놓아 울었다. 그들이 고역의 햇수를 세었더니, 40*60년(즉 아주 오
랜 기간)이었다. 마침내 참을 수 없던 작은 신들이 반란을 일으켰다.
누군가 외쳤다. 신들의 고문관 용사 엘릴에게 가자고! 그를 권좌에
서 끌어내리자고!

　- 신들은 그의 말을 듣고 불을 질렀고
　연장에 불을 질렀다.
　삽에 불을 질렀고
　흙 나르는 바구니를 태웠다.
　손에 손을 잡고 나갔다.
　용사 엘릴의 집 대문을 향하여.[35]

　이처럼 〈아트라하시스〉에서는 소음이 곧 작은 신들의 반란 때
문임을, 그리고 그 반란은 혹독한 노동 때문임을 분명히 밝힌다.
반란의 결과, 에아(엔키)가 중재에 나서서 어머니 여신 닌투로 하여
금 점토를 가지고 인간을 만들도록 했다. 그러니까 인간은 신들의
노동을 대신하기 위해 창조된 셈이다. 인간의 삶이 시난고난 고달
픈 것은 이런 운명을 타고 났기 때문인지 모른다. 그 운명을 거부
하다가는 신들의 벼락을 맞는다.
　어쨌거나 거인의 사체에서 세계가 창조된다는 식의 신화는 북

35　조철수, 『수메르 신화』, 서해문집, 2003. p.80.

유럽에서도 찾을 수 있다. 최초의 생명체 이미르는 한 몸에 남성과 여성을 동시에 지닌 엄청난 거인이었다. 신들은 그가 태어난 이후에나 세상에 나타났다. 이미르가 점점 거대해지면서 공간을 많이 차지하게 되자 신들이 짜고 이미르를 죽였다. 오딘과 그의 형제 신들은 이미르의 죽은 몸으로 세계를 만들었다. 살은 육지가, 피는 물과 바다가 되었다. 다리로 산을, 머리카락으로 나무를, 부스러진 뼈로 돌을 만들었다. 다시 살피겠지만, 이런 사례는 세계 신화의 목록에서 무수히 목격된다.

인간세상을 건 내기

엄숙함과는 거리가 멀어도 한참 먼 창세신화를 한 편 더 보자.

– 까마귀가 세상을 만들었다. 그는 까마귀 부리를 한 사람이었는데, 물이 심연에서 땅을 밀어 올릴 때 그가 부리로 쪼았다. 첫 번째 땅은 집 한 채가 있을 만한 넓이였고, 거기에 아버지, 엄마, 아들로 이루어진 한 가족 세 사람이 살았다. 아들은 아버지가 부리로 쪼아 만든 땅을 평평하게 만들었다. 아버지는 침대에 부레처럼 생긴 주머니를 가지고 있었는데, 아들이 조르고 조르자 마침내 그것을 가지고 놀 수 있게 허락해 주었다. 아들 까마귀가 놀다가 그 부레를 조금 찢어서 그 틈으로 빛이 들어왔다. 아버지는 빛을 원

하지 않았다. 그래서 아들이 부레를 더 찢어 놓을까봐 빼앗았다. 아들은 아들대로 그것을 도로 빼앗으려고 하였다. 이것이 오늘날 낮과 밤이 생긴 이유이다.[36]

북미 이누이트(에스키모)족의 창세신화인데, 얼핏 생각하면 도대체 이게 신화인가 싶고, 만일 신화라면 왜 이런 신화를 만들었을까 싶을 것이다. 아무리 그래도 그렇지 까마귀라니! 그러나 다행히 그는 까마귀인 동시에 '까마귀 부리를 한 사람'이었다고 얼른 말을 보탠다. 혹시 말실수는 아닐까 싶기도 하겠다. 그러나 북미 신화에서 태초의 시공간을 누비던 존재는 처음부터 동물인지 인간인지 경계가 분명하지 않았다. 까마귀, 토끼, 코요테, 거미, 심지어 해골인간도 등장한다. 이렇게 경계선에 선 존재를 트릭스터라고 부르는데, 이에 대해서는 나중에 비중 있게 다룰 것이다. 여기서는 이런 신화를 어떻게 받아들여야 하는가 하는 점에 초점을 맞춘다.

언뜻 이 신화는 창세신화라고 이름이 붙긴 했지만, 다른 많은 창세신화들에 비해서는 어딘가 격이 떨어지는 게 아닌가, 혹시 이렇게 생각할지 모르겠다. 하지만 세계 어떤 창세신화든 품격의 차이를 논할 수는 없다. 그 민족이 나름대로 세상을 대하는 인식이 반영되어 있기 때문이다. 태초에 물밖에 없었는데, 그 물에서 땅이

---

36   Inuit Myths About Creation. http://www.crystalinks.com/inuitcreation.html

솟아나니, 제대로 만드는 작업이 필요했다. 아무 도구도 없으니 까마귀처럼 부리로 쪼아서라도 만들어야 했다. 까마귀/인간은 나름대로 합리적인 추론과 선택의 결과였다. 물론 이 신화에서는 처음 물은 누가 만들었는지, 그 까마귀/인간 가족은 어디서 나왔는지 일일이 설명하지 않는다. 또 말은 까마귀/인간이라고 했지만, 그들이 결국 창조를 담당하는 신이라 할 수 있다. 여기서는 부리로 쪼아 땅을 만드는 아버지의 창조보다 아들의 새로운 역할에 초점을 맞추고 있음이 주목된다. 아들 까마귀는 처음에는 창조의 보조자로서 땅을 평평하게 만드는 데 일조한다. 그러다가 아버지의 부레에 눈길을 돌린다. 조르고 졸라서 그것을 손에 넣은 다음에는, 마침내 아버지의 우려에도 불구하고 부레를 찢어서 빛이 들어오게 한다. 이 사실은 아버지로 대표되는 기존의 질서(암흑)에 흠집을 냄으로써 무엇인가 새로운 창조(빛)를 이루었다는 뜻으로 해석할 수 있다. 아들 까마귀가 부레를 찢지 않았다면, 그러니까 아들이 아버지에게 도전하지 않았다면, 창조는 완성되지 않았을 것이다. 앞서 살폈듯이, 그리스로마 신화의 서막에서 크로노스가 아버지 우라노스를, 다시 제우스가 아버지 크로노스를 제거하는 장면을 연상해도 될 것이다. 제우스가 올림포스의 주인이 되는 것은 그런 존속 상해와 근친 유폐 이후의 일이다. 세계의 창세신화를 두루 살펴보면 창세 과정에서 대립과 갈등이 아주 중요한 모티프로 작용한다는 점을 알 수 있다.

창세신화 중에서 세계적으로 가장 널리 분포되어 있는 모티프 중 하나로 잠수신화를 꼽을 수 있는데, 거기서도 쉽게 그런 대립과 갈등을 살필 수 있다. 태초의 물속에서 누군가가 흙을 가져와 세상(땅)을 만든다는 점에서 잠수신화라고 한다. 몽골과 시베리아를 포함한 동북아시아에 가장 널리 퍼져 있는데, 그밖에도 오키나와, 중앙아시아, 멀리 동유럽과 아메리카 대륙, 태평양 제도와 오스트레일리아까지 유사한 형태의 잠수신화가 두루 분포되어 있다.[37] 최고신의 명령으로 새나 수달 같은 동물이 원시바다 깊은 곳에 들어가서 진흙이나 모래를 가지고 올라오는 게 보통인데, 때로 동물 대신 악마가 그 역할을 맡기도 한다.

– 태초에 아무것도 없었다. 위에는 오직 하늘만이 있고 아래는 바다였다. 하나님이 여행을 하는데 딱딱한 거품들이 뭉친 아주 커다란 껍질에 악마가 앉아 있는 것을 보았다.

하나님이 물었다.

"너는 누구냐?"

"나를 당신 배에 태우지 않으면 대화하지 않겠소."

하나님이 허락하자 악마는 이렇게 대답했다.

"나는 악마요."

---

37 이평래, 「몽골계 민족의 잠수신화 연구」, 《민속학연구》 제34집, 국립민속박물관, 2014. p.7.

둘은 아무 말 없이 함께 여행을 했다. 악마가 먼저 말을 꺼냈다.

"세상에 고정된 땅이 있으면 얼마나 멋지겠소?"

하나님이 말했다.

"그렇게 될 것이다. 깊은 바다 속으로 들어가 모래를 한주먹 가져오너라. 내가 그것으로 땅을 만들 것이다. 내려가서 모래를 집어올 때, 이렇게 말해라. '하나님의 이름으로 가져간다.'라고."

악마는 지체하지 않고 물속으로 들어갔다. 바닥에 이르러서 그는 두 손으로 모래를 움켜쥐고 이렇게 말했다.

"내 이름을 걸고 가져가노라."

위로 올라왔을 때 그는 호기심이 일었다. 그래서 움켜쥔 주먹을 펴보니 놀랍게도 빈손이었다. 하나님은 이 사실을 알고 그를 위로했다. 그에게 다시 한 번 갔다 오라고 했다. 그는 이번에는 바닥에서 모래를 움켜쥐고서는 이렇게 말했다.

"당신의 이름으로 가져갑니다."

그는 가능한 한 많은 모래를 가져오려고 했기 때문에 손톱 밑에도 모래가 끼었다. 하나님은 약간의 모래로 딱딱한 땅의 형태를 만들었다. 그러나 다만 잠을 잘 자리만큼의 크기였다. 밤이 오자 하나님과 악마는 딱딱한 땅위에 누워 잠을 잤다. 하나님이 잠을 자는 동안, 악마는 그를 동쪽으로 밀어냈다. 물속에 빠뜨려 죽일 작정이었다. 하지만 그렇게 되자, 그 방향으로 땅이 더 늘어났다. 악마는 이번에는 서쪽으로 밀었다. 그러자 서쪽으로 땅이 더 늘어

났다. 어떤 방향으로 밀어버리든지 똑같은 현상이 일어났다. 세상의 땅은 그렇게 만들어졌다.[38]

이것은 갈리시아, 즉 유럽 중동부 지역 슬라브 민족의 창세신화이다. 잠수신화의 경우, 태초에 땅보다 먼저 물이 있었다는 점, 누군가가 그 물속에 들어가 흙을 가지고 나와 세상(땅)을 만든다는 점, 따라서 물은 생명과 창조의 원천(씨앗)이라는 점 등이 공통된다. 초기 인류가 물을 이렇게 생명의 원천으로 생각한 사실은 어쩌면 태아가 어머니 뱃속에서 양수 속에 있었다는 사실하고도 무관치 않을 것이다. 양수 속에서 태아가 자라듯, 태초의 물에서 건진 흙도 자라난다. 그렇게 해서 땅이 다 만들어져야 일차적인 창조는 완성되는 것이다. 그런데 특별한 대립 구도가 드러나지 않고, 오히려 창조주의 작업을 돕는 우호적인 협력자들, 즉 오리나 수달처럼 대개 물속을 오갈 수 있는 동물들이 등장하는 신화도 많은 반면, 여기서처럼 창조과정에서 선악(신과 악마)의 대립구도가 확연히 드러나는 경우도 적지 않다.

선악의 대립구도는 천지가 창조된 이후 인간세상을 누가 차지하는가, 신들끼리 내기를 하는 장면에서 더욱 선명하게 드러난다.

---

38 A.H. Wratislaw, Sixty Folk-Tales from Exclusively Slavonic Sources, Boston: Houghton, Mifflin and Company, 1890. pp.153~155. ; 박종성, 「중동부 유럽과 한국의 창세신화 그리고 변주」, 《비교민속학》 제35집, 비교민속학회, 2008. ; 유진일, 「세계 창세신화에 나타나는 잠수모티프 연구-핀 우그루족과 그 주변민족들을 중심으로」, 《세계문학비교연구》 제34호, 세계문학비교학회, 2011.

우리나라에도 함경도 김쌍돌이 〈창세가〉에 신들의 내기 장면이 나오는데, 특히 속임수와 저주에 관한 한 단연 독보적이다.[39]

　하늘과 땅이 생길 때 제일 먼저 나타난 것은 미륵이었다. 미륵이 그때 아직 붙어 있던 하늘과 땅을 구리 기둥 넷을 이용하여 떼어 놓았다. 말하자면 미륵이 천지개벽을 주관한 창세신이었던 것. 인간은 그러고도 한참 뒤에 태어나는데, 쥐와 메뚜기와 개구리보다도 순서가 늦는다. 그렇게 시작된 인간세상은 "섬두리 말두리 잡숫고"(섬으로 말로 먹고, 즉 실컷 먹는다는 뜻) 태평했다. 하지만 석가가 하늘에서 내려온 뒤에는 상황이 백팔십도 달라졌다. 석가는 다짜고짜 "미륵님 세월은 다 갔다, / 인제는 내 세월을 만들겠다."며 인간세상의 소유권을 요구하며 나섰다. 아무런 근거도 없이 대드는 "더럽고 축축한" 석가에게 미륵은 마지못해 내기를 제안한다.

　첫 번째 시합은 동해 바다에서 금병 은병에 각각 줄을 매달아서 끊어지지 않는 쪽이 승리한다는 것이었다. 두 번째 시합은 여름철에 성천강의 강물을 누가 얼어붙게 하는지 겨루는 것이었다.

　이 두 번의 시합에서 모두 미륵이 이겼다. 그러자 석가는 마지막 시합을 제안하는데, 한 방안에서 모란꽃을 피워 그 꽃이 누구 무릎으로 피어오르는가를 겨루는 시합이었다. 여기서도 당연히 미륵이 이긴다. 하지만 석가는 자는 척하고 있다가 몰래 꽃을 바꿔치기했다. 미륵은 뒤늦게 이 사실을 알아차리고 분통을 터뜨리니,

39　서대석, 『한국의 신화』, 집문당. pp.57~60. 현대어로 다시 정리함.

석가의 세상은 "꽃이 피어 열흘이 못 가고, / 심어 십년이 못 가리라."고 헐뜯었다. 그러고도 분이 안 풀렸는지 퍼붓는 저주가 심장약한 소시민들의 상상을 초월한다.

  - 축축하고 더러운 석가야, / 네 세월이 될라치면, / 쩌귀(門)마다 솟대 서고, / 네 세월이 될라치면, / 가문마다 기생 나고, / 가문마다 과부 나고, / 가문마다 무당 나고, / 가문마다 역적 나고, / 가문마다 백정 나고, / 네 세월이 될라치면, / 합들이 치들이 나고, / 네 세월이 될라치면, / 삼천 중에 일천 거사 나느니라. / 세월이 그런즉 말세가 된다.

  한마디로 태평하던 인간세상이 말세가 되게 생겼으니, 그게 온전히 석가 탓이라고 비난한 것이다. 공정하지 못한 방식으로 내기에서 이겼으니 그런 비난을 받아도 싸다고 할지 모른다. 하지만 이를 인간의 눈으로 다시 읽을 때, 무조건 미륵은 옳고 석가는 그르다고 단정해서는 결론이 너무 성급하다. 석가가 내려와서 인간세상을 달라는 말에 미륵이 "아직은 내 세월이지, 네 세월은 못 된다."고 하는데, 이는 언젠가는 이양이 이루어지게 되어 있음을 뜻할 수도 있다. 예를 들어 강물을 얼어붙게 하는 것은 인간에게 이로운 일이 아니다. 석가는 비록 졌지만, 입춘채를 올렸다. 봄이 되기를 기원했다는 말이다. 이것은 미륵이 비록 세상을 만든 공로가 있다 하더라도 앞으로 다가올 새로운 세상을 차지할 자격은 오히려 석가에게 있다는 뜻일 수도 있다. 꽃을 훔쳐오는 것도 인간이 손을 대서 경작한다는 의미로 보는 견해도 있다. 이렇게 보면 석가의 속임수는 표면적으로는 악행이었으되, 실제로는 창세 이후 인간이 살아가는 세상으로 나아가는 필연적인 과정을 상징하는 것인지 모른다.[40] 앞서 죽음에 대해서도 그랬던 것처럼, 신화 속 승패와 선악 또한 곧이곧대로 받아들일 필요는 없다는 말이다. 그렇다면 미륵이 퍼부은 저주대로 오늘날 세상이 몹쓸 세상으로 변해버린 것은 어떻게 해석해야 할까. 어차피 인간세상은 '태평성대'일 수만은 없다. 온갖 사술(邪術)과 무질서의 범람은 피할 수 없는 인간세상의 조건이라는 점을 받아들여야 한다.

미륵이 토속적 샤머니즘의 세계를 말한다면, 불교를 상징하는 석가는 이후 성립하는 고대 문명을 의미한다는 해석도 있다.[41] 이 신화를 구전한 무녀 김쌍돌을 비롯한 샤먼들은 분명히 미륵의 편에 서 있었을 것이다. 그들의 처지에서 보면 문명(특히 불교문명)에 따라 뒷전으로 밀려나는 자신들의 처지 역시 미륵의 그것과 크게 다르지 않았을지 모른다. 그것은 또한 문명의 이름으로 밀려나거나 파괴되는 자연하고도 다르지 않았다. 문제는 장차 그런 세상을 어떻게 개선해 나갈 것인가 하는 점일 텐데, 그것은 온전히 인간

---

40 신연우, 「한국 창세신화의 '속이기' 모티프를 통한 트릭스터의 이해」, 《고전문학연구》 44권, 한국고전문학회, 2013. 김헌선, 박종성도 같은 견해임을 밝히고 있다.

41 조현설, 『우리 신화의 수수께끼』, 한겨레출판사, 2006. pp.88~95.

의 몫으로 남는다. 신화가 보여줄 수 있는 장면은 딱 거기까지다.

어쨌거나 인간세상을 건 내기 현장에 정작 인간 대표는 없다는 게 조금 섭섭하다고나 해야 할까.

인간 탄생의 엄청난 비밀 같은 건 없다

창세신화의 백미는 아무래도 인간이 어떻게 탄생했는지 그 기원이라고 하겠다. 하지만 많은 신화에서 최초의 인간들은 그다지 존중 받았던 것 같지는 않다. 우리 〈창세가〉에서는 미륵이 한 손에 금쟁반을 다른 손에 은쟁반을 들고 하늘에 기도를 올리자, 거기서 각기 금벌레 은벌레가 떨어지고 그 금벌레 은벌레가 자라서 최초의 인간 남녀가 된다.

- 옛날 옛 시절에, / 미륵님이 한쪽 손에 은쟁반 들고, / 한쪽 손에 금쟁반 들고, / 하늘에 축사하니, / 하늘에서 벌기(벌레) 떨어져, / 금쟁반에도 다섯이오 / 은쟁반에도 다섯이라. / 그 벌기 자라 와서 / 금벌기는 사나이 되고, / 은벌기는 계집으로 마련하고, / 은벌기 금벌기 자라 와서, / 부부로 마련하야, / 세상사람이 낳았어라.

말하자면 벌레가 인간의 조상이라는 소리인데, 사실 이 정도도 양호한 대접이다. 비록 벌레라고 하더라도 금벌레 은벌레는 되니까.

앞서 소개한 마야 신화에서 쌍둥이 형제가 최초의 인간은 아니라고 했다. 세상의 문이 열린 후 제일 먼저 지상에 출현한 것은 동물들이었는데, 네 발 달린 짐승이든 날개 달린 새들이든 하나같이 말을 할 줄 몰랐고, 그저 주둥이와 부리가 생긴 대로 울부짖거나 짹짹거릴 뿐이었다. 그런 형편에서는 신들을 공경할 수도 없었다. 신들이 인간을 만들 필요성을 느낀 건 그 때문이었다. 화가 난 신들은 동물들에게 앞으로 살이 갈가리 찢기는 고통을 숙명으로 받아들이라며 저주를 퍼부었다. 그런 다음 본격적으로 '인간'을 만들기 시작했다. 그들은 땅에서 진흙을 떼어내 사람의 살을 만들었다. 그러나 그건 별로였다. 흐물흐물 녹아버렸고, 비리비리했고, 제대로 움직이지도 못했다. 맥없이 쓰러지고 또 절뚝거렸다. 머리를 들지도 못했고, 얼굴을 한쪽으로 떨구었고, 시야도 흐릿했다. 고개를 돌리는 건 애초 불가능했다. 처음에는 입을 열어 무어라 말을 했지만, 알고 보니 아무런 의미 없는 '헛소리'일 뿐이었다. 게다가 금세 물에 녹아서 설 수도 없게 되었다. 스스로 번식한다는 건 도저히 상상할 수도 없었다. 신들은 이제 한데 모여 새로운 작업을 시도했다. 자기들을 먹여 살리고 섬기고 기억해줄 인간을 만드는 좋은 방법을 궁리했다. 그 결과 나무인간을 만들었다. 그들은 사람처럼 말도 하고 땅위에서 번식도 했다. 딸도 가졌고 아들도 가졌다. 그러나 그들은 영혼도 없고 마음도 없었다. 그야말로 목석이었다. 그들은 창조자를, 즉 '하늘의 심장'을 기억하지 못했다. 그들은 그저 네 발로, 아무 목적도 없이 길 뿐이었다. 화가 난 창조주들은 그들에게도 다시 벌을 내렸다. 엄청난 홍수를 퍼부었다. 그것으로도 모자라 이세코토바치(독수리)라는 것을 보내서 그들의 눈을 찔렀고, 카말로츠(흡혈박쥐)라는 것을 보내서 그들의 머리통을 잘랐다. 코츠발람(재규어)이라는 것을 보내서 그들의 살을 먹어치웠다. 투쿰발람(맥)이라는 것도 보내서 그들의 뼈와 신경을 부수고 난도질했다. 뼈는 갈아서 가루로 만들었다. 문제는 그렇게 무시무시한 동물들만 나무인간들에게 덤벼든 게 아니라는 데 있었다.

　- 크고 작은 동물들, 막대기와 돌들이 와서 나무인간들의 얼굴을 때렸다. 그리고 모두 말하기 시작했다. 흙으로 빚은 항아리, 번철, 접시, 솥, 맷돌까지 일제히 일어나서 그들의 얼굴을 때리기 시작했다.
　"너희가 우리를 못살게 굴었다. 이제 우리가 너희를 죽일 테다."
　개가 말했다. "너희는 왜 우리에게 먹을 걸 안 줬지? 우리를 거의 돌보지도 않았어. 그러면서 우리를 쫓아내고 내몰았다. 너희는 우리가 밥을 먹고 있을 때 몽둥이로 때리려고 했어. 그러니 너희는 우리에게 할 말이 없어. 우리가 너희를 지금 바로 여기서 죽이지 않겠지만, 왜 너희는 앞날을 생각하지 않았지? 왜 스스로 생각해 보지 않았지? 이제 너희는 우리의 이빨 맛이 어떤지 알게 될 거야."

이렇게 말하고 개는 나무인간의 얼굴을 부셔버렸다. 동시에 번철과 솥이 말했다.

"너희는 우리에게 고통과 아픔을 안겨주었어. 우리의 입과 얼굴은 그을음 때문에 까맣게 됐지. 우리는 언제나 불 위에 올라갔어. 너희는 우리를 마치 우리가 아무 아픔도 못 느끼는 양 불에 달궜지. 이제 너희가 그걸 당해 봐. 우리가 너희를 태워버릴 테다."

아궁이에 쌓여 있던 돌들도 불에서 튀어나와 나무인간을 향해 곧장 날아갔다. 그래서 나무인간에게 고통을 주었다. 절망적인 나무인간들은 재빨리 달아났다. 그들은 집 꼭대기로 올라가려고 했지만, 집이 무너지면서 땅바닥에 굴러 떨어졌다. 나무 꼭대기로 기어 올라가려고 했다. 나무가 그들을 내동댕이쳤다. 동굴로 달아나려고 했다. 동굴이 그들을 내쫓았다.

그렇게 나무인간들은 부서지고 망가졌다. 나무인간들의 입과 얼굴은 엉망진창이 되어버렸다. 그 후손들이 지금 숲속에 사는 원숭이들이라고 한다.[42]

나무인간의 멸종 과정은 비극적이면서도 희극적이다. 그동안 그들로부터 학대와 천대를 받았다고 생각한 동물과 사물이 역습을 하는데, 나무인간은 속절없이 당할 수밖에 없다. 개, 닭, 맷돌,

42 Delia Goetz and Sylvanus Griswold Morley(trans.), The Book of the People: POPOL VUH, (from Adria n Recino's translation from Quiche into Spanish, 1954) http://www.bibliotecapleyades.net/popol_vuh/book/pv11.htm

솥, 돌이 나무인간을 향해 공격을 가하는 장면은 한편으로 마음이 짠하면서도 다른 한편으로 어쩔 수 없이 웃음을 짓게 만든다.

중국 소수민족 이족(彝族)의 창세서사시 〈아시더셴지〉에도 현생인류 이전 시기의 여러 종류 인간들이 등장한다.[43] 제1세대는 사람들의 눈이 개미 눈과 같은 장님이라 아무것도 볼 수가 없었다. 이들은 일곱 개의 태양이 한꺼번에 나타나자 바짝 타버려서 모두 죽게 되고, 동굴 속에 숨어 있던 남매가 나와서 여섯 개의 태양을 처치한 후 제2세대의 사람이 탄생했다. 그들은 메뚜기 눈처럼 생긴 직목인이었다. 그들도 산에서 일어난 불로 다 타죽고 또다시 한 남매만 살아남았다. 그들이 다시 자녀를 낳으니, 제3세대 귀뚜라미 눈처럼 생긴 횡목인 시대로 접어든 것이다. 그러나 천상의 금룡신이 홍수를 내려 이들 또한 오누이만 남기고 다 빠져 죽는다. 오누이는 작은 상자를 타고 살아남았다. 천신은 홍수가 물러간 뒤 오누이더러 혼인을 하라고 권했다. 오누이는 아무 대답도 하지 않았다. 오누이가 어찌 혼인을 하느냐며 거부한다는 뜻이었다. 천신이 오누이에게 몇 가지 시험을 제안했다. 그것들을 다 거쳐서야 오누이는 혼인이 하늘의 뜻임을 깨닫고 부부가 되었다. 그들이 박씨를 심어 생겨난 박 속에서 또 새로운 인류가 나왔는데, 그들은 제4세대 눈이 젓가락처럼 생긴 젓가락 횡목인이며, 비로

---

43   나상진, 「이족 4대 창세사시의 서사구조와 신화 상징 연구」, 연세대학교 석사학위 논문, 2010.

중국 싼싱두이 유적에서 발굴된 청동 종목인상

소 오늘날 우리와 같은 인류의 선조인 것이다.

　그런데 솔직히 이럴 거면 인간은 왜 만들었는지 따지고 싶은 마음마저 든다. 앞서 마야 신화에서는 제대로 된 경배를 받기 위해서라고 이유를 밝혔다. 그리스로마 신화와 메소포타미아 신화에서도 신들에 대한 경배는 인간 탄생의 중요한 모티프가 된다. 메소포타미아 신화에서는 더 나아가 신들이 하던 노동을 대신 시키기 위해서라는 이유를 덧붙이는 솔직함을 드러낸 바 있다.

해와 달을 쏘아 없앤 명궁들

처음 나타난 세상은 생각만큼 완전하지 않았다. 창세신들도 딱히 경험이 없었기 때문인지 모른다. 무엇보다 하늘에 태양이 여러 개 뜬다는 게 큰 문제였다. 지역마다 조금씩 다르지만 해와 달이 한꺼번에 열 개, 열두 개나 뜨는 곳도 있었다. 당연히 낮에는 너무 뜨거워서, 밤에는 너무 추워서 살 수 없을 게 아닌가.

누군가는 그런 고난의 세월을 끝내야 했다. 백두산(장백산)은 신령한 산이기 때문에 예부터 그 주변에서 많은 영웅이 태어났다. 아홉 개나 되는 해를 쏘아 하나로 정리한 산인베즈(三音貝子)도 있었다. 그는 명궁이지만, 제 활솜씨만으로 대업에 도전하지 않고 아버지 장백산 산주와 구렁이신, 토지신을 비롯하여 까치, 까마귀 등 여러 새들의 도움을 받는다. 이는 그가 조상신령과 자연신령의 도움을 받는 것이며, 이로써 그가 샤먼의 성격을 강하게 지닌다고 추측할 수 있다. 그렇다면 샤먼으로서 활을 쏘는 것은 실제로 태양을 없앴다는 뜻이 아니고, 가혹한 한발과 같은 자연재해를 해결하겠다는 의지를 담은 일종의 모의주술적 행위라고 하겠다.[44] 이처럼 산인베즈의 활쏘기 신화는 만주인의 독특한 문화를 대변한다.

창세신화에서 태양과 달을 쏘아 떨어뜨리는 이른바 사일(射日) 신화의 사례는 우리나라의 〈시루말〉, 〈천지왕본풀이〉 등을 비롯

---

44 최원오(2000), 「동아시아 무속영웅서사시의 변천과정 연구-제주도, 만주족, 허저족, 아이누의 자료를 중심으로」, 서울대학교 박사학위 논문. pp.76~80.

하여 동아시아 곳곳에서 찾아볼 수 있다. 특히 중국 한족의 신화에서 열 개나 뜬 태양 중에서 아홉 개의 태양을 쏘아 떨어뜨린 명궁 예(羿)는 사일신화의 대표주자격인 등장인물이다. 몽골에서는 에르히 메르겐이라는 명사수가 그 임무를 맡는다.

대만 타이야족(泰雅族)의 신화도 자연의 재해 앞에서 굴복하지 않는 인간의 도전정신을 보여주는 데 초점을 맞춘다. 거기서는 태양을 쏘아 정리하는 일이 워낙 엄청난 역사이기 때문에 한 세대로 끝나지 않고 대를 이어 임무를 완수할 수밖에 없다고 판단했다. 동아시아의 다른 지역에 비해 독특한 설정이라고 할 수 있다.

- 태곳적 하늘에는 두 개의 태양이 있었으며, 둘 다 아주 거대했다. 그중 한 태양은 지금의 태양보다 몇 배나 더 거대했다. 그 두 태양이 자주 떠올라서 낮밤의 구분이 없었으며, 어떤 때는 두 태양이 함께 떠오르기도 하였다. 수목이 말라 죽고 강이 바닥을 드러내고 농작물은 자라지 못했기 때문에, 사람들의 생활은 말이 아니었다.

어느 날, 족장과 부족민들이 논의한 끝에 최정예 용사 세 명을 뽑아 태양의 땅에 가서 그중 한 개의 태양을 쏘아 떨어뜨리게 하였다. 태양의 땅은 매우 멀었다. 세 명의 용사는 준비에 만전을 기하기 위하여 각기 갓난아이를 한 명씩 업고 갔다. 한 달 두 달 거리가 아니었다. 일이 년 거리도 아니었다. 수십 년 세월이 살처럼 흘렀다. 태양과의 거리도 그만큼 가까워졌다. 용사들은 이제 늙어버렸고, 끝내 죽고 말았다. 그들이 출발할 때 등에 업고 갔던 아이들은 이미 건장한 청년이 되어 있었다. 그들이 아버지 세대 대신 계속 전진했다. 마침내 태양이 사는 땅에 당도했다. 세 명의 용사는 이튿날 새벽 산골짜기 기슭에서 태양이 나타나기를 기다렸다. 태양이 둥실 떠오르자, 연이어 활을 쏘아 그중 가장 큰 태양을 맞추었다. 태양은 펄펄 끓는 피를 쏟아냈고, 그 자리에서 용사 한 명이 그 피에 휩쓸려 죽었다. 다른 두 명은 화상을 입었으나, 서둘러 집으로 도망쳤다. 돌아오는 길은 그만큼 또 멀어서, 두 사람은 다시 노인이 되었다. 어쨌거나 그때 이후로 밤낮의 구분이 생겼다. 사람들은 밤에 뜬 달을 보고 그것이 화살에 맞아 죽은 태양의 사체임을 알 수 있었다.[45]

사일신화는 창세과정에서 태양이나 달의 수를 조정하여 인간이 살기에 적당한 환경을 만드는 데 초점을 맞추기 때문에, 이를 일컬어 '일월조정신화'라고도 한다. 경기도 오산 지역에 전승되는 창세신화 〈시루말〉에서는 당칠성의 두 아들 선문이와 후문이가 각기 두 개씩 뜬 해와 달을 활을 쏘아 하나씩으로 조정하는 역할을 맡는다. 앞서 언급한 제주도의 무속서사시 〈천지왕본풀이〉에서는 함흥 〈창세가〉에서 석가가 미륵을 속였듯이 동생 소별왕

---

45 泰雅族, 〈射日傳說〉 http://210.240.125.35/citing/citing_content.asp?id=3181&key
    word=射日傳說

이 형 대별왕을 속여 이승을 차지한다. 그런데 소별왕이 막상 이승을 다스리려고 하니 혼란이 이만저만이 아니었다. 하늘에는 해도 둘, 달도 둘이 떠서, 만백성이 낮에는 더위로 죽어가고, 밤에는 추위로 죽어갔다. 풀과 나무, 새와 짐승 들이 말을 하여 세상은 뒤범벅이고, 귀신과 생인(인간)이 분별이 없어 귀신 불러 생인이 대답하고, 생인 불러 귀신이 대답하는 판국이었다. 게다가 역적과 살인자와 도둑이 들끓고, 남녀 가릴 것 없이 제 남편 제 부인을 두고 간음이 널리 퍼져 있었다. 소별왕은 그 혼란을 바로잡을 재주가 없었다. 결국 형을 찾아가 부탁하니, 대별왕은 천근 활과 화살을 준비하여 앞에 오는 해와 달은 남겨두고 뒤에 오는 해와 달을 하나씩 쏘아 각기 동해와 서해로 떨어뜨렸다. 그런 다음 송피가루를 뿌려 초목과 금수의 혀를 굳혀서 더 이상 말을 하지 못하게 만들었다. 마지막으로 귀신과 생인은 저울로 재서 백 근을 기준으로 백 근이 차고 넘치는 놈은 인간으로, 못 되는 놈은 귀신으로 보냈다. 그때부터 세상의 질서가 잡혔다는 것.[46] 이 마지막 부분에서 약간 다른 이야기가 보태지는 판본도 있다. 백 근이 모자란 건 귀신으로 보내되 눈동자를 두 개 박아서 보냈다는 것. 그래서 이후 귀신은 저승과 사람을 볼 수 있으나, 사람은 눈동자가 하나밖에 없어서 귀신을 바라볼 수 없게 되었다는 이야기.[47] 이 이야기에 따

---

46 현용준, 『제주도 신화』, 서문당, 1996. pp.11~21.
47 김순이, 『제주신화』, 여름언덕, 2016. p.72.

르면 차라리 눈동자가 하나만 있는 게 낫다는 생각이 든다. 눈동자가 둘이어서 언제나 저승을 볼 수 있다면 어땠을까. 생각만 해도 끔찍하다. 죽은 사람을 볼 수 있다는, 영화 〈식스 센스〉(1999)의 아이가 문득 떠오른다.

노아의 홍수 이전의 대홍수

문제는 이렇게 제법 살 만하게 다져진 세상에 등장한 최초의 인간들이 그들대로 심각한 문제를 일으킨다는 사실이다. 이는 전 세계 창세신화에 거의 예외 없이 나타나는 현상인데, 신의 의지를 시험하는 결정적인 계기가 된다. 물론 신들은 우리가 생각하는 것보다 훨씬 참을성도 없고 너그럽지도 못하다. 다짜고짜 벼락을 때리고 동굴에 가두는 것은 기본이다. 예를 들어 제우스의 변덕과 이기심, 게다가 앞뒤 가리지 않는 성격이 아테네 평원과 에게해를 얼마나 많은 비극으로 물들였는지 굳이 들추지 않아도 쉽게 이해할 것이다.

최초의 인간들이라고 마냥 옹호해줄 수는 없다. 그들이 저지른 잘못 중에는 어쩔 수 없는 실수도 있었지만, 게으름이라든지 알량한 오만도 크게 작용했기 때문이다.

- 산탈족이 참파에 살 때 그들은 타쿠르 바바 신을 숭배했다. 그

당시 쌀은 다 자라면 저절로 겉껍질이 벗겨졌고, 목화는 이미 직조된 상태의 옷감을 안겨주었다. 사람들은 머리에서 이를 잡을 필요도 없었고, 해골은 느슨하게 자라서 자기 머리를 떼어낸 다음 깨끗이 씻어서 다시 붙일 수 있었다. 그러나 이 모든 것이 한 라자(군주 혹은 부족장)의 시녀가 저지른 잘못 때문에 틀어지고 말았다. 그녀가 들판에 나갔을 때 쌀을 따서 먹고 싶었다. 그녀는 마침 외양간을 치우고 나온 터라 손이 더러웠기 때문에 옷에다 대충 씻었다. 그녀의 이런 더러운 행위에 화가 난 타쿠르 바바는 인간에게 주었던 편리함을 거둬들였다. 그때부터 쌀은 껍질 속에서 자랐고, 목화는 날것의 솜으로 자랐으며, 사람의 해골은 고정되어서 움직이지 않게 되었다.

그때 하늘과 땅은 아주 가까워서 타쿠르 바바는 종종 사람들의 집을 방문하곤 했다. 그래서 마을에는 이런 말이 있었다.

"더러운 잎사귀 접시를 문 앞이나 뒤에 버리지 말라. 놋쇠 접시를 밤에도 닦지 않은 채 내버려 두지 말라. 타쿠르 바바가 와서 보면 집으로 들어오지 않고 우리를 저주하실 것이다."

어느 날 한 여자가 밥을 먹고 나서 접시로 사용한 잎사귀를 문 밖에 내버렸다. 그때 바람이 불어와 그것을 하늘로 말아 올렸다. 타쿠르 바바가 기분이 상해서 그때부터는 더 이상 인간하고 가까이 살지 않기로 결심했다. 그리하여 하늘을 오늘날 우리가 보는 것처럼 지상에서 한참 떨어지게 끌어올렸다.

이런 식으로 사람들이 타쿠르 바바를 화나게 만들었기 때문에 그는 결국 인간을 멸망시키기로 결심했다.[48]

이것은 주로 인도 벵갈 지방에 사는 토착민족으로, 방글라데시에서는 소수민족으로 분포하는 산탈족의 신화이다. 첫 번째 인류는 아주 행복한 환경에서 살았으나, 시간이 흐르면서 고마움을 잊고 함부로 사는 바람에 신의 노여움을 받는다. 그때부터 먹고 살려면 힘든 노동을 해야 했다. 쌀은 껍질 속에서 자라 일일이 타작을 해서 껍질을 벗겨내야 먹을 수 있게 된다. 목화는 날것의 솜으로 자라 그걸 따려면 가시에 수없이 손을 찔리는 것은 물론이고, 그 솜으로 다시 옷을 해 입으려면 몇 번이나 더 힘든 직조 과정을 거쳐야 했다. 게다가 사람의 해골은 고정되어서 움직이지 않게 되었으니, 머리에서 이를 잡을 때를 비롯해서 불편할 때가 한둘이 아니었다. (그런데 죄는 왜 꼭 여자가 짓는가!)

징벌은 끝나지 않았다. 하늘을 오가는 통로마저 막은 것으로도 모자라 신은 엄청난 자연재해(대개 대홍수)를 일으켜 인간을 멸망시킨다. 홍수신화는 창세신화를 일정하게 마무리하는 과정에서 하나의 높은 언덕 같은 기능을 한다. 최초의 인간들이 저지른 잘못을 징치함으로써 신(들)의 위엄을 회복하려는 마지막 시도이기

---

48 Cecil Henry Bompas, Folklore of the Santal Parganas, Indian Civil Service, 1909. Part V. CLX. The Beginning of Things.

도 하다. 세계 도처의 신화에 무수한 홍수 이야기가 나타나는 것도 이 때문이다. 가장 유명한 것은 물론 구약에 나오는 〈노아의 방주〉일 것이다. 성서의 고유함을 믿는 이들에게 이 사건은 그것 자체로 하나님의 권능을 증명하는 위대한 심판이자 유일무이한 역사(役事)로 기억되고 기록되어야 한다. 하지만 19세기 후반 메소포타미아 지방에서 속속 발굴된 점토판들은 바이블의 이런 위엄에 대해 논쟁의 빌미를 제공하기 시작했다. 예컨대 니푸르에서 발굴된 수메르의 점토판에도 홍수신화가 기록되어 있었는데, 3분의 2는 유실된 채 전해졌다. 그 유실된 부분을 다른 자료들을 통해 어느 정도 복원할 수 있었다. 해석해 본 결과, 그 내용이 〈노아의 방주〉 이야기와 유사했다. 심지어 어떤 문장은 거의 똑같은 것처럼 보이기도 했다.

　주인공의 이름을 따서 〈지우수드라의 홍수 이야기〉로 붙여진 이 신화는 앞서 본 유명한 홍수신화 〈아트라하시스〉와 유사하지만, 다만 한 가지, 인류를 절멸시키는 대홍수는 (작은 신들이 아니라) 인간의 소음 때문에 일어났다고 하는 점이 다르다. 인구가 늘어나자 이러쿵저러쿵 인간들의 불평불만 또한 늘어났다는 것. 신들의 왕 엔릴(엘릴)은 인간의 요구를 눈곱만큼도 받아들일 의향이 없었다. 무엇보다 잠을 못 자니 짜증만 늘었다. 급기야 인간을 없애버리겠다고 결심한다. 그러면 모든 문제가 깨끗이 해결되고 잠을 편히 잘 수 있겠거니 판단한 것이다.

- 인간이 늘어나자 덩달아 불평불만도 늘어났다. 신들의 왕 엔릴은 인간들이 불평하는 소리에 잠을 제대로 이룰 수 없었다.

"홍수를 일으켜 인간을 모두 없애버리자."

엔릴이 말했다.

그러자 닌투는 자기가 만든 창조물들을 위해 울었다. 성 인안나는 백성들 때문에 커다란 슬픔에 잠겼다. 안, 엔릴, 엔키, 니후르삭은 하늘과 땅의 신들로 하여금 안과 엔릴의 이름으로 서약을 하게 했다.

그때 지우수드라가 왕이자 동시에 사제였다. 그는 앞일을 내다보는 신상을 만들어, 경외심을 갖고 서서 소원을 빌었다. 그는 매일같이 거기 서 있었다. 꿈은 아닌데 무엇인가 나타났다. 지우수드라는 그 옆에 서서 귀를 기울여 들었다.

"내 왼쪽, 담벼락 옆에 서서 들어라! 내가 네게 담에 대고 말하노니, 내가 말하는 바를 잘 따르라. 내 충고에 주의를 기울여라! 우리 손으로 홍수가 일어나 모든 도시와 온 나라를 휩쓸어버릴 것이다. 우리가 그렇게 결정했다. 인간을 파멸시키기로. 회의에서 결정된 판결은 뒤집어질 수 없다. 안과 엔릴의 명령은 철회된 적이 없다. 내 네게 이르노니……."

엔키는 지우수드라에게 방주를 만들고 모든 동물을 쌍으로 실어 홍수에 대비토록 하였다. 과연 폭우가 시작되었다. 세상이 온통 물에 잠겼다. 거친 바람이 불고, 폭풍우가 몰아쳤다. 홍수가 칠

아트라하시스

일 밤 칠일 낮 동안 모든 도시를 집어삼켰다. 망망대해에 지우수드라의 배가 떴다. 지우수드라가 배에 구멍을 뚫었다. 훌륭한 태양신 우투가 햇빛을 배 안으로 비춰주었다. 지우수드라는 땅에 내려 우투에게 감사의 기도를 올렸다. 황소를 잡고 양을 잡아 제사를 지냈다. 보리로 과자를 만들어 바쳤다.

엔릴은 생존자가 있다는 사실을 알아차리고 화를 냈다. 엔키가 사정을 설명했다.

"당신들이 여기서 하늘의 생명의 숨에 걸고, 땅의 생명의 숨에 걸고 맹세했습니다. 그 역시 우리와 함께 하도록 합시다. 그가 땅 밑에서 오는 작은 짐승들을 상륙시킬 것입니다."

지우수드라 왕은 안과 엔릴 앞에 와서 땅에 입을 맞추었다. 안과 엔릴이 그를 축복해 주었다. 그에게는 신과 마찬가지로 영생이 보장되었다. 그날부터 그들은 지우수드라 왕에게 작은 동물들과 인류의 종자를 보호하게 하였고, 그를 딜문의 산맥 너머 동쪽에 살게 하였다.[49]

놀랍게도 이 수메르판 홍수신화는 무려 기원전 27세기경까지 그 기원을 추적해 갈 수 있다. 이 홍수신화가 현재까지 전해지는 인류의 모든 홍수신화 중에서 가장 오래된 이야기일 수 있다는 말

---

49   The great Flood: the Eridu Genesis. http://www.livius.org/fa-fn/flood/flood2-t. html ; 조철수, 『수메르 신화』, 서해문집, 2003. 중 「지우수드라의 홍수 이야기」.

이다. 이 사실은 당연히 전 세계적으로 비상한 관심을 불러일으켰고, 그에 따라 많은 연구가 이루어졌다. 그 결과, 〈길가메쉬 서사시〉에 나오는 우트나피쉬팀의 홍수 이야기는 물론이거니와, 바빌론의 〈아트라하시스〉, 그리고 무엇보다 성서 〈창세기〉에 나오는 〈노아의 방주 이야기〉에도 상당한 영향을 미친 것으로 확인되고 있다.

다행스럽게도 인류에게는 아직 한 번 더 기회가 주어진다. 그렇다고 노아나 지우수드라, 아트라하시스, 우트나피쉬팀처럼 살아남아 영생을 보장받는 인류는 그리 많지 않다. 서아시아 이외 아시아의 다른 많은 지역에서는 대개 두 아이(주로 남매)가 동굴 속에 숨어 있다가(혹은 박 속에 들어가 있다가, 혹은 배를 타고 있다가) 살아남아 오늘 우리와 같은 '두 번째 인류'의 시조가 된다. 산탈의 신화에서는 두 남녀를 동굴 속에 숨겨준다.

전 세계적으로 거의 모든 민족이 갖고 있는 홍수신화에서 이와 같은 징벌형이 차지하는 비중이 가장 크다. 문제는 〈노아의 방주〉와 달리, 살아남은 두 남녀가 대개 남매라는 데 있다. 거기서 인류라는 종을 보전해야 하는 의무와 근친 간에 어떻게 부부가 되느냐 하는 윤리 사이에 갈등이 비롯한다. 이 점을 의식해 각 민족은 저마다 그럴싸한 해결책을 제시한다. 남매가 혼인을 맺는 게 하늘의 뜻임을 스스로 입증하는 절차를 거치는 게 가장 흔한 해결책이다. 예를 들어 남매가 각기 다른 산에 올라가 맷돌을 굴리자 산 아래에서 맷돌의 위아래 짝이 딱 달라붙는다. 오빠가 그것으로 설득하면 누이동생이 대개 받아들이지만, 때로는 삼세 번 증거를 요구하기도 한다. 앞서 살펴본 중국 이족의 창세서사시 〈아시더셴지〉에서는 깐깐한 오누이가 세 번도 모자라 네 번이나 거듭 시험을 요구한다. 첫 번째는 산 위에서 맷돌 암수 한 짝을 굴리게 하는 것이었는데, 그것들이 산 아래에서 한데 합쳐졌다. 그 다음으로 키와 체를 굴렸는데, 누이가 굴린 키 위에 오빠가 굴린 체가 올라가 하나가 되었다. 그 다음으로 누이가 바늘을 들고 오빠가 실을 들고 멀찌감치 서 있다가 오빠가 실을 던지자 누이의 바늘귀 속으로 정확히 들어갔다. 마지막으로 각기 다른 산의 꼭대기로 올라가 불을 피웠더니 그 연기가 한데 합쳐졌다. 그제야 오누이는 혼인이 하늘의 뜻임을 깨닫고 부부가 되었다.

이족의 다른 창세서사시 〈메이거〉에서도 누이동생은 물론 오빠까지 여간 까다로운 게 아니다.[50] 거쯔 천신까지 나서서 둘의 결합을 종용하지만, 남매는 평소 가정교육을 그렇게 받았는지 아주 완강하다. 맷돌이 하나가 되어도, 키가 하나로 되어도, 새들이 교합을 해도, 암나무 수나무가 서로 섞여도 남매는 이런 식으로 말할 뿐이다.

"인간은 인간이고 맷돌은 맷돌입니다. 저희는 한 부모 밑에서 태어났으니 결혼할 수 없습니다."

---

50 나상진 편역, 『오래된 이야기 메이거(梅葛)』, 민속원, 2014.

"사람은 사람이고 나무는 나무입니다."

비유 따위로 현실을 호도하지 말라는 것이다. 천신이 애가 달아 오리와 거위까지 동원하여 설득하지만, 남매는 끝끝내 거부한다. 결국 거의 울상이 되다시피 한 거쯔 천신에게 남매가 제시한 해결 책은 이런 것이었다.

"오빠인 제가 상류에서 몸을 씻고, 동생이 하류에서 그 물을 떠 마시면 임신을 할 것입니다."

남매가 오히려 천신을 가르쳤다. 아홉 달 후 과연 누이동생은 괴 이한 조롱박 하나를 낳는다. 겁이 난 누이동생이 그걸 내다 버리 자, 천신이 다시 애가 달아 멧돼지, 수달, 장어, 매, 새우 따위를 불 러 바다에서 그 조롱박을 꺼내 올리게 했다. 그런 다음 직접 구멍 을 뚫으니, 그 안에서 새로운 인류 아홉 민족이 나왔다.

죽은 신이 남긴 것들

신화의 세계는 참으로 깊고 넓고 오묘하다. 그것을 오늘의 시점 에서 파악하려고만 하면 때로 문제가 생긴다. 우선 말이 안 되는 경우가 많기 때문이다. 리처드 도킨스 같은 사람이 어떻게 이를 받아들일 수 있겠는가.

"무언가를 설계할 정도로 충분한 복잡성을 지닌 창조적 지성은 오직 확장되는 점진적 진화 과정의 최종 산물로 출현한 것이다…… 진화된 존재인 창조적 지성은 우주에서 나중에 출현할 수밖에 없으므로, 우주를 설계하는 일을 맡을 수 없다. 이 정의에 따르면, 신은 망상이다."[51]

진화론에 신이 들어설 자리는 없다는 말이다. 진화론에서는 단순한 것이 먼저 있고, 복잡한 것은 나중에 존재한다. 말하자면 차마 IQ라는 걸 말할 계제도 못되는 게 먼저 나타나고, 고도의 지성은 시간이 흘러서야 겨우 나타난다. 그러니 이 세상을 오늘 우리가 보듯이 이토록 기기묘묘한 생명체들로 가득한 상태로 '창조'한 어떤 뛰어난 존재가 먼저 있었다는 발상은 아예 성립할 수도 없는 것이다. 당연히 신은 부정된다.

신이 없는데, 죽음 이후인들 어찌 가능할까. 진화론자들은 명쾌하다. 죽음은 그것으로 깨끗이 끝이다. 세포의 사멸일 뿐이다. 당연히 부활도 없다. 추억이야 가능하겠지만, 달리 구질구질 달라붙는 불가사의한 존재 같은 것도 인정할 수 없다. 반면, 이런 점에서라면 신화는 구질구질하다. '깨끗한 끝' 같은 건, 없다.

예를 들어 일본의 원령 신화에서는 사람이 억울하게 죽으면 원혼이 생긴다고 생각하고, 당연히 그 원혼을 풀어주어야 한다고 생각했다. 일본 마쓰에 현에 아즈키토기교라는 다리가 있는데, 그

51   리처드 도킨스 저, 이한음 역, 『만들어진 신』, 김영사, 2007. pp.51~52.

근처에서는 노래를 부르면 안 된다. 그곳의 망령들이 화를 내기 때문이라고.[52] 어느 날 밤 두려움을 모르는 사무라이가 노래를 부르며 지나갔다. 망령은 나타나지 않았다. 사무라이는 싱긋 웃으며 다리를 건넜다. 집 근처에 이르니 한 번도 본 적 없는 미녀가 나타나 인사를 하면서 상자 하나를 건넸다. 그러면서 홀연 사라졌다. 사무라이가 상자를 여니 어린아이의 피투성이 목이 보였다. 놀란 사무라이가 얼른 집으로 뛰어 들어갔다. 방안에는 과연 목이 잘린 어린아이의 시체가 나뒹굴고 있었다. 사무라이에게 상자를 건넨 미녀는 바로 다리 근처에서 억울하게 죽은 처녀의 원혼이었던 것이다. 다리목을 지키는 이런 종류의 원령을 하시 히메(橋姬)라고 하는데, 일본의 고전소설에도 종종 등장한다.

하시 히메가 지킨다는 우지 강
그 여울물에 삿대질하며 지나가는 배
아, 쓸쓸한 우지 다리의
하시 히메의 마음을 생각하면
삿대에서 떨어지는 물방울처럼
내 소맷자락도 눈물에 젖으니
그 얼마나 시름이 많겠는지요.[53]

---

52 라프카디오 헌 저, 노재명 역, 『라프카디오 헌, 19세기 일본 속으로 들어가다』, 한올, 2010. p.64.
53 무라사키 사키부 저, 김난주 역, 『겐지 이야기』, 제8권 제45첩, 한길사, pp.109~110.

일본 천지에는 온갖 혼령들과 요괴 따위가 널려 있는데, 그중에는 사물이 변해서 생긴 것들도 있다. 예컨대 기물(器物) 중에는 백 년이 지나면 정령을 얻고 그때부터는 사람의 마음을 현혹시키고 기만하는 게 있다. 이것을 일러 부상신(付喪神)이라 한다. 미시마 유키오의 저 유명한 소설 『금각사』에서도 주인공이 금각을 불태워야 하는 중요한 근거 중 하나로 등장한다. 말하자면 금각도 일종의 부상신이 될 가능성이 있으니, 미리 없애버려야 한다는 것.

동남아 여러 나라에도 비슷한 생각이 퍼져 있다. 태국에서는 수호신을 '콴'이라고 부른다. 이 콴은 원래 머리 정수리를 가리키는 말에서 비롯했다. 생명의 정수가 머리 정수리에 머물러 있다고 여기는 것이다. 원래 실체가 없는 콴은 사람이 태어날 때부터 그 몸속에 들어가 살지만, 잠을 자거나 아프면 몸 밖으로 나가기도 하며, 죽으면 완전히 빠져나간다고 믿는다. 특이한 것은 태국에서는 사람이나 동물은 물론 정령이 있는 모든 것이 콴을 가지고 있다는 점이다. 논도 콴이 있고, 집도 콴이 있다. 나무도 콴이 있고, 도시도 콴이 있다. 예컨대 집을 지을 때 서로 다른 숲에서 가져온 나무로 기둥을 쓰면 나무들의 콴이 서로 싸우기 때문에 사람이 살 수가 없게 된다고 믿는다.[54] 미얀마 속담에는 "미얀마 인들은 낫을 이고 산다"는 말이 있는데, 이때 '낫'은 그들이 말하는 정령이다. 말하자면 귀신일 텐데, 그들은 세상만물에 다 낫이 들어 있다고

54 조흥국, 『태국 - 불교와 국왕의 나라』, 소나무, 2007.

생각한다. 문제는 원령이 되어 사람들에게 복수를 하거나 해코지를 하는 낫이다.

　우리나라에서도 한이 맺힌다 할 때 어느 정도 그런 식의 사유가 개입되어 있다. 그런데 모든 신화에서 다 그런 건 아니다. 사람이 억울하게 죽었는데도 원혼이나 한이 맺히지 않는 경우도 있기 때문이다. 애도 같은 것도 없다. 아니, 어떤 면에서는 반드시 그런 일, 즉 '억울한 죽음'이 일어나게끔 되어 있다. 앞에서도 이미 신화의 세계에서는 죽음이 반드시 모든 것의 종말이 아닐 수도 있다는 점, 나아가 새로운 탄생의 바탕이 될 수 있다는 점을 살펴봤다. 하지만 '원한'이라는 측면에서 살필 때, 인도네시아 섬 지방의 다음과 같은 신화는 쉽게 납득이 가지 않는 게 사실이다.[55]

　- 오늘날 존재하는 많은 것들이 아직 이 세상에 없었을 때였다.
　세람 섬에 결혼을 하지 않은 아메타라는 한 남자가 있었다. 어느 날 그는 개를 데리고 사냥을 나갔다가 물에 빠져 죽은 돼지를 발견했다. 그 돼지 어금니에서 이상한 열매 하나를 찾아냈다. 그게 당시에는 아직 세상에 없던 코코넛이었다. 그는 그 코코넛 열매를 가지고 집으로 돌아와 선반 위에 얹어놓고 파톨라 사롱으로 덮어두었다. 밤에 잠을 자는데 꿈속에서 한 남자가 나타나 이렇게 말했다.

55　아돌프 엘레가르트 옌젠, 헤르만 니게마이어 저, 이혜정 역, 『하이누웰레 신화』, 뮤진트리, 2014. 제11번 신화를 요약함.

"그 열매를 땅에 심으세요. 왜냐하면 거기서 곧 싹이 틀 테니까요."

다음날 아침 아메타는 코코넛을 땅에 심었다. 사흘이 지나자 야자나무가 아주 높게 자라났다. 다시 사흘이 지나자 꽃이 피었다. 아메타는 마실 것을 찾아서 그 꽃을 따려고 나무 위로 올라갔다. 그러다가 그만 손가락을 다쳤다. 핏방울이 야자나무 꽃에 떨어졌다. 다시 아흐레가 지나자 핏방울 속에서 한 작은 소녀가 태어났다. 그날 밤, 전에 꿈속에서 나타났던 사내가 다시 나타나 말했다.

"파톨라 사롱을 가지고 가서 조심스럽게 그 여자애를 감싸 집으로 데려오세요."

아메타는 시키는 대로 했다. 그때부터 소녀는 아메타와 함께 살게 되었는데, 이름을 하이누웰레라고 붙여주었다. 소녀는 예사 인간이 아니었다. 사흘 만에 결혼할 만큼 다 자라버렸다. 그녀에게는 아주 특이한 능력도 있었다. 예컨대 변을 보면, 중국 접시를 비롯해서 값비싼 물건들이 섞여 나왔다. 아메타는 곧 큰 부자가 되었다.

그때 마을에서 아흐레 동안 이어지는 큰 마로 춤 축제가 열렸다. 여기에 아홉 집안 사람들이 참가하여 매일같이 춤을 추었다. 춤을 추지 않는 사람들은 가운데 앉아 있다가 춤을 추는 사람들에게 시리와 피낭을 나누어주는 게 관습이었다. 하이누웰레도 춤을 추는 사람들에게 시리와 피낭을 나누어주었다. 이튿날에도 춤은 계속되었다. 하지만 이제 사람들은 하이누웰레에게 시리와 피낭 대신

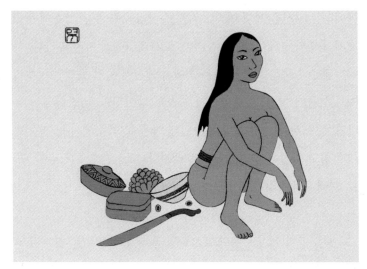

하이누웰레

다른 것을 요구했다. 그때마다 하이누웰레는 요구를 들어주었다. 이런 식으로 여드레 밤을 보냈다. 아흐레 되던 날, 사람들은 모여서 의논했다. 그들은 하이누웰레를 시샘하여 죽이기로 결정했다. 남자들이 미리 구덩이를 팠다. 춤이 시작되자 사람들은 하이누웰레를 구덩이에 밀어 넣고 흙을 덮어버렸다.

하이누웰레가 집에 돌아오지 않자, 아메타는 그녀가 살해되었다고 생각했다. 그는 마로 춤 축제가 벌어졌던 곳으로 가서 아홉 개의 야자나무 잎에 꽃을 꽂았다. 그중 한 개의 잎에서 머리카락과 피가 묻어나왔다. 흙을 파보니 하이누웰레의 시신이 나왔다.

아메타는 시신을 꺼내 여러 조각으로 잘라 춤을 추던 장소에 둥그렇게 묻었다. 그러나 팔은 묻지 않고 사테네에게 가지고 갔다. 하이누웰레의 시신 조각을 묻은 곳에서 에전에 보지 못했던 알뿌리(구근)식물이 나왔다. 허파에서는 라투 파이테가, 가슴에서는 우비가, 눈에서는 눈알 모양의 아인테 마우가, 음부에서는 아주 냄새가 좋고 맛있는 아인테 모니가 생겼다. 그런 식으로 엉덩이, 귀, 발, 머리에서도 갖가지 알뿌리식물들이 생겼다.

죽임을 당한 여자의 몸에서 오늘날 우리가 알고 있는 갖가지 알뿌리식물이 생겨났다는 이런 종류의 신화를 사체화생(死體化生)신화라고 부른다. 이런 신화는 세계적으로 널리 퍼져 있는데, 특히 사물의 기원신화에 많이 나타난다. 루마니아의 세계적인 신화학자 엘리아데는 우주와 세계의 창조 이후 일정한 시간이 흐른 후 인간에 의해 신이 살해되는 일에 주목하고, 그때 신들의 죽음은 오히려 창조적이라고 말한다.[56] 무엇보다 인간 생활에서 극히 중요한 것들이 그 죽음의 결과물로서 나타나기 때문이다. 그렇게 해서 새롭게 나타난 것은 살해된 신의 실체를 공유하는 셈이다. 어떤 면에서는 그 새로운 것 속에 신이 잔존하고 존속하는 것이다. 사람들은 자기들이 주기적으로 재연하는 제의 속에서 신을 부활시킨다. 그렇지 않으면 신은 자신의 시체에서 생겨난 동물과 식물

56   미르치아 엘리아데 저, 이은봉 역, 『신화와 현실』, 한길사, 2011. pp.158~166.

속에 존속한다. 어떤 경우든 살해된 신은 결코 망각되지 않는 것이다. 이런 점에서 신의 살해는 범죄로 간주되지 않았다.

이 점을 좀 더 잘 이해하기 위해서는 앞서 소개한 이른바 하이누웰레 신화의 뒷부분을 더 살펴볼 필요가 있다. 이 부분은 아메타가 묻지 않고 사테네에게 가지고 간 하이누웰레의 팔들과 관련이 있다.

- 아메타는 사람들을 저주했다. 사테네는 원래 사람들이 태어날 때 익지 않은 바나나에서 태어난 소녀였다. 그녀는 마을에 커다란 문을 세웠다. 그런 다음 사람들을 불러 모아 이렇게 말했다.

"나는 오늘부터 여기를 떠날 것이오. 당신들이 살인을 했기 때문이오. 이제 당신들은 저 문을 통과해서 내게 오시오. 통과하는 자는 사람으로 남을 것이지만, 그렇지 못한 사람에게는 다른 일이 일어날 것이오."

사테네는 문을 통과해서 오는 사람들을 하이누웰레의 팔로 때렸다. 그들은 사람으로 남았다. 문을 통과하지 못한 사람들은 동물이나 정령이 되었다. 오늘날 우리가 보는 많은 동물과 정령은 그렇게 해서 생겨났다.

"이제 나는 떠나겠소. 이후 나를 보려면 아주 어려운 여행길을 거쳐야 할 것이오."

사테네는 세람 남쪽에 있는 살라후아 산에 갔다. 그곳은 죽은 자들의 산으로, 사람들은 죽어야 그녀에게 갈 수 있게 되었다.

얼핏 이 신화 역시 원령신화의 일종인 양 생각할지 모른다. 하이누웰레가 죽은 후 아메타가 살인을 한 마을사람들을 저주하고, 사테네가 살인을 이유로 지상을 떠나기 때문이다. 꼭 원령이 아니더라도 이 신화가 실낙원이라는 징벌 혹은 원죄와 연관이 있는 것처럼 받아들여질 수도 있다.[57] 즉, 인류가 잘못을 저질러서 유토피아에서 추방되고 오늘날 우리가 사는 이런 모습의 삶을 살게 되었다는 식의 해석. 하지만 우선 이 하이누웰레 신화는 결과물로 인간에게 유용한 작물이 생겨났다는 점에서 징벌을 내세우는 원죄신화와는 다르다. 사실 이 신화에서 중요한 것은 하이누웰레 사건 이전에 인간은 죽음을 몰랐다는 점이다. 하이누웰레의 죽음을 통해 인간은 비로소 자신들의 본성, 즉 죽음과 탄생에 이르렀기 때문이다. 이는 결코 '단죄'가 아니다. 이 신화는 태고시대의 사건을 통해서 오늘날과 같은 인간의 존재 방식이 자리 잡았음을 설명하려는 데 큰 의미가 있는 것이다. 나아가 그 '살해'는 오히려 권장되어야 했다. 그래야 더 많은 생산이 이루어지기 때문이다. 지금이야 농작물의 생산이 당연한 절차에 따라 순조롭게 이루어지지만, 최초로 농경을 시작한 인류에게는 벼 한 포기, 옥수수 한 그루가 상상을 초월하

57　아돌프 엘레가르트 옌젠, 헤르만 니게마이어 저, 이혜정 역, 『하이누웰레 신화』, 뮤진트리, 2014. p.47.

는 투쟁(무엇보다 죽음과의 투쟁)의 결과요 신의 자비였던 것이다. 이런 의미에서 원시부족의 머리사냥 혹은 살해를 반복하는 제의(인신 공희)를 이해할 수 있을 것이다. 어떤 원시부족의 성인식에서 성인이 되기 위해서 인육을 먹어야 하는 것도 이런 절차로 간주된다.

독일인 인류학자 옌젠과 니게마이어는 1937년 2월부터 1938년 3월까지 인도네시아의 몰루카 제도와 네덜란드령 뉴기니의 섬들에서 신화를 채집하고 연구했다. 그들은 그 결과를 바탕으로 세계의 농경신화를 하이누웰레 형과 프로메테우스 형으로 분류, 인류학계에 신선한 충격을 주었다. 하이누웰레 형은 이처럼 사체나 배설물에서 식물이 생겨났다는 기원신화이고, 프로메테우스 형은 그리스 신화에 나오는 프로메테우스가 인간을 위해 천상의 불을 훔쳐오는 것처럼 하늘 또는 외부세계에서 곡식(낟알)이 들어오는 유형을 말한다.

일본 신화에도 이 하이누웰레 형의 여신이 등장한다. 『고사기』에 따르면, 일본의 수많은 신들 중에서도 행실이 나쁘기로 유명한 남신 스사노오가 천상에서 추방당한 후 배가 고파, 식물의 신 오게쓰히메 신에게 먹을 것을 구한다. 그런데 오게쓰히메는 코, 입, 엉덩이에서 먹을 것을 꺼내 주는 게 아닌가. 스사노오는 그 꼴이 너무 더럽다고 화를 내며 오게쓰히메를 단칼에 죽여 버렸다. 그러자 신의 사체에서 누에와 오곡이 나왔다. 즉, 머리는 누에, 눈은

벼, 귀는 조, 코는 팥, 자궁은 보리, 엉덩이는 콩이 되었다.[58]

흙으로 동물이나 사람을 본떠 만든 인형을 토우(土偶)라고 한다. 우리나라에서는 신라의 토우가, 일본에서는 조몬 시대[59]의 토우가 유명하다. 일본의 토우는 주로 제사에 사용되던 모신(母神)이었다. 전국적으로 분포되어 있지만, 특히 동북지방에서 많이 출토되었다. 가장 많이 발굴된 형태는 여성의 형상을 나타낸 것들인데, 가슴이나 엉덩이를 강조한 게 눈에 띈다. 이는 당연히 이들 토우가 다산성하고 관련 있음을 보여준다. 그 시절 사람들은 이 여신들을 땅에 묻고 제사를 지냈다. 문제는 그냥 묻는 게 아니라 일부러 깨뜨려서 묻었다는 데 있다. 이는 이들이 마치 감자를 심을 때 쪼개서 심듯이, 여신의 조각난 사체가 널리 풍요로운 수확을 보장해 줄 거라는 믿음을 지니고 있었기 때문이라는 해석이 가능하다. 이들은 다만 여성을 직접 살해하고 절단해서 묻은 게 아니라 토우를 만들어 대신 묻는 절차를 밟았던 것이다.[60]

아메리카 대륙에도 하이누웰레 신화가 다수 전해온다. 이 지역은 앞서 중남미 신화에서도 살폈듯이 특히 옥수수를 주식으로 삼기 때문에 당연히 옥수수와 연관된 신화가 많다. 북미 대륙 페눕

---

58 오노 야스마로 저, 강용자 역, 『고사기』, 지만지 클래식, 2009. p.53.

59 조몬(繩文) 시대는 일본의 신석기시대 중 기원전 약 1만 4천 년 전~1천 3백 년 전까지의 기간을 말한다. '조몬'은 빗살무늬를 뜻하는데, 빗살무늬 토기가 그 시대의 유물을 대표하기 때문이다.

60 이혜정, 「제4강 인도네시아의 하이누웰레 신화」, 『아시아 신화여행』, 실천문학사, 2016. : 박현국, 「여성의 풍요와 다산을 상징한다는 토우, 일본 토우의 모든 것- 미호뮤지엄 가을 특별전」, 《오마이뉴스》 2012년 9월 29일자.

스콧 인디언의 신화를 따라가 보자.

- 위대한 영혼 마니투가 위대한 스승 클로스쿠르베를 만들었다. 어느 날 태양이 뜨거울 때, 한 어린 소년이 클로스쿠르베 앞에 나타났다. 그는 자기가 태양 때문에 뜨겁게 달궈진 바다의 거품에서 태어났다고 말했다. 이튿날 정오, 이번에는 한 소녀가 나타났다. 그녀는 자기가 땅에서 태어났다고 말했다. 자기를 열매처럼 품고 있던 푸른 식물에서 나왔다고 했다. 이로써 위대한 스승 클로스쿠르베는 위대한 영혼 마니투에게 감사를 표하고, 바다와 땅의 소산인 두 아이들에게 살아가는 데 필요한 모든 것을 가르쳐주었다. 그런 다음 그는 북쪽을 향해 길을 떠났다.

최초의 소년과 소녀는 혼인을 하여 아이들을 많이 낳았다. 그러나 아이들이 그렇게 늘어나자 그들 모두를 먹일 사냥감이 늘 부족했다. 캐거나 따먹을 수 있는 열매도 눈에 띄게 줄어들었다. 아이들은 늘 허기에 지쳐 제대로 울지도 못했다. 어머니는 그런 아이들을 보는 게 너무나 슬펐다. 아버지는 아버지대로 절망에 빠졌다.

어느 날, 어머니가 개울에 갔다가 물 한복판에 이르렀을 때 갑자기 두 다리 사이에서 기다란 푸른 순이 나왔다. 그리고 그녀의 기분이 아주 좋아졌다. 그녀가 개울을 벗어나자 기분이 다시 우울해졌다.

나중에 남편이 아내에게 무슨 일이 있었는지 물었다. 아내는 이렇게 말했다.

"당신은 나를 죽여야 해요. 그런 다음 내 뼈를 두 군데에 심으세요."

남편은 깜짝 놀라 그렇게 할 수 없다고 고개를 저었다. 하지만 그 후 아내는 몇 번이고 거듭 그렇게 말했다. 남편은 할 수 없이 클로스쿠르베에게 조언을 구하기 위해 떠났다. 북쪽에서 명상을 하고 있던 클로스쿠르베는 그 말을 듣고 말했다. "참 이상하구나. 나도 마니투 님에게 여쭤봐야겠다."

나중에 그는 아내의 말이 맞다고 말해주었다.

집으로 돌아온 남편은 슬픔을 감추고 아내를 죽였다. 그런 다음 그 뼈를 두 무더기로 나누어 땅에 심었다. 일곱 달 동안 남편은 아내의 뼈를 묻은 곳들에서 슬퍼했다. 그러던 어느 날, 거기서 싹들이 돋아났다. 하나는 담배였고, 다른 하나는 옥수수였다.

남편은 담배를 피울 때마다 그것이 아내의 숨결이라고 생각했다. 또 아이들에게 옥수수를 따서 먹일 때마다 클로스쿠르베의 말 뜻을 새삼 가슴 깊이 새겼다. 그는 아내가 죽음으로써 오히려 영원히 살게 될 것이라고 말했던 것이다.[61]

이것은 북미 인디언들에게 가장 귀한 두 가지 작물 옥수수와 담

---

61 An Abenaki Legendhttp://www.firstpeople.us/FP-Html-Legends/AbenakiEmergen ce Myth-Abenaki.html ; 알폰소 오르티즈, 리차드 에르도스 저, 양순봉, 이승용 역, 「옥수수 어머니」, 『황당하고 재미있는 인디언 신화(1)』, 아프로디테, 1999. 참고.

배의 기원에 관한 신화인데, 그것들이 어머니이자 아내인 여자의 죽음을 통해 나오기 때문에 사체화생 신화와 맥을 같이한다. "아내가 죽음으로써 오히려 영원히 살게 될 것"이라는 남편의 사고가 신화적 사유의 출발점이다. 이로쿼이 연맹에 속하는 인디언들의 신화에서도 유사한 신화소를 발견할 수 있다. 거기에서는 보통의 방식으로 세상에 나가기를 거부한 쌍둥이가 기어이 어머니의 겨드랑이를 찢고 나오는데, 그 바람에 어머니는 죽고 만다. 쌍둥이는 어머니의 시체를 묻었는데, 거기서 옥수수와 콩과 호박이 나왔다. 또 어머니의 심장에서는 신성한 담배가 자랐는데, 그것으로 하늘 세계와 연락을 할 수 있었고, 또 감사의 제사도 지낼 수 있었다.[62]

  사체화생 신화에는 농경신화만 있는 게 아니다. 세계의 무수한 창세신화 중에서도 사체화생의 신화소 혹은 모티프를 어렵지 않게 찾아볼 수 있다. 중국 한족의 신화에 나오는 반고(盤古)는 천지가 생기기 이전에 알 속의 내용물과 같은 혼돈 속에서 태어났는데, 그 후 매일같이 1장, 즉 3미터씩 키가 자랐다. 이에 따라 하늘도 매일 3미터씩 높아졌다. 이렇게 1만 8천 년이 지나자 하늘은 엄청나게 높아지고 땅은 엄청나게 낮아졌다. 반고는 하늘을 이고 서서 하늘과 땅이 되돌아가지 못하게 막았다. 반고가 죽자 그 머리는 사악(四嶽)이, 눈은 해와 달이, 피는 하천이, 모발은 초목이 되었다. 앞서 살펴본 바 있는 메소포타미아의 마르둑 신화나 북유럽

---

62 Iroquois Story of Creation. http://www.crystalinks.com/iroquoiscreation.html

의 서리거인 이미르 신화도 당연히 여기에 속한다.

거인이 사라지던 날

이처럼 태초의 시간, 세계 도처에서 거인은 세상을 창조하는 데 결정적으로 기여했다. 인도 〈리그베다〉에 나오는 푸루샤도 마찬가지였다. 태초의 거인 푸루샤가 죽어서 브라만, 크샤트리아, 바이샤, 수드라의 네 계급이 생겨났고, 마음으로부터 달이, 눈으로부터 태양이 태어났다. 배꼽에서 대기가 생겨났고, 머리로부터 하늘이, 발로부터 땅이 나왔다. 〈리그베다〉는 이렇게 푸루샤의 몸에서 천지만물이 생겨났음을 말하고 있다. 푸루샤를 일컬어 우주 원인(原人)이라 하는 것도 이 때문이다.

그리스로마 신화에서 티탄, 즉 거신족은 저주받은 종족이었다. 그들은 태초의 시간을 누비던 주인공들이었으나, 올림포스의 만신이 주도권을 행사하게 되면서 신들의 '타자'로 그 정체성이 굳어지게 되었다. 그때부터 그들은 대개 턱없이 공격받고 조롱받고 비판받는 역할만을 수행하게 된다. 키클롭스 종족은 아예 외눈박이 거인으로 등장해 멍청하거나 비정상적인 탐욕의 화신인 양 그려질 뿐이다. 키클롭스 폴뤼페모스는 오디세우스가 자기 이름을 '아무도 아니'라고 하자 그것을 곧이곧대로 믿는다. 그래서 나중에 동료 키클롭스들이 눈이 찔려 앞이 보이지 않게 된 그를 도와

주려고 했을 때 "오오, 친구들이여! 힘이 아니라 꾀로써 나를 죽이려는 자는 '아무도 아니'요."[63]하고 대답한다. 친구들은 그 말에 아무도 그를 죽이려 하지 않는다면 굳이 도울 필요도 없지 않느냐고 비웃으며 가버린다. 결국 거인은 오디세우스의 명예를 위해 허무하게 죽임을 당할 뿐이다. 이런 전통은 북유럽 신화에 나오는 거인 티아지나 『구약』에 나오는 골리앗이 잘 보여주듯, 세계 다른 지역에서도 큰 차이가 없다. 설화의 세계에서 거인은 주로 두려운 존재나 자연현상을 상징하거나, 미지의 민족이나 세계에 대한 과장된 인식의 산물인 경우가 대부분이다.

그러나 거인(족)이 처음부터 이런 대접을 받은 것은 아니었다. 키클롭스들은 뛰어난 장인이었기에, 티탄 신족과 싸우던 제우스 형제들을 위해 여러 가지 무기를 만들어주었다. 제우스에게는 번개와 벼락을, 하데스에게는 눈에 보이지 않게 하는 투구를, 포세이돈에게는 삼지창을 만들어주었다. 이들의 협력이 없었다면 제우스가 올림포스의 통치권을 손에 넣는 일이 쉽지만은 않았을 것이다.

북유럽 신화에서 신들의 아버지 오딘은 만물의 이치를 꿰뚫고 있었다. 그는 거인 미미르로부터 그 지혜를 얻은 것이었다. 세계수(世界樹) 이그드라실의 뿌리 쪽 요툰하임에 거인들이 마시는 미미르의 샘이 있었는데, 누구라도 그 샘물을 마시면 만물에 대한

---

63 호메로스 저, 천병희 역, 『오뒷세이아』, 숲, 2006.

통찰력을 얻을 수 있었다. 오딘이 미미르를 찾아가 샘물을 마시게 해달라고 부탁했지만 미미르의 기개는 대단했다. 그는 지혜를 주는 대가를 요구했다. 결국 오딘은 눈 하나를 주고서야 샘물을 마실 수 있었다.

그러나 본격적으로 신들의 시대가 도래하자 상황은 백팔십도 바뀐다. 거인은 더 이상 신들도 부러워하던 지혜를 소유한 종족이 아니었다. 그렇기는커녕 더 없이 멍청하고 육체적 욕망만을 채우기 급급한 야만인으로 전락했다. 이제 저자거리의 인간들마저 신성성이 사라진 그들을 조롱하는 데 동참했다. 이 점에서 동서양이 다르지 않았다. 가락국의 시조 김수로왕의 경우에도 그가 낙동강에 다리를 놓을 정도로 거대한 양물을 지녔고, 허황후도 그 못지않게 거대한 성기를 지닌 것으로 나타나는 설화가 존재한다.

- 김수로왕이 강을 건너려고 하는데, 건너편에서 한 노인이 다리도 없는 강을 어떻게 건너나 망설이고 있었다. 김수로왕은 제 물건을 발기시켜 길게 늘였다.

"노인장, 부담 없이 밟고 건너세요."

노인은 무사히 강을 건넌 다음 한마디 했다.

"내 살다 살다 이런 물건은 처음일세. 거 참⋯⋯."

노인이 감탄을 했는데, 마침 들고 있던 곰방대에서 재가 떨어졌다, 김수로왕이 "앗 뜨거워"하며 펄쩍 뛰었다.

김해 김씨 남자의 성기에는 점이 있는데, 그때 입은 화상의 흔적이라고 한다.

이것은 신화에서 김수로왕과 허황후가 지녔던 신성은 진작 사라지고 오직 '거물(巨物)'에만 말초적 관심이 가 닿는 희화화가 진행된 결과라고 하겠다. 거인설화는 본래 창조신화였는데, 신성성을 잃으면서 그 자체가 전설, 민담화 되었다는 분석도 존재한다.[64] 루마니아 출신의 세계적인 신화학자이자 종교학자인 엘리아데는 뛰어난 소설가이기도 했다. 그가 쓴 단편 중에 「거인」이라는 작품이 있다.

- 어느 날 화자인 '나'에게 친구 쿠카네슈가 찾아온다. 몇 년 만에 찾아온 그가 털어놓은 고민은 갑자기 아무 이유도 없이 키가 쑥쑥 자라기 시작했다는 것이었다. 나는 그런 친구의 고민을 해결해 줄 어떤 방법도 알지 못했다. 그러는 사이 친구의 키는 그 자라는 속도가 점점 빨라졌고. 이제 모든 언론들도 그 사실을 알아 흥미롭게 지켜본다. 친구는 결국 아무도 없는 산으로 탈출하는 길을 택한다. 나는 주도면밀하게 그의 탈출을 돕는데, 그때 이미 그의 키는 3미터를 훌쩍 넘어버렸던 것이다. 나는 깊은 산속에 자리를

---

64 권태효, 「거인설화의 전승양상과 변이유형 연구」, 경기대학교 대학원 박사학위 논문, 1998.

잡은 친구를 위해 그의 애인을 데려다준다. 그동안 혼자서 산에서 생활한 친구는 전에 없이 무척 기분이 좋아 보였지만, 이제 더 이상의 의사소통도 힘들 정도가 되었다. 애인은 울상이 되었고, 나는 친구에게 가까스로 묻는다.

"자네가 무엇을 보고 무엇을 느끼고 무엇을 이해하는지를 우리에게 말해 봐. 신이 존재하는지 그리고 신을 인식하기 위해서 우리는 무엇을 해야 하는지를 말해 주게! 죽음 후에도 삶이 계속되는지 그리고 어떻게 우리는 죽음을 준비해야 하는지도 말해 주게. 우리에게 뭔가 좀 말해 주게! 우리에게 자네의 새로운 깨달음을 가르쳐 달란 말일세……."

나는 덧붙여 물었다.(목소리를 못 알아듣기 때문에 칠판에 글로 썼다.)

"그곳에 무엇이 있지?"

몇 분 후 그는 나에게 이렇게 가르쳐주었다.

"모든 것이 있어!"

하지만 애인은 그런 그가 무섭다고 고개를 돌렸다. 친구는 크게 실망하여 산속으로 깊이 사라졌다. 그것이 끝이었다. 얼마 후부터 사람들은 숲속에 '괴물'이 있다고 말하기 시작했다. 그러다가 언제부턴가는 더 이상 아무런 이야기도 들려오지 않게 되었다.[65]

소설에서 거인은 단순히 육체적 비대를 상징하지 않는다. 작가

---

65   엘리아데 외 저, 김성기 역, 『숲속의 동화』, 한국외국어대학교 출판부, 1995.

는 거인의 존재를 두고 질문을 던진다. 그것은 결국 신에 대한 질문이고 삶과 죽음의 의미에 대한 질문이다. 거인은 신화 속 존재로서, 그것이 왜 신화 속에 나타났는지 우리는 모른다. 다만 거인은 그 거대한 육체에도 불구하고, 그 경이로운 힘에도 불구하고, 결국 소멸하는 운명을 지닌 존재로 등장한다. '주체'가 아니라 무조건적인 '타자'인 셈이다. 거듭 말하지만, 세계의 많은 창세신화에서는 거인의 사체에서 새로운 세상과 신이 출현한다. 이 말은 무엇을 뜻하는가. 거인은, 신은 물론 인간하고도 공존할 수 없다는 뜻이 아니겠는가. 신화학자로서 작가는 그것을 묻고 싶어 한다. 인간이 이제 더 이상 볼 수 없게 된 것을 볼 수 있는지, 도대체 무엇이 진실인지, 깨달음에 이르려면 어떻게 해야 하는지. 그러면서 던지는 마지막 질문은 우리의 가슴을 아련하게까지 만든다.

"그곳에 무엇이 있지?"

거인은 '모든 것'이라고 대답한 뒤 사라진다. 그들은 신화시대의 마지막 공룡이었다. 이제 숲 밖에 남은 우리는 그 모든 것에 접근하는 길이 무엇인지 알지 못한다. 마지막 기회가 영영 사라져 버린 것인지도 모른다.

우리나라 신화의 경우, 특이하게도 주목받는 거신 중에는 여성이 많았다.

- 설문대할망은 키가 엄청나게 커서 한라산을 베개 삼고 누우면

다리는 제주시 앞바다에 있는 관탈섬에 가 닿았다. 관탈섬에서 빨래를 할 때, 팔은 한라산 꼭대기를 짚고 서서 발로 빨래를 문질러 빨았다. 제주도의 오름들은 설문대할망이 치마폭에 흙을 담아 나를 때 치마의 터진 구멍으로 흙이 조금씩 흘러서 된 것이라 하며, 마지막으로 날라다 부은 것이 한라산이 되었다 한다. 몸집이 크니 오줌발도 얼마나 셌는지, 언제 성산 일출봉에서 오줌을 누는데 육지 한 조각이 잘려나가 성산 앞바다에 소섬이 되었다.

이 설문대할망이 제주 백성에게 속곳 한 벌만 만들어 주면 육지까지 다리를 놓아 주겠다고 약속했다. 속곳 한 벌을 만드는 데에는 명주 1백 통(1통은 50필)이 들었다. 제주 백성들이 있는 힘을 다하여 명주를 모았으나 99통밖에 안 되어 속곳은 완성되지 못했고, 할머니는 다리 놓기를 포기했다. 현재 그 자취가 조천읍 앞바다에 여(바다로 뻗어나간 바위줄기)로 남아 있다.

그 설문대할망이 키 큰 것이 자랑이어서 깊은 물만 보면 들어가서 자기 키와 견주어 보았다. 제주 용담의 용소는 발목도 차지 않았고, 서귀읍 홍리물은 겨우 무릎에 닿았다. 그러다 한라산의 물장오리에 들어섰는데 그만 풍덩 빠져 죽어 버렸다고 한다. 물장오리(물장오름)는 밑이 빠져 한정 없이 깊은 물이었기 때문이다.[66]

66   현용준 저, 『제주도 전설』, 서문당, 1996. pp.22~26. ; 김순이, 『제주신화』, 여름언덕, 2016.

제주어에서 '할망'은 할머니를 가리키는 말일 뿐만 아니라 지혜와 덕성을 가리키는 여신을 이르는 말이기도 하다. 설문대할망이 꼬부랑 노파일 거라고 지레 짐작하는 것도 여신에 대한 편견이 어느 정도 반영된 것이라 볼 수 있다. 이는 결말에도 나타나는데, 설문대할망은 기어이 물장오리에 빠져죽는다. 그러나 신에게 죽음이 어디 있으랴. 그보다는 아무리 가물어도 마르지 않는 영원한 생명수로 바뀌었다고 보는 게 타당하다.[67] 설문대할망은 처음 제주도만의 독특한 자연지형(예컨대 한라산, 오름 등)을 만든 대표적인 창조신이었다. 그러므로 그녀에 관한 이야기는 당연히 신화의 영역에 속했다. 하지만 세월이 흐름에 따라 그 위상이 바뀌는데, 한편으로는 친근함이 더해지다 못해 지나쳐서, 다른 한편으로는 가부장제 사회가 강화되면서, 설문대할망은 신화에서 민담과 전설로 서사적 삶의 터전을 이동하게 된다. 그 결과, 오줌발로 소섬을 만든다든지, 설문대하르방과 함께 고기를 잡을 때 하르방이 남근으로 바다를 쳐서 할망의 음문으로 고기를 몰아넣었다든지, 입고 있는 옷도 처음에는 날개옷이었는데, 그 "날개옷이 속옷으로, 속옷이 다시 팬티로, 팬티가 다시 음부를 가릴 헝겊조각이 모자랐다"는 식으로, 여신으로서는 차마 듣기조차 민망한 이야기들이 원형을 가리며 널리 퍼져나갔다. 이렇게 하여 오늘날 특히 설문대할망은 그 원형에서 너무나 벗어나서 오히려 제주도민의 자존심

---

67 김순이, 『제주신화』, 여름언덕, 2016. pp.44~46.

을 손상시키는 대표적인 '신화 아닌 신화'로 남아있는 것이다.

제주도 이외의 지역에서는 노고할미 혹은 마고할미가 비슷한 역할을 담당했다. 모두 천지를 창조한 대모신에 속했다. 문제는 창조신화에서 빼놓을 수 없는 지위를 차지하던 이들이 나중에는 그다지 대접을 받지 못했다는 사실이다. 설문대할망은 그렇게 키가 컸는데도 한라산 물장오리에서 빠져 죽는다. (남신이었으면 아마 하늘로 홀연 사라져 버렸다고 했을 것이다.) 노고할미는 창조신의 위엄을 상실한 채 고작 노고산의 산신으로 물러나 앉는다. 심지어 어떤 마고할미는 아예 발음 때문인지 '마귀할멈' 같은 악신의 누명을 뒤집어쓰기도 한다. 거듭 확인하는 바이되, 이것은 시간이 흐름에 따라 거신족의 역할이 축소되기도 했지만, 가부장제 사회가 정착되면서 여신이 점차 타자로 전락하는 현상과 결코 무관하지 않다. 즉, 제주도 신화시대의 여명기를 주름잡던 거신으로서 설문대할망은 〈천지왕본풀이〉의 남신 천지왕(옥황상제)에게 창조신으로서의 역할을 넘겨주고 마는 것이다.[68] 그리고 일단 권력을 장악한 남성은 신이든 인간이든 결코 두 번 다시 여성에게 그것을 넘겨주려 하지 않는다. 지배종교의 변화도 여기에 한몫을 한다. 예컨대 일정한 역사 시기에 불교 또는 유교와 대결하는 과정에서 원초적 토착신앙에 뿌리를 둔 여성 거신족 신화가 패배하면서 신성을 잃고

---

68 조현설 저, 『우리 신화의 수수께끼』, 한겨레출판, 2006. p.86.

제향대상 신으로서 자격도 박탈되었다고 보는 견해[69]도 가능하다.

- 취병산 아주 벽지에 있는 바위 밑에 노파가 하나 사는데, 실은 여우가 둔갑한 것이었다. 그 노파가 그 바위 밑을 지나가는 지방민들을 현혹시켜서 말하기를, "모두 나한테 와가지고 기도드리지 않으면 너희 자식새끼를 홍역을 시켜 모두 죽여 버리겠다."고 했다.
　그 길을 꼭 가야 하는 사람들은 겁이 나서 제물을 바치고 할미를 위로하곤 했다. 그렇지 않으면 발이 딱 얼어붙게 만들거나, 숫처녀에게 약을 먹여 아이를 배게 하는 등 여러 가지 흉악한 장난을 서슴지 않았다. 이때 최진후라는 사람이 있었는데 짚신을 삼아 부모를 모시는 효자로 삼척 향교에서도 표창을 했다. 그가 사람들이 피해가 막심하다는 말을 듣고 가보니 마녀 서구가 꼼짝을 못했다. 최효자가 크게 꾸짖으면서 쑥을 한 백 방 머리에다 떠서 타 죽였다. 죽은 노파는 구미호였다.

　여기서는 서구할미가 민간을 현혹시키는 요괴로 변화한 것도 모자라 출천지효(出天之孝: 하늘이 내린 효자)라는 최효자의 손에 죽임까지 당한다. 창조신으로서 위엄 같은 것은 진작 사라지고, 깊은 산속 산신으로나마 명맥을 유지하던 전설도 이로써 끝난다. 서

69　강진옥, 「마고할미 설화에 나타난 여성신 관념」, 《한국민속학》 25집, 한국민속학회, 1993.

구할미는 원래 관도 감히 넘보지 못하는 위력으로 민중 속에 깊이 침투해 있던 신통한 존재였다는 사실이 믿기지 않을 만큼 처절한 추락이라 할 수 있다. 새롭게 힘을 얻는 것은 최효자로 대표되는 유교사상이었다. 지극한 효성으로 결국 백성을 현혹하는 미신을 물리치기 때문이다. 유교 이념은 당대 "인간사회의 규범과 질서를 이루는 가치체계가 되었을 뿐만 아니라 자연계 질서까지도 움직일 수 있는 신통력까지 발휘하는 무소불위의 힘"으로 자리 잡게 된다.

어쨌거나 거인이나 여성은 신화의 세계에서도 영웅하고는 거리가 꽤 먼 존재였던 게 분명하다.

제4부

건국신화 삐딱하게 읽기

세상이 창조되고 인간이 지상에 태어난 후, 시간이 흐름에 따라 자연스레 공동체가 형성된다. 씨족, 부족 공동체는 마침내 국가로 발전한다. 국가의 형성 과정을 말하는 건국신화는 창세신화와 확연히 다른 면모를 드러낸다.

영웅은 어떻게 태어나는가

창세신화에서 시조신화, 건국신화로 넘어가면, 신화의 주인공 또한 신에서 인간으로 바뀐다. 물론 그중에는 두 영역에 발을 대고 있는 반신반인도 많다. 바야흐로 그들의 활약이 본격적으로 펼쳐진다. 이 영웅들이 일궈내는 신화는 전 세계적으로 가장 널리 또 많이 분포되어 있는 신화라고 할 수 있지만, 구조와 형식은 그 목적만큼이나 단순하다. 세계의 어떤 영웅 신화든 영웅 개인의 일생으로 보면 비범한 탄생과 성장, 소명과 모험, 시련과 극복, 과업

완수와 죽음이라는 패턴에서 크게 벗어나지 않는다. 무협지나 할리우드의 블록버스터 영화는 이 패턴을 가장 충실하게 좇고 있다. 예컨대 할리우드를 대표하는 시나리오 작가 중 한 명인 크리스토퍼 보글러는 세계적인 신화학자 조지프 캠벨의 이론에 바탕을 두어 영웅, 즉 영화 주인공의 여행을 3막 12개의 장면으로 도식화했다.[70] 쉽게 이야기하면, 평범하게 살던 주인공에게 소명이 떨어지고, 처음에 거부하던 영웅은 모험의 길에 나서서 온갖 어려움을 극복하고 마침내 목적을 달성한다. 그런 다음 마지막 반전 혹은 우여곡절을 겪은 뒤 다시 집으로 돌아온다는 것. 〈반지의 제왕〉이나 〈스타워즈〉 같은 영화를 떠올리면 이해가 쉬울 것이다. 그는 특별히 영웅의 탄생 과정을 별도의 단계로 다루지는 않았다. 그렇더라도 이야기 속 어딘가에는 반드시 이 부분, 그러니까 영웅의 비범함 혹은 탄생 전후의 시련에 관한 서사가 들어가게 마련이다. 이는 영웅 신화의 의도가 어디에 있는지를 잘 보여주는 거의 필연적인 출발점이기 때문이다. "시대가 영웅을 만들고, 영웅은 시대를 만든다."는 말처럼, 영웅은 태어날 때부터 공동체의 기대를 한 몸에 받는다. 그 기대가 크면 클수록 영웅은 탄생 과정부터 남다른 면모를 보여야 한다. 저자거리의 장삼이사 갑남을녀처럼 태어난 자에게 기대할 것은 많지 않기 때문이다.

70 크리스토퍼 보글러 저, 함춘성 역, 『신화, 영웅, 그리고 시나리오 쓰기』, 비즈앤비즈, 2013. ; 조지프 캠벨 저, 이윤기 역, 『천의 얼굴을 가진 영웅』, 민음사, 2004.

튀르크 민족의 전설적인 칸 오구즈의 경우를 보자.

- 오구즈가 태어날 때, 얼굴은 푸른색에 입술은 타오르는 불꽃처럼 붉었고 눈썹과 머리카락은 까마귀처럼 까맸으며 몸에는 잔털이 가득 나 있었다. 그의 아버지 카라 칸과 어머니 황후는 몹시 놀랐다. 그는 하루만 젖을 먹고 더 이상 먹지 않았고, 그때부터 날고기만 먹고 술을 마시고 연이어 어른들과 더불어 대화를 나눌 수 있게 되었다. 그의 다리는 쇠다리 같았고, 허리는 늑대의 허리, 흑표범의 어깨, 곰의 가슴을 지녔다. 40일 만에 달리기를 했고, 어른들과 더불어 쉽사리 말을 타고 사냥을 다녔다.[71]

육체적으로나 정신적으로 비범한 탄생을 강조하다 보니 갓난아이가 젖을 딱 하루만 먹고 그 다음부터는 고기만 찾는데 그것도 날고기만 먹는다. 불에 익혀 먹는 고기야 누군들 못 먹겠는가, 우리의 영웅은 아예 차원 자체가 다르다는 것을 보여주려 했다.

칭기즈칸은 핏덩어리를 손에 꼭 쥐고 태어났다. 아버지 예수게이는 이를 상서로운 징표로 해석했다. 〈게세르〉, 〈마나스〉, 〈알파미시〉, 〈구르굴리〉 등과 같이 동북아시아와 중앙아시아 초원지대를 무대로 한 장편 영웅서사시에서는 그런 모습을 얼마든지 확인

---

71 烏古斯傳 http://baike.baidu.com/view/326651.htm ; 김효정, 「아나돌루 설화와 튀르크 설화」 중 〈오우즈 카간 설화〉, 『지중해의 신화』, 이담북스, 2013. pp.89~91.

할 수 있다. 예를 들어 조로(게세르의 어린 시절 이름)는 범상치 않은 외모를 갖고 태어나 엄마가 악마로 여겨 죽일 생각까지 할 정도였다고 한다. 그런가 하면 동북아시아 허저족의 시조신 하뒤는 자작나무 안에서 태어났고, 새들이 가져다주는 음식을 먹고 자랐다.[72] 위구르의 시조 역시 나무를 자궁으로 하여 태어났다.

이처럼 조숙성은 영웅의 두드러진 특징 중 하나이다. 알에서 태어난 김수로왕은 태어난 지 십여 일 만에 키가 9척이나 되었다. 아프리카 구연서사시에서도 이런 특징이 광범위하게 발견된다.[73] 은양가 부족의 〈므윈도 서사시〉에서는 므윈도가 어머니 뱃속에 있을 때부터 어떤 방식으로 태어날지 스스로 결정한다. 정상적인 분만은 '여자'의 아이라는 말을 들을 것이기 때문에, 그는 어머니의 가운뎃손가락을 통해, 그것도 중무장을 한 채 태어나는 방법을 선택한다. 〈쿠두케세 서사시〉에서는 영웅 오캉가테가 조숙하다 못해 아예 다 자란 성인의 기골로 태어난다. 그와 함께 태어난 형제는 강과 거대한 거미였다. 〈무빌라 서사시〉에서 무빌라는 어머니의 자궁 속에서부터 말을 했으며, 마법의 주문을 사용했고, 스스로 이름을 정했다. 뿐만 아니라, 창칼과 방패 따위 무구는 물론 장차 추종자들을 넣어가지고 다닐 어깨 가방도 가지고 나왔다.

72 최원오, 「동아시아 무속영웅서사시의 변천과정 연구-제주도, 만주족, 허저족, 아이누의 자료를 중심으로」, 서울대학교 박사학위 논문, 2000. p.105.
73 장태상, 「아프리카의 구연 서사시에 나타난 영웅의 이미지 : 만데카족의 순자타를 중심으로」, 《외국문학연구》 제24호, 한국외국어대학교 외국문학연구소, 2006. p.172.

신화에서 특히 인간 여자가 신령스러운 기운에 의해 임신을 하고 영웅을 낳는 신화를 감생신화 혹은 감응신화라고 하는데, 상대는 태양이나 별, 달, 무지개 따위 천체는 물론 동식물과 무생물, 심지어 혼백에 이르기까지 실로 다양하다. 이집트에서는 장차 파라오의 다른 이름이 되는 호루스의 탄생비화가 가장 유명하다. 이시스는 억울하게 살해당한 남편 오시리스와 마법을 이용해 관계를 갖고 아들 호루스를 낳았다. 마야의 쌍둥이 영웅은 죽은 아버지의 해골이 내뱉은 침으로 잉태되었다고 이미 말한 바 있다. 북미 인디언의 신화 중에도 늙고 병든 스라소니가 족장의 딸에게 침을 뱉어 임신을 시키자 마을 사람들이 쫓아내는 이야기가 있다.[74] 스라소니는 이에 앙심을 품고 안개를 보내 마을 사람들이 사냥을 할 수 없게 만들었다. 그러자 마을 사람들이 용서를 빌고 그를 족장으로 추대했다는 것. 아서왕 전설의 마법사 멀린은 그의 어머니가 성호를 긋지 않고 자는 바람에 몽마(夢魔, 인큐버스)와 관계를 맺고 낳은 아이였다.

고대인들은 자신들의 혈통을 고귀하고 특별한 것으로 그리고 싶어 했기 때문에 시조에 관한 한 괴력난신도 마다하지 않았다. 『삼국유사』를 쓴 일연은 제1편 〈기이〉의 해제에서 중국의 예를 들어 우리나라 삼국의 시조들이 모두 신이한 출생을 보이는 점을

74 클로드 레비 스트로스 저, 강주헌 역, 『우리는 모두 식인종이다』, 아르테, 2015. pp.75~76.

정당화했다. 주몽은 하백의 딸 유화가 태양을 통해 잉태했다. 단군은 웅녀가 천제의 아들(환웅)과 교감하여 태어나기 때문에 이 역시 신이한 감응신화에 속한다. 경주 김씨의 시조 김알지도 큰 광명이 비추는 가운데 금궤에서 태어난다.

앞에서 얼핏 밝혔지만, 칭기즈칸의 먼 조상이 되는 알란 고아는 고구려의 유화 부인처럼 빛으로 자식들을 잉태한다. 『몽골비사』에는 사람들이 남편도 없는 알란 고아가 자식들을 낳았다고 소곤대자, 알란 고아가 아이들을 불러 놓고 이렇게 설명해 주는 장면이 나온다.

- "밤마다 밝은 노란색 사람이 게르의 천창이나 문의 위 틈새로 빛으로 들어와 내 배를 문지르고, 그의 빛은 내 배로 스며드는 것이었다. 달이 지고 해가 뜰 새벽 무렵에 나갈 때는 노란 개처럼 기어나가는 것이었다."[75]

알란 고아는 이것이 장차 모든 자들의 임금이 될 위대한 후손이 태어날 상징이라고 덧붙인다. 유명한 이 장면은 라시드 앗 딘이 쓴 『집사』의 제1권인 『부족지』에도 여러 차례 인용된다. 알란 고아가 말한 모든 자들의 임금, 그가 바로 초원의 지배자 칭기즈칸이다.

사마천의 『사기』에는 주(周)나라 시조 후직(后稷)의 어머니가 들

75   유원수 역, 『몽골비사』, 사계절, 2004. pp.26~27.

에 나갔다가 거인의 발자국을 밟고 임신하였다고 전한다.

- 주의 시조 후직은 이름이 기(棄)이다. 그 어머니는 유태씨의 딸로 강원이라고 불렸는데, 강원은 제곡의 정비였다. 강원이 들에 나가서 거인의 발자국을 보았는데, 갑자기 마음이 기뻐지면서 그것을 밟고 싶어졌다. 그가 거인의 발자국을 밟으니 마치 아기를 가진 듯 배 안이 꿈틀거렸다. 달을 다 채워서 아들을 낳았는데 불길하게 생각되어 비좁은 골목에 버렸으나 말이나 소가 지나가면서 모두 피하고 밟지 않았다. 다시 아이를 수풀 속에 옮겨 놓으니, 마침 산 속에 많은 사람들이 모여들었다. 또다시 장소를 옮겨서 도랑의 얼음 위에 버렸으나 날짐승들이 날개로 아이를 덮고 깃을 깔아주었다. 그러자 강원은 신기하게 여겨 여자 아이를 데려다가 잘 키웠다. 처음에 아이를 버리려고 생각하였으므로 '기'라고 불렀다.[76]

이러한 감응신화는 아버지를 알 수 없었던 모계사회의 현실을 반영한 흔적이라고 볼 수도 있다.

서유럽 게일 신화를 장식하는 인물들 중 최고의 영웅은 단연 쿠훌린이다.

얼스터(아일랜드 섬의 북부 지방) 신화의 족장이며 영웅인 코노르가 통치하던 시대, 그의 주변에는 기라성 같은 전사들이 모여들었다.

76   사마천 저, 정범진 외 역, 『사기본기』, 까치, 1994. 중 〈주본기〉. p.69.

그들을 '붉은 가지 전사단'이라 했다. 그중에서도 '쿨란의 사냥개'를 의미하는 쿠훌린 때문에 다른 영웅들은 왜소하게 보였다. 그의 출생 내력은 이러하다. 그의 어머니 데히티러가 포도주 잔 속에 빠진 하루살이 한 마리를 모르고 삼켰다. 사실 그 하루살이가 태양신 루의 환생이었던 것. 그 후 데히티러는 얼스터의 족장 수알탐과 결혼하였고, 둘 사이에서 태어난 쿠훌린은 용사들 사이에서 자라났다. 그가 수알탐의 아들이라기보다 태양신의 아들이라는 사실은 그의 몸에서 나는 열이 주변 9미터 반경의 눈을 녹였던 일화로 증명된다.

영웅은 태생 자체가 비범할 뿐만 아니라 태어난 이후에도 곧바로 고난을 겪게 되는 경우가 대부분이다. 그리하여 신이한 탄생-기아(棄兒)-고난과 편력의 모티프들은 영웅 서사의 거의 필수적인 조건처럼 인식이 될 정도이다. 왜냐하면 영웅의 이런 조숙성이나 비범한 탄생이 때로 기존질서에 대한 위협을 의미하기 때문이다. 신화는 아니지만, 우리나라의 아기장수 설화가 대표적이라 하겠다. 고구려의 시조 주몽도 이와 다르지 않다. 정확히 말하면 주몽은 어머니 유화가 태양의 감응을 받아 겨드랑이로 알을 낳는데, 아직 알의 상태로 있을 때 버려진다. 이는 장차 아버지 금와 왕의 배다른 형제들이 질시한다는 사실을 암시하는 사건이다. 이런 식으로 버려지는 영웅 역시 한둘이 아니다. 신라의 제4대왕 탈해가 그러하고, 『구약』의 모세가 그러하고, 오이디푸스 역시 장차 왕

잘과 시무르그

위와 생명을 위협할 것이라는 신탁 때문에 부왕에 의해 버림 받는다. 이란의 신화 영웅 잘은 알비노, 즉 백색증으로 태어나 부왕에게 버림받지만, 성스러운 새 시무르그가 데려다 키운다. 그는 나중에 왕위를 계승하고, 루다베와 결혼하여 이란 최고의 인간 영웅 로스탐을 낳는다.

아카드 왕국의 창시자 사르곤 대왕은 아비 없이 태어나 갈대로 만든 광주리에 담겨 버려진다. 아프리카 〈므윈도 서사시〉의 주인공 므윈도 역시 아버지의 미움을 받고 북에 넣어진 채 강에 버려지는 신세가 된다. 물론 므윈도가 죽을 리 없었으니, 그는 물뱀의 나라에서 구출된 뒤 아버지를 찾아간다. 겁이 난 아버지가 달아나자 지하세계까지 추적하여 나라의 반을 나눠받는다. 말리의 〈순자타 서사시〉에서 주인공 순자타는 첩의 소생이다. 그는 태어나자마자 7년 동안 걷지를 못했다. 이는 정실부인의 저주 때문이었다. 마침내 그는 커다란 쇠막대기를 딛고 일어서는데, 이는 어머니의 명예에 대한 복수를 의미하는 동시에 영웅으로서 당당히 홀로서기를 한다는 의미이기도 하다. 물론 시련은 이어진다. 무엇보다 이복형제들의 질시 때문이었다. 결국 그는 망명을 택할 수밖에 없었다.[77]

---

77   장태상, 「아프리카의 구연 서사시에 나타난 영웅의 이미지 : 만데카족의 순자타를 중심으로」,《외국문학연구》제24호, 한국외국어대학교 외국문학연구소, 2006.

정벌의 신화, 승자의 신화

신이하게 태어난 이들 영웅이 나라를 세우는 과정은 영웅신화의 백미일 텐데, 하지만 찬찬히 뒤를 좇다 보면 선뜻 납득하기 어려운 지점도 적지 않다. 『일본서기』에 따르면, 게이코 천황 40년에 천황은 야마토타케루에게 명하여 에미시를 정벌하게 한다.

- 짐이 들으니, 동쪽의 오랑캐는 성질이 강포하고, 능욕을 주로 한다. 촌에 어른이 없고, 읍에 우두머리가 없다. 각각 경계를 욕심 내고 또 서로 도둑질한다. 또 산에는 사신(邪神)이 있고, 들에는 악귀가 있다. 길거리를 가로막고 많은 사람을 괴롭히고 있다. 동쪽의 오랑캐 중 에미시는 가장 강포하다. 남녀가 잡거하고, 부자의 구별이 없다. 겨울에는 구덩이에서 자고, 여름에는 나무 위에서 산다. 모피를 입고, 피를 마시고, 형제간에도 의심이 많다. 산에 오르는 것이 새와 같고, 풀밭을 달리기를 도망하는 짐승과 같다. 은혜를 입고서는 곧 잊고, 원수를 보고는 반드시 보복한다. 화살을 머리에 숨기고, 칼을 옷 속에 찬다. 혹은 도당을 모아 변경을 범하고 혹은 농잠을 엿보아 인민을 약탈한다. 치면 풀밭에 숨고, 쫓으면 산에 들어간다. 고로 예부터 왕화(王化)에 물들지 아니하였다.[78]

에미시는 에조 또는 에비스라고도 하며, 주로 도호쿠나 홋카이

78 전용신 역, 『일본서기』, 일지사, 1989. p.132.

도 지역에 살면서 일본인의 본류라 하는 야마토 민족으로부터 오랜 기간 배척되었던 민족 집단이다. 시대에 따라 그 지칭 범위에 차이가 있는데, 근세에 들어서서는 흔히 아이누 민족을 가리키게 되었다. 미야자키 하야오 감독의 애니메이션 〈원령공주〉에 등장하는 남자 주인공 아시타카도 에미시였다. 고대의 에미시는 혼슈 동북부에 거주하면서 중앙정부에 정치적으로 복속되기를 거부했다. 그 때문에 늘 야마토 정부와 대립 관계에 있었다. 위 인용문에서도 그들이 어떻게 '오랑캐'로 낙인이 찍혔는지 쉽게 알 수 있다. 한마디로 그들은 왕화, 즉 야마토가 세운 질서를 거부한다는 명분의 희생자였다. 차이가 강조될수록 역설적으로 동화, 즉 정벌과 복속의 명분이 강화되는 법이다. 따라서 그들은 자신들의 의지와 전혀 상관없이 짐승과 다름없는 야만인에, 선량한 인간들을 약탈하는 도둑떼가 되어야 했다. 『일본서기』는 공식역사의 체계를 세우고 이를 대내외에 널리 알리고자 하는 당대 집권집단의 의지가 철저히 반영된 역사책이다. 그런 까닭에 자기들이 세운 질서에 복종하지 않는 자들은 '다른 게' 아니라 '틀린 것'으로 간주했다.

기기(記紀)[79] 신화는 야마토 민족이 이질적인 것에 대한 정벌을 통해 어떻게 정통성을 확보해 갔는지를 치밀하게 보여준다. 누이 아마테라스가 경작하는 논의 논두렁을 부순다든지 신전에 똥을 눈다든지 하는 난폭한 말썽을 부려 천상의 다카마가하라(高天原)

79 『고사기』와 『일본서기』를 한데 이르는 말.

에서 추방당한 스사노오가 어떻게 다시 '중심'으로 돌아가는지 살펴보자.

- 스사노오는 누이 아마테라스를 희롱한 죄를 물어 하늘에서 땅으로 추방되었다. 수염이 잘리고 손발톱이 뽑힌 채였다. 그는 이즈모로 갔다. 강변을 따라 길을 걷던 중 젓가락이 흘러 내려오는 것을 보고 상류 쪽을 향해 올라갔다. 사람이 사는지 확인하기 위해서였다. 예상은 어긋나지 않았다. 상류 쪽에는 작은 집이 있었는데, 거기서는 노부부가 과년한 처녀를 앞에 둔 채 울고 있었다.

스사노오가 물었다. "너희들은 어째서 우는 것이냐?"

남자 노인이 나서서 대답했다.

"나는 이 나라를 다스리는 산신의 아들로 아시나 즈치라고 합니다. 제 아내는 데나 즈치, 여기 이 애는 우리 딸로서 구시나다 히메(머리빗의 여자)라고 합니다. 원래 우리 부부에게는 딸이 여덟이나 있었습니다. 그런데 야마타노 오로치(八岐大蛇)가 해마다 찾아와서 딸을 한 명씩 지금까지 일곱 명을 잡아먹었고, 이제 마지막 하나 구시나다 히메도 곧 똑같은 신세가 될 것입니다. 그래서 너무 슬퍼서 이렇게 울고 있었던 것이지요."

"그 야마타노라는 놈이 대체 어떤 놈인가?"

"그 놈은 머리가 여덟 개에, 몸통은 나무가 자랄 만큼 큰 뱀입니다. 또 그 길이는 여덟 개의 산골짜기를 넘을 정도로 거대한 마물

야마타노 오로치를 무찌르는 스사노오

입니다."

스사노오는 흥미가 생겼다.

"내가 그놈을 처치해주면 구시나다를 내게 주겠는가?"

노부부는 스사노오의 정체를 듣고는 당연히 그렇게 하겠다고 약속했다. 그 즉시 스사노오는 구시나다를 빗으로 변화시켜 자기 머리카락에 꽂았다. 그런 다음 노부부에게 잘 빚은 술이 담긴 큰 술통 여덟 개를 준비해 두도록 했다.

시간이 흘러 야마타노 오로치가 나타났다. 과연 흉측한 괴물이었다. 꽈리처럼 새빨간 눈을 부라렸고, 끝이 갈라진 긴 혓바닥을 날름거렸다. 야마타노는 여덟 개의 머리를 각각의 술통에 처박고 벌컥벌컥 술을 마시기 시작했다. 잠시 후 그는 술에 취해 잠이 들었다. 그때 스사노오가 나타나서 칼을 빼들고 하나하나 머리를 내리쳤다. 야마타노는 비명을 지르며 달아나려 했다. 스사노오가 다시 칼을 휘두를 때 칼날이 무엇인가 딱딱한 것에 부딪쳐 뚝 부러졌다. 스사노오가 이상하게 생각해서 뱀의 꼬리를 갈라보니 그 속에서 멋진 칼 한 자루가 나왔다. 한눈에도 예사로운 검이 아니었다. 나중에 스사노오는 그것을 태양신 아마테라스에게 선물로 바쳤다. 이 검이 훗날 야마토 정권에 전해 내려오는 신검, 즉 쿠사나기의 검이다. 야마토타케루가 동방을 정벌할 때 사용했던 것도 바로 그 검이었다.

스사노오가 찾아간 곳은 강 상류 쪽이다. 특히 일본신화에서 강의 상류는 문제적 공간이라고 한다.[80] 하류가 '중심'의 영역이라면 상류는 '주변'의 영역, 그래서 마땅히 토벌과 정벌의 대상이 되는 공간이다. 이즈모의 강 상류에는 머리가 여덟 개나 달린 뱀이 산다. 그 뱀은 이즈모 토착세력의 악을 상징하는데, 그것을 물리치기에 토착신 혈통의 아시나 즈치 일가는 힘이 너무 약하다. 그렇기에 그들은 외부에서 온 스사노오에게 두 말 없이 야마타노 오로치의 처단을 요청한다. 여기서 야마타노는 어떤 말도 하지 못한다. 마물인 그에게는 발언권 자체가 없는 것이다. 그의 역할은 오직 어디선가 쑥 나타난 외래인에게 속절없이 처단당하고 정벌당하는 것뿐, 그리하여 역설적으로 이즈모에 질서가 회복된다는 사실을 보여주는 것뿐이다. 그 이유는 물론 중심의 명령에 복종하지 않아서이긴 하되 그것만 빼면 그다지 특별한 점은 없다. 그들은 단지 '다르다'는 이유로 죽임을 당했다고 봐야 한다. 이러한 정벌이 대립적인 상대와 동등한 상태에서 이루어지는 것도 아니다. 스사노오는 미리 독한 술을 준비해 주었다가 상대가 취한 틈을 노려 기습 공격을 감행했다. 이런 식의 책략은 중심의 당연한 권리로, 주변은 달리 항의할 권리조차 없다. 실제로도 천황가의 정벌 과정에서 항복하는 자를 죽이거나 미끼로 유인한 다음 잡아 죽이는 '더티 플레이'는 보편적인 전술이었다고 한다.

---

80 야마구치 마사오 저, 김무곤 역, 『문화와 양의성』, 마음산책, 2014. pp.27~29.

마물을 물리친 스사노오는 정벌 과정에서 얻은 보물을 누이 아마테라스에게 선물로 보낸다. 왜냐하면 그쪽이 천상의 중심이라, 그 역시 권력의 정당성을 확보하려면 눈도장을 받아둘 필요가 있었기 때문이다. 스사노오가 선물로 보낸 그 보검이 훗날 일본 천황가에 내려오는 세 가지 신기(神器) 중 하나가 되었다.

신화를 기록하다

신화, 그중에서도 특히 건국신화는 기록이라는 과정을 매우 중시했다. 그것은 "신화를 역사로 기록함으로써 권력의 신성 근거를 확정, 공시, 보존하려는 국가 권력의 의도 때문"[81]이었다. 일본의 덴무(天武) 천황은 672년 임신란에서 승리하고 야마토로 천도한 후 율령 체제를 확립해가던 중 천황의 적통을 다른 모든 씨족들에게 강조할 필요성을 느껴 역사 편찬 작업을 개시한다. 문제는 이렇게 해서 기록이 시작되는 순간, 자기들에게 불리한 내용은 의도적으로 삭제되는 것은 물론, 다른 씨족이나 부족의 이야기는 소홀히 취급되거나 심지어 왜곡되기 십상이라는 사실이었다. 한마디로 쓴 것은 뺄고 단 것만 모아 후세에 자신들에게 유리한 면만 전할 가능성이 농후해진다는 말이겠다.

이는 일본뿐만 아니라 세계 거의 모든 국가의 역사 편찬에 정도

81　조현설, 『동아시아 건국신화의 역사와 논리』, 문학과지성사, 2003. p.451.

의 차이는 있지만 공통적으로 나타나는 현상이다. 그렇더라도 일본의 신화 기록화 작업은 동아시아 주변 국가들은 물론 세계 다른 나라들에 비겨서도 유별난 바가 있다. 국가 형성이 상대적으로 늦었다고 판단한 만큼 자신들의 부족함을 어떻게든 메우려는 때늦은 조바심이 크게 작용한 것도 그 한 원인이라고 볼 수 있다.

– 인간세상을 창조한 창세신에서부터 일왕가의 직계 선조신을 단일한 계보로 연결하는 신화적 발상은 온전한 국가를 건설한 시기가 이웃 민족보다 늦거나 온전한 국가를 건설한 경험이 없는 민족들에게서 흔히 나타나는 현상입니다. (중략) 온전한 체제를 갖춘 나라를 건설한 내력이 자체로 오래되었고 국조의 혈통이 절대적으로 신성하다는 인식이 견고하게 자리 잡고 있으면, 굳이 멀리 가서 창세신의 후예를 왕실의 선조신으로 견인하는 무리수를 범하지 않아도 된다는 말이지요.[82]

중국이나 한국에 비해 일본의 신화 서술이 무척 체계적이고 상세한 것, 나아가 기원전 660년 최초의 진무(神武) 천황이 즉위한 이래 혈통이 한 번도 찢어짐 없이 영원토록 이어진다는 의미에서 '만세일계'라고 주장하는 데에는 이런 이유가 있는 것이다. 하지만 일본인의 천황 숭배는 사실 역사가 그처럼 오래지 않았으니,

82   박종성, 『아시아 신화여행』, 실천문학사, 2016. p.98.

그것은 서구에 의해 문호를 개방당한 메이지 정부가 근대적 국가의 조속한 창출을 위해 새삼 발굴해낸 고전이자 이데올로기였다.[83] (사실 메이지 유신 이전에 일본인들은 천황의 존재를 거의 알지 못했다. 그렇기 때문에 1867년 대정봉환을 통해 역사의 전면에 나타난 천황은 '신민'들에게 자신의 모습을 보여주는 순행을 지속적으로 감행했다.) 1889년 공포한 〈대일본제국헌법〉은 이를 보증하는 '불마(不磨)의 대전(大典)', 즉 닳아 없어지지 않는 나라의 근본이었다.

-제1조 대일본제국은 만세일계의 천황이 통치한다.
-제3조 천황은 신성불가침하다.
-제4조 천황은 국가의 원수로서 통치권을 총람하며 이 헌법의 조규에 따라 이를 행사한다.
-제11조 천황은 육해군을 통수한다.
-제13조 천황은 전쟁을 선언하고, 강화하며 제반 조약을 체결한다.

이런 천황제 이데올로기가 장차 나아갈 곳이 어딘지는 굳이 확인할 필요가 없으리라.

시간이 흐름에 따라 특히 창세신화보다 건국신화가 더 중요한 비중을 차지하게 되는 것은 자연스러운 현상이다. 건국신화는 창

---

83 김후련, 『일본 신화와 천황제 이데올로기』, 책세상, 2012. 막부는 정권을 천황에게 이양하는 대정봉환(1867)을 계기로 메이지유신(1868)을 단행한다.

세신화에 비해 특히 '기록'의 필요성이 강조될 수밖에 없다. 그렇지만 엄밀히 따지면 실제로 건국 초기부터 기록 작업이 이루어지는 경우는 극히 드물다. 그보다는 문자화된 건국신화의 필요성이 고조되기까지 어느 정도 시간이 흐르기를 기다려야 했다. 우리나라의 고대 삼국(고구려, 백제, 신라)과 동아시아 고대 삼국(몽골, 만주, 티베트)의 건국신화를 비교 분석한 후, 그것들이 각기 자기 나라에서 '국사'로 수용되고 기록되는 것은 고대 국가의 제도가 정비되던 시기와 대체로 일치한다는 의견은 경청할 만하다.[84] 예를 들어 몽골의 경우 최초의 기록물인 『몽골비사』가 나온 때는 칭기즈칸 사후 우구데이가 한족의 율령 등을 수용하여 체제를 정비해가던 무렵인 1240년경이었다. 만주의 경우도 『만주실록』(1635)이나 『태조무황제실록』(1636)이 편찬된 때는 태종 누루하치가 정복전쟁을 거의 마무리하던 시기였다. 티베트의 경우도 7세기 중반 이후 토번(吐蕃) 왕조의 건립 및 문자의 제작 등과 시기를 크게 달리하지 않을 것으로 추정된다. 이렇게 볼 때, "건국신화의 기록은 건국과 문자 제정에 이어 대체로 국가의 체제가 정비될 시기에 이루어진 국사 편찬 과정에서 '국사'의 기원으로 수용되면서 본격화된 것"(p.366)으로 볼 수 있다. 말하자면, 이왕 나라의 질서를 정비할 때, 신화까지 끌어들여 자신들이 세운 나라의 역사적 정통성을 그만큼 더 확보하고자 하는 열망이 반영되었다는 것. 박근혜 정부에

84 조현설, 『동아시아 건국신화의 역사와 논리』, 문학과지성사, 2003. pp.365~366.

서 크게 논란이 된 국사 교과서 문제도 이런 관점에서 살필 수 있다. 이때 90퍼센트 이상의 역사학자들과 교사, 대다수 국민의 반대에도 불구하고 정권 측에서 이를 밀어붙일 때, 그들의 가슴속에는 우리나라가 이승만과 박정희가 세운 나라라는 강력한 요구가 있었다. 그건 어쩌면 객관적 사실을 벗어난 하나의 '신화'적 열망일 수 있지만, 그들은 전혀 개의치 않았다.

베트남의 경우를 보자.

베트남의 공식 역사는 968년 딘 보린의 다이 꼬 비엣을 최초의 독립왕조로 본다. 그런데 락 롱 꿘과 어우 꺼를 중심으로 한 건국신화는 그 이전 훨씬 오래 전 시기부터 입에서 입으로 전승되어 왔을 텐데 특별히 기록으로 남겨지지는 않았다. (락 롱 꿘은 베트남 최초의 국가라 할 수 있는 반랑국의 제1대 왕의 부친으로, 오늘날에도 모든 베트남인들이 자신들의 시조 영웅으로 섬긴다.) 그러다가 원의 침략으로 나라의 존망이 다시 위태로워졌던 13세기 후반, 세 차례의 대몽항전을 계기로 높아진 민족의식과 함께 새삼 이 건국신화가 체계적으로 완성된다. 그리하여 14세기 후반에 편찬된 것으로 추측되는 설화집『영남척괴열전』[85]에 첫 기록이 남았고, 약 백 년 뒤에는『대월사기전서』(1479)에 기록되면서 처음으로 왕조사 안으로 편입되었다.『대월사기전서』에서는『영남척괴열전』의 건국신화와 동일한 내용이 실리지만 유교적으로 약간 윤색된다.

---

85   무경 저, 박희병 역,『베트남의 신화와 전설』(돌베개, 2000)로 번역되어 있다.

베트남에서 대(對) 중국의식은 가장 중요한 역사 편찬의 원칙이었다. 중국은 가장 경계해야 할 적이지만, 동시에 가장 본받아야 할 문명국이기도 했다. 싸울 땐 싸우고 배울 땐 배우자는 이 원칙은 고대국가를 처음 형성한 이후 곧바로(BC 111년) 천년 지배를 받게 되면서 자연스레 내면화되었을 것이다. 그러다가 나라의 독립을 쟁취한 이후에는 이를 기록으로 남겨 자주의식과 문명의식을 동시에 내보일 필요를 느꼈을 것이다. 누구에게? 아마 처음 이를 기록으로 남기려 한 이들은 세 가지 측면에서 독자를 생각했을 것이다. 첫 번째는 당연히 중국이다. ("봐라, 우리도 너희들 못지않은 역사를 갖고 있는 문명국이다.") 두 번째는 독립국가의 백성일 터. ("우리나라가 이만큼 위대하다. 자부심을 지녀라. 그러니 추호도 딴 맘을 먹지 말고 오직 충성하라.") 그렇다면 세 번째 대상은 과연 누구였을까.

베트남의 신화에서 건국시조 락 롱 꿘은 스스로 밝히듯 중국 염제 신농씨의 후예였다. 신농씨의 삼세손 데 민이 남쪽을 순방하던 중 부 띠엔이라는 신선의 딸을 만나 결혼하고 둘 사이에서 낳은 아들이 록 뚝으로, 바로 락 롱 꿘의 아버지였다.[86] 비엣족이 중심이 된 사서 기록 작업이 중국으로부터 당당한 독립이라는 자주의식을 반영해야 한다면, 이 기술은 어떻게 해석해야 할까. 오히려 자랑스러울 게 있는지 반문할 수도 있을 것이다. 그러나 이는 동

---

86 베트남의 건국신화에 대해서는 무경 저, 박희병 역, 『베트남의 신화와 전설』, 돌베개, 2000. ; 김남일, 방현석 공저, 『백 개의 아시아(2)』, 아시아, 2014. ; 최귀묵, 『베트남 문학의 이해』, 창비, 2010. pp.76~80.

시에 "건국시조가 신농씨의 혈통을 받았다고 하는 것이 원시적인 생활을 하면서 한문문명 밖에 머무르고 있는 소수민족들을 얕보고 억누를 수 있는 자격이 있음을 입증"하는 것으로 파악할 수도 있다.[87] 이 경우 '자주의식'에 앞서 '문명의식'이 훨씬 크게 작용했을 것이다. 그렇다면 비엣족이 중심이 된 사서 기록 작업의 주도자들이 상정했을 세 가지 층위의 독자 중에서 마지막 하나는 자연스레 자기들 주변에, 혹은 자기들 영토 안에 사는 다양한 소수민족들일 수밖에 없게 된다.

"봐라, 너희들은 뿌리도 없는 야만인들 아니냐!"

현재 베트남 정부가 공식적으로 인정하는 소수민족만 해도 54개에 이른다. 비엣족(킨족)은 전체 인구의 약 87% 이상을 차지한다.

그런데 소수민족들이라고 '뿌리'가 없을 리 없다. 다만 한 가지 특이한 점은, 비엣족과 달리 그들은 대개 독자적인 기원신화를 꾸준히 입에서 입으로 전승해 내려왔다는 사실이다. 그 대표적인 사례가 앞에서 잠깐 언급한 바 있는 므엉족의 창세서사시 〈땅과 물의 기원〉이다.

- 옛날, 하늘 위에는 하늘 없고, 땅 아래에는 땅이 없던 시절, 올려다보고 내려다보아도 오로지 몽롱할 뿐이었다. 그러던 어느 해 비가 오래도록 내려 50일 만에 그치고, 70일 만에 물이 빠졌다. 푸

---

87 조동일, 『동아시아 구비서사시의 양상과 변천』, 문학과지성사, 1997. p.275.

르고 푸른 나무 한 그루가 자랐는데, 가지가 하늘을 찔렀다. 잎과 가지 속에서 아주머니 아가씨의 소리가 들렸는데, 하늘을 찌르는 가지는 첫째 투 타(남신)였고, 어지러이 늘어진 가지는 둘째 투 티언(여신)이었다. 둘은 부부가 되어 명령했다.

"닭에게는 며느리발톱이 있어야
박과 칡은 감고 오를 줄 알아야
패오 대나무에는 가시와 뾰족한 끝이 있어야
사람은 말을 할 줄 알아라."

큰 가뭄이 들어 땅이 거북등처럼 갈라질 때, 수신 풍 페우가 하늘을 올려다보며 비를 빌었다. 다시 큰비가 계속되었고, 나중에 그 물이 강과 바다로 흘러들어갔다. 물이 빠진 자리에서 신령스러운 용수(龍樹) 한 그루가 자라났다. 오늘은 절구공이만 하더니, 다음날에는 림 나무 높이까지 자랐다. 그것이 너무 크게 자라 오히려 문제가 생겼으니, 야채를 말려도 마르지 않고 벼를 말려도 마르지 않았다. 하나님은 이를 보다 못해 무쇠벌레와 구멍벌레를 집어넣어서 나무껍질과 나무속을 다 먹어치우게 했다.

그 후 용수의 가지 1919개가 넘어져 마을이 되었다. 그리고 난 뒤 용수는 썩어서 자 전(여신)이 되었다. 자 전은 하늘로 올라가기를 원했다. 그러다가 두 개의 알을 낳았는데, 부화해서 두 명의 남자 꾼 브엄 박과 꾼 브엄 버가 태어났다. 그들이 마을의 지도자가 되었다. 하늘의 선녀들이 내려와 놀다가곤 했는데, 꾼 브엄 박과 꾼 브엄 버를 보고 반해 정신없이 놀다가 그만 돌아갈 시간을 놓쳐버렸다. 하늘문이 닫히자 두 선녀는 어쩔 수 없이 두 지도자와 결혼해서 살았다. 두 선녀는 아이를 자꾸 낳았다. 열 번째 막내 뚱과 열한 번째 막내 똣은 사랑스러운 새였다. 그렇지만 먹고 살기도 힘들고 따돌림도 받아 그만 죽기로 결심했다. 자 전의 말에 따라 이 두 새는 동굴에 들어가서 산다. 그들은 아홉 달 아홉 밤낮이 지나서 1919개의 알을 낳았다. 그 알을 90일 동안 품어도 아무것도 나오지 않아 화가 났다. 그래서 하늘에다 던졌더니 번개신이 부화되어 나왔고, 다시 또 던졌더니 구름신이 나왔다. 이런 식으로 알들은 그 숫자만큼의 동물과 초목이 되었다.

뚱과 똣 사이에서 다시 알이 하나 나왔는데, 그 생김새가 기묘했다. 둘은 이 알을 품지 않고 자 전에게 주었다. 자 전이 부탁하자 종달새가 그 알을 품었다. 알이 부화하면서 그 속에서 라오족, 킨족, 므엉족, 타이족 등이 태어났다. 다시 그 알에서 열두 개의 알이 나왔다. 애꾸, 장님, 절름발이 등 온갖 사람들이 다 태어났다.

그때 하늘에는 금으로 된 해가 아홉, 동으로 된 달이 열둘이나 떠 있어서 세상이 타들어갈 듯 더웠다. 이에 남신 노 나가 대나무로 만든 큰 활을 준비해서 해와 달을 한 개씩 남기고 없애버렸다. 그 뒤 퐁 페우는 닭에게 부탁해서 아침에 해를 오게 하고, 오리에게 부탁해서 저녁에 달이 오게 하였다. 그 후 귀신이 마을을 괴롭히자, 랑 꾼 껀이 그들을 물리쳤다.

신화는 이때부터 랑 꾼 껀이 주도하는 영웅서사시로 새롭게 전개된다.[88]

므엉족은 현재 약 백만 명 정도의 인구가 주로 베트남 북부 호안 빈 성과 타인 호아 성의 북서 산악지대에 살고 있다. 그들은 비엣족과는 인종적으로 같은 고(古) 비엣족에 속하는데, 10세기까지 점진적으로 분리되었다고 한다.

므엉족의 창세서사시는 천지개벽부터 시작하여 다른 주요 신화들처럼 다양한 요소들을 망라한다. 인간창조와 일월조정 같은 단계도 두루 거친다.[89] 이 점에서 비엣족의 그것들은 상대적으로 빈약해 보인다. 물론 처음부터 그러했을 것이라고 단정하기는 어렵다. 비엣족도 본래 풍부한 창세신화를 가지고 있었는데, 스스로 문명국임을 강조하다 보니 자연스레 중국의 전승, 즉 반고와 여와의 창세신화를 받아들이게 되고, 그 과정에서 전통과 단절되면서 그런 결과가 나왔을지 모른다고 추정하는 것이 합리적이다. 그나마 비엣족의 건국신화에서 창세신화의 흔적이 남아 있다고 추정

---

88 최귀묵, 「월남 므엉족의 창세서사시 〈땅과 물의 기원〉」, 《구비문학연구》 제11집, 한국구비문학회, 2000. 더불어 보 람 수언, 「한국과 베트남의 창세서사시 비교연구」, 부산대학교 대학원 석사학위 논문, 2004.
89 므엉족 창세서사시에 관한 설명은 최귀묵, 앞의 글에 크게 기댔다.

할 수 있는 부분은 락 롱 꿘과 어우 꺼가 결혼하여 백 개의 알을 낳았다는, 그리하여 그 알들에서 백 명의 아들이 나와 바익 비엣(百越)의 시조가 되었다는 난생신화 정도이다.

신화가 역사책에 기록되는 순간, 정통성은 확보할 수 있을지 몰라도 그것이 기왕에 갖고 있던 풍부한 서사와 탄력성은 급격히 제한 받게 마련이다. 어쩌면 그것이 창세신화와는 분명히 구별되는 건국신화의 운명인지 모른다.

달빛의 신화와 햇빛의 역사

일반적으로 창세신화는 대개 구전되는 경우가 많은데, 자연스레 서사시 형식이 유용한 구실을 한다. 일본의 경우에는 서사시라고 할 만한 것이 거의 없다. 반면 일본 동북지역의 선주민이던 아이누의 경우 서사시가 풍부하게 전승되어 왔다. 중국의 경우를 보면 이 점이 더욱 분명해진다. 중국의 한족은 서사시라고 할 만한 것을 많이 전해오고 있지 못하다. 할리우드 애니메이션 영화 〈뮬란〉의 원작으로 더 유명한 「목란사」(木蘭詞) 정도가 언뜻 눈에 띄는 장편서사시라 하겠다. (장편이라고 해도 300여 자에 불과해, 다른 민족의 서사시하고는 아예 비교할 수 없을 만큼 짧다.) 수량도 다른 민족들에 비하면 거의 눈에 띄지 않을 만큼 적다. 실제로 과거 중국의 사가들도 중국에는 사시(史詩, 서사시)가 풍부하지 않다는 데 동의했다.

주변민족들은 정반대였다. 그들은 한족과 달리 풍부한 서사시 전통을 이어왔다. 중요한 것은 그 서사시들이 대개 입에서 입으로 전승되어 왔다는 사실이다. 창세서사시만 해도 먀오족의 〈묘족고가〉, 나시족의 〈숭반도〉, 바이족의 〈창세기〉, 동족의 〈기원지가〉, 이족의 〈메이거〉, 〈아시더셴지〉 등 일일이 꼽기 어려울 정도로 풍부하다. 영웅서사시와 생활서사시도 한족을 제외하면 어느 민족에게나 고루 분포되어 있다. 이것은 거꾸로 한족이 서사시를 유지 혹은 발전시키지 못한 이유를 일정하게 설명해 준다. 조동일은 정치적인 승패와 서사시의 풍성함은 서로 어긋나는데, "정치적인 패권을 장악해 이웃 민족을 지배하는 민족이 자기 서사시를 잃는 것과 다르게, 피지배 민족은 서사시를 소중하게 간직하고 더욱 풍부하게 하면서 민족적 자부심 고취의 근거로 삼았으므로, 그런 차이가 생겨났다"고 주장한다.[90] 그 근거로 중국 한족에 비해서 윈난의 소수민족들이, 일본 야마토 민족에 비해서 아이누 민족이, 그리고 우리의 경우 본토에 비해 제주도의 경우가 구비서사시를 풍부하게 보존하고 이어 왔음을 들고 있다. 따라서 그는 "한족의 중국이 주변민족을 침공하고 지배하려고 하는 데 맞서서 그 주위의 다른 민족이 어떻게 저항했는가 알아내는 데 서사시만큼 소중한 자료를 다시 찾기 어렵다."(p.288)고까지 말한다.

한족은 일찍부터 문자를 발명했고 그에 따라 왕성한 역사 기록

---

90 조동일, 『동아시아 구비서사시의 양상과 변천』, 문학과지성사, 1997. p.13.

도 보유할 수 있었다. 반면 그들로부터 끊임없이 침략을 받고 지배를 당할 위험에 처한 주변 민족들은 자신들의 뿌리와 살아온 내력을 잊지 않아야 한다는 절박한 심정을 입에서 입으로 부지런히 이어갈 수밖에 없었다. 물론 그들은 결국 근대적 의미의 국가를 형성하는 데 실패한 경우가 대부분이기 때문에 건국서사시라고 할 수 있는 것은 상대적으로 저조한 반면, 창세서사시는 풍부한 면모를 보인다. 때로 그 서사시를 통해서 문자로 남겨지지 않은 소수민족 역사의 희미한 흔적을 더듬어볼 수 있는 경우도 있다. 예를 들어, 먀오족의 〈묘족고가〉는 이제는 중국내 소수민족이 되어버린 먀오족이 간직해온 창세서사이면서 동시에 먀오족 옛 조상들의 역사이자 생활사이기도 하다. 그것은 크게 네 부분으로 구성되며, 모두 13수 8천여 행이다. 그중 〈발산섭수가〉는 '산을 넘고 물을 건너 이주하면서 부르는 노래'라는 제목 그대로 초창기 먀오족이 겪어야 했을 '고난의 행군'을 생동감 있게 보여준다. 그리고 먀오족의 서사시가 한족에 비해 상대적으로 풍부하다면 역설적으로 바로 이런 고난의 행군 때문인지 모른다.

"햇빛에 바라면 역사가 되고, 달빛에 물들면 신화가 된다."라는 말이 있지만, 신화의 시대가 저물며 역사의 시대가 시작된 이래 달빛은 늘 햇빛에 자리를 내주었던 게 현실이었다. 질서와 논리는 혼돈과 주술을 밀어냈고, 의식은 무의식보다, 일신교는 다신교보다 우월해야 했다. 이럴진대 애니미즘, 토테미즘, 샤머니즘 따위가 설 자리는 없었다. 나아가 민족, 계급, 젠더, 지역 등에 따라 스토리텔링 자체가 봉쇄되거나 왜곡, 축소, 폄하되는 경우도 손바닥 뒤집듯 늘 있는 일이었다. 이런 점에서 '기록'은 그것 자체로 강력한 권력의 주춧돌이었다. 기록되지 않는 것은 존재하지 않는 것과 마찬가지였다. 기록이 있는 민족은 기록이 없는 민족을 깔보고 함부로 취할 권리를 주장했다.

상당 부분 기록이라는 작업에 뿌리를 둔 건국신화를 대할 때 각별히 섬세한 눈길을 보내야 하는 것도 이 때문이다.

유일신의 시대, 신화의 운명

과학기술 문명의 발달을 논외로 치면, 신화의 패퇴가 결정적으로 진행되기 시작한 데에는 문자 이외에 특히 유일신교의 발흥을 다른 큰 원인으로 꼽을 수 있다. 유일신교가 다신교를 대체하면서부터 다양한 신과 정령들이 함께 만들어내던 신화의 세계는 급속히 힘을 잃기 때문이다. 유럽 사회는 일찍부터 기독교가 그리스로마 신화를 비롯하여 각 지역 신화의 고유한 다양성을 대체하기 시작했다. 북유럽의 변방 아이슬란드가 서기 1000년을 전후하여 마지막으로 그 대열에 합류했는데, 13세기에 이르자 고대 신화의 멸실을 우려한 인문학자 스노리 스툴루손이 신화집 『에다』를 정리, 출간하기에 이른다. 과거 수메르, 바빌로니아 신화가 융성했던 중동 지역에서는 7세기 이후 이슬람이 그 역할을 담당했다. 그 지역의 경우, 미술품들 중에서 특히 정교한 장식 문양과 현란한 서예 작품 등 추상회화가 우리의 눈길을 끈다. 이슬람 문명에서 유독 그런 것들이 발달한 까닭은 구상회화가 발달하지 못한 것과 쌍을 이룬다. 즉, 이슬람에서는 사람이나 동물의 형상화를 우상화로 금지하기 때문에 자연히 구상미술보다는 추상미술 쪽이 더 발달할 수밖에 없었다. 그런 상황에서 뭇 신들이 득시글거리는 옛 시절의 신화는 구전이 거의 불가능했을 것이고, 문헌 역시 공공연한 전승은 무척 어려웠을 것이다.

정리하자면, 기록과 유일신교는 신화의 합리주의화, 혹은 비신화화(demythicization)를 이끈, 그래서 과거와 같은 영광을 더 이상 기대할 수 없게 한 양대 산맥이라고 볼 수 있다.

– 모든 신화적 유산은 더 이상 살아 있는 종교적 가치를 지니지 못했기 때문에 그리스도교로 수용되거나 동화되는 일이 가능했다. 신화 전통들은 '문화재'가 되었다. 즉 고전적 유산은 시인·예술가·철학자에 의해 구제되었다. 고대 말엽 이래-지식인이 더 이상 신화를 글자 그대로 받아들이지 않게 되었을 때-신들이나 신화는 작품, 즉 문학과 미술의 창작물을 통해 르네상스와 17세기로 전해졌다.[91]

91   미르치아 엘리아데 저, 이은봉 역, 『신화와 현실』, 한길사, 2011. p.215.

유일신교가 다신교와 범신론을 배척할 때 내세웠던 근거 중에 최고신의 도덕성도 한몫했다. 예를 들어 제우스는 최고신이라면서 도무지 절대자의 위엄이나 풍모가 없다. 아내 헤라가 잠깐 눈을 감았다 뜨면 그 새를 못 참고 바람을 피운다. 헤라는 헤라대로 무슨 질투가 그토록 많은가. 최고신 부부가 이럴진대 그리스 신화를 누비는 신들은 친족살해, 근친상간, 성추행, 오해, 복수, 강간, 간통, 유괴, 납치, 고문, 저주, 시기, 절도, 음모, 사기, 협잡, 공모, 능멸, 도박, 변덕, 폭행 따위 부도덕한 행위를 밥 먹듯 일삼는다. 이래서 어찌 영이 서겠는가. 초기 기독교의 호교론자들은 이런 명분을 내세워 신화를 신들의 난장판이라고 비판했다. 참된 신은 도덕적이어야 하고, 그러기 위해서는 부득불 '근엄한' 유일신이 등장해야 하는 것이다. 그런 반면 신화는 진실하지 못한 '뮈토스'로서의 성격을 더욱 굳히게 된다.

아시아와 아프리카에 들어간 선교사들이 처음 한 일도 이와 다르지 않았다.

- "도대체 어떤 것이 당신들의 신이요?"

그가 물었다.

"대지의 여신, 하늘의 신, 아마도리아, 천둥 번개, 등등 어떤 것을 말하는 거요?"

통역관이 백인에게 말하자, 그는 즉각적으로 대답을 해줬다.

"당신이 지적한 그런 것들은 모두가 신이 아니요. 당신 친구를 죽이라거나 죄 없는 어린애를 없애버리라고 하는 그것들은 모두가 허위의 신이요. 진정한 하느님은 오직 한 분뿐이며 그분만이 땅과 하늘과 당신과 나 그리고 우리 모두를 주관하시는 거라오."

"만일 우리가 우리 신을 버리고 당신 신을 좇는다면, 방치해버린 우리의 신과 조상들의 분노를 누가 보호해 줍니까?"

또 다른 사람이 물었다.

"당신들의 신은 살아있는 것이 아니며, 당신에게 어떤 해도 끼칠 수가 없어요. 그것들은 그저 나무나 돌멩이 조각일 뿐이오."

백인이 대답했다.[92]

그 백인 선교사는 이미 "악인과 나무와 돌을 경배하는 눈먼 이교도들은 야자기름처럼 타오르는 불구덩이로 던져지게 된다."고 말한 바 있었다.

이런 비신화화 작업에 종교인들뿐만 아니라 역사 최초로 자칭 합리주의자의 대열에 들어서기 시작한 철학자들도 진작 힘을 보탠 바 있었다. 플라톤은 인간사회가 나아지려면 신들에 대해서 참되고 보다 합당한 생각을 발견해야 한다고 보았다.[93] 이 말은 그리스 신화의 신들, 즉 서로 싸우고 헐뜯고 속이고 온갖 부정한 짓

92   치누아 아체베 저, 한남철 역, 『무너져내리다』, 태창문화사, 1979. p.159.
93   플라톤 저, 조우현 역, 『국가·소크라테스의 변명』, 삼성출판사, 1982. 참고.

을 다 자행하는 신들을 정화해야 한다는 뜻이었다. 플라톤은 이상국가의 통치자인 철학자가 맨 처음에 할 일은 신화의 신들을 그가 최고의 인식이라 기술한 '선(좋음)의 이데아'로 대체하는 것이라 말했다. 한마디로 그는 선한 신(들)만을 받아들여야 한다고 하는 것이다. 나아가 그는 "신은 모든 것의 원인이 아니라 오직 선량한 것만의 원인"(p.88)이라고 얘기하는 사람에게만 이야기할 기회를 주고, 또 그런 사람에게만 시 쓸 기회를 주어야 한다고도 주장한다. 실은, 플라톤은 시인이고 뭐고 신화고 뭐고 다 자신의 공화국에서 내쫓아버리고 싶었는지도 모른다.

- 까마득한 옛날부터 시인들은 진정한 신화 작가들이었다. 헤로도토스가 말한 바와 같이, 호메로스와 헤시오도스는 신들의 계보를 만들었으며, 또 신들의 모습을 그려내고 신들의 임무와 권한을 가렸다. 여기에 플라톤의 『국가』에 대한 진정한 위험이 있었다. 시를 용납하는 것은 신화를 용납하는 것이었는데, 신화는 모든 철학적 노력을 좌절시키고 플라톤의 국가의 기초들 자체를 헐어버리지 않고서는 용납될 수 없었다. 오직 시인들을 이상 국가로부터 추방함으로써만 철학자의 국가가 파괴적 적대세력들의 침입에 대해서 보호될 수 있었다.[94]

94   에른스트 캇시러 저, 최명관 역, 『(개정판) 국가와 신화』, 창, 1988. p.101.

이것이 시작이었다. 플라톤은 현상 배후의 진정한 실체로서 이데아를 따지면서도 거기에 신이라든지 신화가 끼어드는 것을 용납하지 않았다. 만약 꼭 이야기할 필요가 있다면, 듣고자 하는 사람들에게만, 그것도 "새끼돼지가 아니라 무엇인가 큼직하고 구하기 어려운 제물을 바친 다음에 극소수의 사람들에게 몰래 들려줘야 할 것"[95]이라고 말했다. 이런 비신화화 과정에서, 거듭 말하지만, 기록은 구전에 대해, 유일신교는 다신교에 대해, 로고스는 뮈토스에 대해 우위에 서는 확실한 계기를 틀어잡는다.

이러한 시선은 근대 독일의 관념철학을 대표하는 헤겔에게까지 고스란히 전달된다.

- 역사가는 이 무상하게 사라져버리는 재료를 결합시켜서, 이것을 기억의 전당 안에 안치하여 그것을 불멸의 것으로 만든다. 그러나 설화, 민요, 전기는 이와 같은 근본적 역사에서는 배제된다. 왜냐하면 그것들은 아직도 불투명한 것이며, 그 점에서 미개민족의 관념에 속하는 것이기 때문이다. (중략) 바로 눈앞에 보이는 현실, 또는 바로 눈앞에서 볼 수 있는 것과 같은 현실의 지반이라고 하는 것은, 저 설화라든가 민요가 자라나온 허무한 지반보다는 훨씬 기반이 단단한 것이다. 따라서 이들 설화라든가 민요는 이미 확고한 개성을 가질 정도로까지 성장하고 있는 민족의 역사적 사

---

95   플라톤 저, 조우현 역, 『국가·소크라테스의 변명』, 삼성출판사, 1982. p.85.

료로는 받아들일 수 없다.[96]

그에게 이런저런 신화 따위가 아니라 오직 게르만 민족이 지켜온 유일신의 기독교만이 참다운 문명을 대표한다는 것은 주지의 사실이다.

96   헤겔 저, 김종호 역, 『역사철학강의(1)』, 삼성출판사, 1982. pp.66~67. 문장 부분 수정.

제5부

영웅신화 삐딱하게 읽기

바야흐로 본격적인 역사 시대가 시작된다. 이와 더불어 신화의 의미
도 점점 달라진다. 이제 역사와 신화, 심지어 삶과 죽음을 오가거나
그 접경지대를 누비는 영웅들의 활약이 눈부시다. 그러나 영웅들에
게 찾아오는 비극적 운명도 못 본 척 외면할 수는 없다.

비겁한(?) 영웅

해와 달까지 쏘아 정리한 창세기 명궁들에게 견주는 건 무리이
겠지만, 영웅시대에도 동서양을 가릴 것 없이 우리가 기억할 만
한 명궁들이 수두룩하다. 주몽은 어린 시절 파리가 눈을 물어 잠
을 이룰 수 없다며 어머니가 갈대로 만들어 준 활로 물레 위의 파
리를 백발백중 쏴 죽였다. 커서는 화살 하나로 한 쌍의 비둘기를
잡았고, 왕이 되어서는 옥가락지를 백 보 밖에 걸어놓고 쏘아 기
와 깨지듯 부셔버렸다. 10년 만에 고향 이타카에 돌아온 오디세

명궁 아르주나

우스는 아내 페넬로페를 노리는 백팔십 명의 구혼자들 앞에 거지
차림으로 등장한다. 활쏘기 기회를 달라는 그의 말에 모두 비웃지
만, 그의 아들 텔레마코스가 허락한다. 오디세우스의 시위를 떠난
화살은 열두 개의 도낏자루에 난 구멍을 한꺼번에 통과한다. 그것
이 복수의 시작이었다. 오디세우스는 쉬지 않고 활을 쏘아 그동안
페넬로페를 괴롭히고 자신을 모독했던 구혼자들을 모두 처단한
다. 인도 신화에서는 〈마하바라타〉에 등장하는 판다바 가문의 셋
째 아르주나가 신기에 가까운 활솜씨를 자랑한다. 천하제일의 미

녀 드라우파디 공주를 차지하기 위한 경연대회에 참가한 아르주나는 난다 긴다 하는 왕자들이 아무리 용을 써도 꼼짝도 하지 않는 활을 가볍게 들어 올려 다섯 개의 과녁을 모두 꿰뚫었다. 조로아스터교의 경전『아베스타』에서는 아라쉬가 이란 사람으로서 가장 활을 빨리 쏘는 사람으로 등장한다. 새벽에 쏜 화살이 정오까지 떨어지지 않았다는 설과 저녁때까지 떨어지지 않았다는 설이 팽팽하다. 그가 쏜 화살이 날아간 거리로 인해 이란과 투란의 국경선이 정해졌다고도 한다.

지고는 못 사는 몽골 초원의 궁사들이 가만히 있을 리 없다. 〈북두칠성 신화〉의 첫 장면이다.[97] 두 형제가 사냥을 가는데 어떤 사람이 활을 멘 채 빙빙 돌고 있는 광경을 보고 물었다.

"여기서 뭘 하는 겁니까?"

"새 한 마리를 향해 활을 쐈는데 아직까지 떨어지지 않고 있소."

점심때가 지나자 화살에 맞은 새 한 마리가 떨어졌다. 형제는 이렇게 말한다.

"사람들은 우리 보고 활 좀 쏜다고 칭찬을 하곤 했는데, 당신은 우리보다 훨씬 뛰어납니다."

그들은 의형제를 맺었다. 나중에 그는 샤즈가이 대왕의 용사들과 겨루는데, 그가 쏜 화살은 산 다섯 개를 관통하고 여섯 번째 산에 가서 꽂힌다. 형제들은 훗날 북두칠성이 된다.

---

97 체렌소드놈 저, 이평래 역,『몽골 민간 신화』, 대원사, 2001. pp.54~60.

이런 영웅들은 신인지 인간인지 존재 자체가 분명하지 않다. 그들은 여러 면에서 비범한데, 한 가지 특징은 제아무리 영웅일지라도 평범한 인간이 범하는 실수나 잘못을 완벽히 피해가지는 못한다는 점이다. 이왕 말이 나온 김에, 남성 영웅의 흉을 좀 더 보는 것도 재미있겠다. 인도를 대표하는 두 서사시 〈라마야나〉와 〈마하바라타〉는 신의 화신이라 할 수 있는 영웅들의 눈부신 활약상을 보여주면서 자연스럽게 그들에 대한 찬가를 이끌어내고 있다. 그들은 한결같이 천성이 착하고 효성이 지극하며 형제간에 우애가 깊고 무예 또한 천하를 호령할 만큼 뛰어나다. 〈라마야나〉에서 주인공 라마가 그러하고, 〈마하바라타〉에서 판다바 가문의 오형제가 그러하다. 하지만 오늘 우리의 관점으로 볼 때 그들이 처음부터 끝까지 완벽한 영웅인 것은 아니다. 어떤 측면에서는 영웅으로서 차마 해서는 안 될 비겁한 면모까지 보인다.

〈라마야나〉에서 주인공 라마는 머리가 열 개 달린 악귀 라바나에게 납치당한 아내 시타를 추적하는 과정에서 하누만을 비롯한 원숭이 종족의 도움을 받는다. 그 이후 랑카 섬으로 진격해서 라바나의 군대와 일대격전을 벌일 때 원숭이 군대는 주도적인 역할을 하게 된다. 그런데 원숭이 종족의 도움을 받기 위해서 라마는 원숭이 왕 수그리바를 도와주어야 했다. 오해 때문에 자기를 죽이려고 하는 형 발리를 물리치는 데 힘을 보태 달라는 것이었다. 발리는 엄청난 괴력을 지닌 장사여서 힘으로 정면 대결을 해서는 수

그리바에게 도무지 승산이 없었다. 라마는 기꺼이 도움을 약속했다. 둘은 계략을 짰다. 수그리바와 발리 형제가 뒤엉켜 싸우는 동안 천하의 명궁 라마가 활을 쏴서 발리를 죽인다는 것이었다. 한 번의 시행착오는 있었지만, 일은 그렇게 진행되었다.[98]

  - 라마는 신중하게 시위를 당겼다. 화살은 발리의 심장을 꿰뚫었다. 발리는 자신의 죽음은 둘째 치고 몰래 숨어서 활을 당긴 자를 용서할 수 없었다.

  "누구냐? 비겁하게 숨어서 활을 쏜 자는 당장 얼굴을 드러내라."

  라마가 모습을 드러내며 자신이 다사라타 왕의 아들 라마 왕자라는 사실을 밝혔다. 발리는 큰 충격을 받는다. 그에게도 라마는 진리와 법의 상징이었기 때문이다.

  라마는 사정을 설명했다.

  "나는 마왕 라바나에게 납치당한 아내 시타를 찾기 위해 수그리바 님과 힘을 합쳤소. 동맹자로서 나는 마땅히 수그리바 님을 도왔던 것이오."

  "오, 그런 이유라면 왜 진작 내게 말하지 않았소? 내가 얼마든지 도와줄 수 있었을 텐데 말이오. 어쨌든 그게 나와 무슨 상관이지요? 당신은 도대체 나와 무슨 원수지간이기에 이런 짓을 저질렀습니까?"

98 특히 이 부분은 김남일, 『라마야나』(문학동네, 2016) 참고.

발리는 형인 자기와 동생인 수그리바 사이의 싸움이 따지고 보면 한낱 원숭이들의 싸움인데 라마가 굳이 끼어든 이유를 모르겠다고 거듭 강조했다. 또한 크샤트리아의 신분으로 몰래 숨어서 활을 쏘는 건 용서받을 수 없는 범죄 행위라고 힐난했다.

발리의 비판은 매서웠다. 하지만 '우리의 영웅'은 원숭이보다 훨씬 논리적이며 언변 또한 뛰어나다. 라마는 우선 발리가 아우 수그리바의 아내를 가로챔으로써 다르마[99]를 어겼음을 지적한다. 나아가 발리가 원숭이 사회에는 인간세상의 결혼제도 같은 건 있지도 않다며 자신의 행위를 합리화하자, 다시 이렇게 비판한다.

"비록 원숭이일지라도 당신은 고행과 학문을 통해 누구 못지않은 분별력을 갖추었을 것이오. 무엇이 옳고 그른지, 무엇이 정의이고 불의인지 당연히 판단할 수 있소. 하지만 당신은 오직 당신의 욕심에 따라 행동했소. 당신처럼 훌륭한 지성을 지닌 생물에게는 그만큼 더 높은 도덕률이 요구되는 법이오. 하루 종일 이 나무에서 저 나무로 뛰어다니며 먹을 것만 탐하는 원숭이들하고 똑같을 수는 없소. 게다가 듣자니 당신은 그동안 당신의 힘을 믿고 무수한 악행을 저질렀소. 당신은 고행을 통해 얻은 힘을 함부로 자랑한 것이오."

---

99 다르마(dharma): 힌두교에서 우주와 사회의 진리 혹은 운행 질서, 반드시 지켜야 하는 최고의 법칙 따위를 이르는 개념. 불교에서 말하는 법(法).

발리의 죽음

발리는 수긍한다. 그렇지만 설사 악행을 저질렀다고 해서 숨어
서 화살을 쏜 라마의 행위는 크샤트리아의 전투규범조차 어긴 비
겁한 행위가 아닌가. 게다가 라마는 저자 거리의 갑남을녀가 아니
지 않은가. 발리의 거듭되는 추궁에 라마의 대답이 궁색할 법도 한
데, 이번에는 라마의 아우 락슈마나가 끼어들어 대답을 대신한다.

"라마는 피난처를 찾으러 왔을 때 네 동생 수그리바를 돕겠다고
맹세했다. 이것은 모든 것에 우선하는 약속이었고, 따라서 반드시
이행되어야 했지. 하지만 너를 만났을 때 너한테서도 비슷한 호소

를 들었다면 목적에 혼란이 생겼을지도 몰라. 라마가 너한테 들키지 않게 숨어서 화살을 쏜 건 그 때문이야."[100]

이 대답을 끝으로 발리는 모든 의문이 해소되었고, 라마에게 죽는 것은 오히려 영광이라고 말하며, 더없이 편안한 표정으로 눈을 감았다.

과연 그랬을까. 다른 판본을 보자. 〈라마야나〉의 원 저자 혹은 원 편찬자처럼 간주되는 발미키를 좇으면, 발리는 모든 의문이 해소된 상태에서 만족을 표했다고 한다. 발미키가 대신 들려주는 라마의 목소리에 귀를 기울이자.

"나에 의한 그대의 죽음은 그대의 입장에서 억울한 것만은 아니라는 점을 밝혀드리겠소. 이곳은 우리 왕실의 지배권이 미치는 곳이며, 나는 신상필벌의 원칙에 따라 이곳에 속하는 모든 것들에 대해 포상과 처벌을 할 수 있소. 그대는 동생 수그리바를 멋대로 오해해서 박해했으며, 동생의 아내 아무르를 빼앗는 죄를 범했소. 그 죄에 대한 벌은 죽음이라고 되어 있소. 죄를 짓고도 벌을 피하기 원한다면 그것이야말로 다르마에 벗어난 것이오. 나무 뒤에서 그대를 쏘았다는 것도 조금도 이상할 것이 없소. 그대는 짐승이고 나는 크샤트리아이기 때문에 크샤트리아가 짐승을 잡기 위해 덫을 놓거나 그물을 쓰거나 나무 위에나 뒤에서 활을 쏘는 것은 비

---

100 이 대답만큼은 R. K. 나라얀 저, 김석희 역, 『라마야나』(아시아, 2012)를 그대로 인용했다.

난받을 이유가 될 수가 없소."[101]

결국, 라마의 논리는 인간과 짐승이 다르다는 것, 게다가 라마 자신은 무사 계급이기 때문에 어떤 종류의 살상이라도 용납된다는 것이다. 그것 이상으로 다른 논리를 찾기는 어렵다. 천상의 신 비슈누의 화신으로 지상에 강림한 라마 치고는 어쩐지 쩨쩨해 보인다.

세상에서 가장 무모한 베팅

인도는 모든 면에서 상상을 뛰어넘는 나라이다. 하다못해 인도에는 신도 인구수만큼 많다는 말이 있을 정도이다. 대서사시 〈마하바라타〉는 판다바와 카우라바라는 두 친족 가문 간에 벌어지는 치열한 왕권 쟁탈 전쟁을 서사의 기본 축으로 삼고 있다. 특히 그 규모부터 압도적인데, 인도인들은 "이 세상에 있는 것은 〈마하바라타〉에 있고, 〈마하바라타〉에 없는 것은 이 세상에 없다"고 당당히 주장한다. 그 내용은 더 놀랍다. 거기에는 신체 접촉 없이도 아이를 잘 낳는 왕과 왕비들이 나오고, 말을 잘해서 죽은 아우들을 살려내는 형이 나오고, 비 오듯 화살을 맞고 죽어가면서도 고맙다고 말하는 장수가 나온다. 태어날 때부터 갑옷을 입고 나오는 장수, 수십만 대군을 앞에 두고 인생이란 무엇이고 영혼이란 실재하

101 발미키 저, 주해신 역, 『라마야나』, 민족사, 1993. pp.184~185.

는 것인지 따위 심오하고 철학적인 문답을 주고받는 신과 인간, 비루먹은 개 때문에 천국행을 포기하는 현자도 나온다. 하긴, 그 속에 인도 신화를 구성하는 무수한 일화들이 자연스럽게 편입되었으니, 그 내용의 방대함에 대해서는 굳이 더 언급할 필요도 없을지 모른다.

　그렇지만 〈마하바라타〉에도 〈라마야나〉의 라마 못지않게 논란이 많은 행동을 하는 영웅들이 등장한다. 서사시의 가장 중요한 주인공 중 하나인 유디스티라는 도박에 뛰어들었다가 상상을 초월하는 베팅을 하는 것으로 충격을 안겨준다. 도대체 그가 어떤 도박에서 어떻게 무엇을 거는지, 전후 사정을 들여다보자.

　- 카우라바 가문의 장남 두르요다나는 질투의 화신이었다. 그는 황무지로 내쫓겼지만 그곳을 옥토낙원으로 바꾼 판다바 가문이 못마땅했기에 기어이 그 땅을 빼앗을 음모를 꾸몄다. 삼촌 샤쿠니가 그 계략에 가장 적임자였다. 판다바의 첫째 유디스티라가 평소 주사위 놀이를 즐긴다는 사실을 알고 있던 두르요다나는 그를 주사위 노름에 끌어들이면 무조건 승산이 있다고 판단했다. 샤쿠니는 천하가 알아주는 도박사였기 때문이다. 왕가에서 주사위 노름은 관례상 거절할 수 없게 되어 있었다. 두르요다나는 주사위 노름을 위해 으리으리한 회당을 새로 지었다. 그런 다음 정식으로 유디스티라를 초청했고, 뒤늦게 샤쿠니가 참가한다는 사실을 밝

혔다. 유디스티라는 그제야 두르요다나의 속내를 짐작했지만, 이미 한 약속을 거절할 수는 없었다. 샤쿠니는 상상을 초월하는 주사위의 달인이었다. 게다가 유디스티라는 보기보다 훨씬 다혈질이었다. 첫 번째 판을 내주자 유디스티라는 그것이 샤쿠니의 속임수라고 비판하면서도, 당장 판돈을 천 배로 올릴 것을 제안했다.

"내게는 금화가 천 개씩 가득 들어 있는 백 개의 항아리가 있소. 그것을 걸겠소."[102]

주사위가 던져졌다. 샤쿠니의 승리였다. 유디스티라는 조금도 물러서지 않았다.

"여기, 천 대의 값어치를 가진 영예로운 왕실의 마차가 있소."

"내게는 천 마리의 취한 듯한 코끼리가 있소."

"젊고 일 잘하는 만 명의 시녀들이 있소."

유디스티라는 부지런히 내기를 걸었다. 수만 명의 시종, 금 깃대를 펄럭이는 수만 대의 마차, 검고 짙은 간다르와 태생의 말들, 청동과 철을 씌운 사백 개의 진귀한 금궤가 고스란히 샤쿠니의 손으로 건너갔다. 보다 못한 비두라가 나서서 도박을 중지할 것을 종용했지만, 양쪽의 동의를 이끌어낼 수는 없었다. 샤쿠니가 이제 더 걸 것이 있는지 유디스티라에게 물어보자, 유디스티라는 이렇게 대답했다.

---

102 판다바 다섯 형제가 드라우파디를 공동아내로 맞이하는 장면과 주사위 노름 장면은 특히 박경숙 역, 『마하바라따』 제2권과 제3권(새물결, 2012)을 많이 참고했다.

"어째서 내 재산에 관한 것을 물은 것이오? 내게는 수백, 수천, 수만, 수수만, 수억, 수수억의 헤아릴 수 없는 재산이 있고, 바다의 물만큼이나 많은 그 재산을 내기에 걸 수 있소. 그걸 걸고 당신과 노름할 것이오."

유디스티라는 나라에서 브라만을 뺀 모든 백성들과 그들의 재산을 걸었고, 왕자들의 빛나는 장신구와 귀걸이, 가슴받이를 걸었다. 거는 족족 잃었다. 백전백패. 마침내 더 걸 것이 없자 동생들을 걸기 시작했다.

"검고 윤기 나는 피부에, 젊음이 넘치며 붉은 눈과 사자 같은 가슴, 튼튼한 팔을 가진 나쿨라와 그가 가진 모든 것을 걸겠소."

이어 사하데바와 비마와 아르주나를 내기에 걸었다. 그리고 이제 더 걸 동생마저 없어졌을 때, 샤쿠니가 물었다.

"말해보시오, 쿤티의 아들이여. 잃을 재산이 또 있으시오?"

"나 자신이 남았소. 나는 모든 형제들에게 존경받는 맏형이오. 내기에 지면 파멸의 길로 가는 종이 되겠소."

어떻게 되었을까. 그 '존경받는 맏형'은 곧 '파멸의 길로 가는 종'이 되었다.

세계 어떤 신화나 민담에도 이처럼 말이 안 되는 노름은 없다. 물론 세계 최초의 시간이 흘러가던 무렵에도 거대한 제비뽑기는 있었다. 제우스를 비롯한 젊은 신들이 티탄족을 물리치고 타르타로스에 유폐시켰을 때였다. 그들은 제비뽑기를 통해 권력을 나누었다. 그 결과 제우스는 하늘을, 포세이돈은 바다를, 하데스는 지하세계, 즉 죽은 자들의 나라를 통치하게 되었다. 이때 아무도 불평하지 않았다. 다리가 세 개 달린 솥[鼎]이라야 쓰러지지 않듯이, 이들도 견제와 균형의 원리를 고스란히 반영했다. 어머니 가이아의 자궁에서 누가 먼저 나와 햇빛을 먼저 보았는지를 놓고 따지지도 않았다. 아버지 크로노스의 시대에는 상상할 수조차 없었던 권력 분배가 '보상'이라는 이름으로 자연스럽게 이루어졌다. 신들은 이제 저마다 고유한 영역을 책임지게 되었던 것이다.

하지만 하스티나푸라에 새로 지은 으리으리한 회당에서 벌어진 주사위 노름은 도무지 납득할 수 없는 일투성이였다. 일단 불러놓고는 선수를 교체한 일부터 그러했다. 경기에서 가장 중요한 게 선수인데, 그 선수를 함부로 바꾼다는 건 처음부터 공정성을 포기한다는 말이나 다름없었다. 게다가 새로 상대편 의자에 앉게 된 이는 천하제일의 노름꾼으로 호가 난 샤쿠니가 아닌가. 이에 대해 유디스티라가 언짢은 표정을 지으며 머뭇거렸을 것은 틀림없는데, 이때 두르요다나는 매우 단순하면서도 효과적인 심리전을 펼쳤다.

"그래서? 싫으면 싫다고 말하시게. 괜히 이러쿵저러쿵 핑계를 대지 말고."

자존심이 긁힌 판다바의 장남 유디스티라는 이때부터 전혀 다른 인간이 된다. 그가 태어날 때 하늘에서 "이 아이는 생각과 말과 행동이 올바르고 힘과 용기까지 갖춘 가장 훌륭한 인간이 될 것"
이라는 목소리가 들려왔다. 어려서부터 그는 신앙과 과학, 행정과
군사에 대해 훌륭한 스승들로부터 두루 가르침을 받았다. 특히 창
을 잘 다루었는데, 나중에 그의 창은 바위도 꿰뚫었다. 전차를 모
는 기술도 탁월하여, 그가 탄 전차는 언제나 지상에서 손가락 네
개쯤 높이로 떠 있었다고 한다. 실제로 그는 장성해서도 왕자로
서, 또 장남으로서 더없이 훌륭한 품행을 선보였다. 말하자면 그
는 걸어 다니는 도덕 교과서였다. 그를 기꺼이 따르지 않는 백성
이 없었다. 그런데 그런 그가 온데간데없었다. 그의 이름이 '전쟁
에서 움츠리지 않는 자'라는 뜻이라더니, 실은 '노름판에서 움츠
리지 않는 자'라는 뜻인 것처럼 행동했다.

　어쨌거나 주사위 노름을 하는 자신마저 상대의 종이 되었으니
판은 끝난 것이다. 나라와 백성, 하인, 그 땅에 사는 가축과 과수까
지, 심지어 동맹국까지 다 걸어 넘겼으니 이제 더 이상 걸 것도 없
었다. 유디스티라는 말 그대로 카우라바의 종이 되었다. 다른 네
형제도 마찬가지 신세였다. 문제는 아내 드라우파디였다. 하지만
그때 드라우파디는 회당에 없었다. 그녀는 다섯 형제의 공동아내
가 될 때도 그러했듯이 지금 그 순간에도 자신의 운명이 어떻게
결정될 것인지, 아무런 선택권이 없었다.

　카우라바는 드라우파디마저 내기에 걸 것을 제의했고, 유디스티
라는 기다렸다는 듯이 그녀를 판돈으로 내걸었다. 그는 그녀가 이

제껏 잃었던 모든 것을 되찾게 해줄 것이라고 굳게 믿었다. 카지노
의 룰렛이며 바카라 앞에 앉은 이 세상 모든 사람들이 그러하듯이.

결과는 훨씬 더 참혹했다.

- 카우라바 형제 중 두사사나가 달려들자 드라우파디는 소리
를 질러 도움을 요청했다. 하지만 아무도 그녀를 돕지 못했다. 달
거리를 하니 오늘만은 봐달라고 사정했는데도 막무가내였다. 그
녀는 두사사나에게 머리채를 잡힌 채 홑겹 옷차림으로 회당에 끌
려왔다. 그때 카우라바 형제들은 판다바들의 웃옷을 다 벗긴 뒤였
다. 노름을 한 당사자 유디스티라야 그렇다 치더라도, 다른 남편
들, 즉 명궁 아르주나도, 천하의 비마도 새색시처럼 얌전하게 그
모욕을 받아들이고 있었다. 두사사나가 심지어 드라우파디의 옷
마저 벗기려고 들었다.

"이게 무슨 짓이냐! 어떻게 벌건 대낮에 이토록 극악무도한 짓
을 저지를 수 있단 말이오? 이 회당 안에서 다르마가 이렇게 무너
져도 되는 일입니까?"

하지만 판다바의 남편들은 누구도 감히 나서서 말리지 못했다.
드라우파디는 기가 막혔다. 그녀는 분노에 떨다가 그만 정신을 잃
고 마는데, 다행히 크리슈나 신의 은혜로 아무리 옷을 벗겨도 자
꾸 새 옷이 생겨나 모욕을 면할 수 있었다. 그 광경을 지켜본 비마
는 속으로 피눈물을 삼키며 카우라바 일족의 멸문을 다짐했다.

드라우파디는 다시 정신을 차리고, 회당에 모인 장로들과 드리타라슈트라 왕에게 주사위 노름의 부당함과 비도덕성에 대해 항의했다. 하지만 회당을 가득 채운 남자들은 꿀 먹은 벙어리처럼 입을 다물었다. 드라우파디의 분노와 고통의 흐느낌만 회당의 높은 천장에 울려 퍼졌다. 일이 험악하게 되어가자, 드리타라슈트라가 중재에 나서 더 이상의 파국은 막았다. 하지만 두르요다나는 유디스티라를 다시 한 번 주사위 놀이에 끌어들였다. 이번에는 12년간 귀양살이를 하는 내기를 걸었다. 내기에서 이기면 판다바 형제가 왕국을 돌려받는다는 조건이었다. 하지만 결과는 다시 유디스티라의 패배였다.

이 주사위놀이 장면에서 가장 중요한 인물은 드라우파디인데, 그녀는 자신의 의지와 상관없이 남성들이 만들어놓은 체계 속에 부당하게 편입되는 것을 완강히 거부한다. 힌두교 주류 신화에서는 좀처럼 보기 드문 장면일 수밖에 없다. 인도 아대륙 전체로 보더라도 이보다 더 당당한 주인공은 벵골의 뱀 여신 마나사 정도밖에 없을 것 같다. 실제로 드라우파디는 나중에 카우라바에 대한 철저한 응징과 복수를 요구한다. 훗날 여성학자들은 이때의 드라우파디의 태도를 〈라마야나〉에서 정절을 증명하기 위해 스스로 불에 뛰어드는 시타의 태도와 비교하기도 한다. 물론 인도 남성들은 아직도 둘 중에 시타를 훨씬 선호한다.

치명적 실수

무심코 저지른 하나의 작은 실수가 돌이킬 수 없는 결과를 낳는 것은 세계 여러 민족의 신화에 종종 나타나는 신화소(神話素)이다. 발뒤꿈치 바로 위의 굵은 힘줄을 아킬레스건이라 하는데, 아시다시피 여기에도 치명적 실수의 대표주자격 신화가 전해내려 온다.

- 아킬레우스는 바다의 요정 테티스와 인간인 펠레우스 사이에서 태어난 아들이었다. 테티스는 반은 자신의 피를 이어받았으나 반은 또 아버지를 따라 인간의 운명을 이어받은 아들에게 불멸의 신성을 부여해 주고자 했다. 그리하여 저승과 이승 사이를 흐르는 스튁스 강에 어린 아들의 몸을 담그는 의식을 치러 주기로 했다. 스튁스 강물에 닿은 몸은 어떤 무기로도 상처입지 않기 때문이었다. 하지만 막상 강변에 서자 어미로서 테티스는 겁이 났다. 생각했던 것보다 물살이 너무 셌다. 테티스는 갓난쟁이 아킬레우스의 두 발을 잡고서야 조심조심 겨우 의식을 끝마칠 수 있었다.

아킬레우스의 운명은 어찌 되었을까. 천하를 호령하는 무사로 성장한 그는 저 유명한 트로이 전쟁에 그리스 군의 장수로 참전한다. 하지만 총사령관 아가멤논과 말다툼 끝에 모든 싸움에 출전을 포기한다. 그리스 군이 수세에 몰려도 그는 요지부동이었다. 하지만 가장 아끼던 벗 파트로클로스가 적장 헥토르의 손에 죽임을 당

테티스와 아킬레우스

하자 그의 복수를 위해 다시 출전을 결행한다. 결국 그는 헥토르를 죽이고서도 모자라 그 시신을 전차에 매달아 능욕한다.

호메로스의 저 유명한 서사시 『일리아스』는 슬픔에 젖은 헥토르의 아버지 프리아모스 대왕이 한밤중에 몰래 아킬레우스를 찾아와 무릎을 꿇고 빌자 겨우 시신을 내어주는 장면으로 끝이 난다. 어디에도 아킬레스건의 유래를 찾아볼 대목은 없다. 우리가 관심을 두고 찾는 부분은 별도의 신화 혹은 역사와 연관이 있다. 여기서 오디세우스가 목마를 만들어 트로이 성 안으로 집어넣는 계략까지 길게 언급할 필요는 없겠다. 베르길리우스의 희곡 〈아이네이스〉에 그 상황이 상세히 묘사되어 있다. 어쨌거나 그렇게 해서 벌어진 전투에서 맹장 아킬레우스는 헥토르의 동생 파리스가 쏜 화살에 발뒤꿈치를 맞아 죽음을 맞이한다. 그것은 브래드 피트가 아킬레우스로 등장하는 볼프강 페터슨 감독의 영화 〈트로이〉(2004)가 선택한 결말이다. 에디드 해밀튼 역시 〈트로이 최후의 날〉이라는 장을 할애하여 이런 결말을 따랐다.[103] 19세기에 그리스로마 신화의 표준처럼 인정받은 『신화의 시대』를 펴낸 토마스 벌핀치는 좀 다르게 설명한다. 프리아모스 대왕의 딸 폴리세나를 우연히 보고 마음이 빼앗긴 아킬레우스가 그녀와 혼인을 하게 해주면 평화를 주선하겠다고 제안하면서 일시 휴전이 이루어지는

---

103 에디드 해밀튼 저, 장왕록 역, 『그리스 로마 신화』, 문예출판사, 1972. p.209.

데, 그 휴전 기간에 파리스의 독화살을 맞아 죽는다는 것이다.[104]

어떤 경우든, 어머니 테티스의 실수는, 그것이 비록 지극한 애정에서 비롯되었지만, 아들에게는 그야말로 '아킬레스건'이었던 셈이다.

탈로스는 하루에 세 번 크레타 섬을 돌다가 다가오는 배가 있으면 바위를 던져 침몰시키는 게 일이었다. 그 청동거인은 말 그대로 온몸이 청동으로 되어 있어 어떤 칼이나 창이나 화살로도 상처를 입힐 수 없었다. 하지만 신화의 간계는 여기에도 당연히 적용되게 마련이었으니, 그는 온몸의 신경을 하나로 연결해주는 발꿈치의 청동 못이 아킬레스건이었다. 아르고호의 원정대를 따라온 악녀 메데이아가 그 못을 뽑자, 그의 몸속에 있던 신의 피 이코르가 모두 흘러나와 결국 죽고 만다.

중세 게르만의 서사시 〈니벨룽겐의 노래〉에 등장하는 주인공 지크프리트도 아킬레우스 못지않은 치명적 약점을 지니고 있었다. 그 약점을 적에게 일러준 것은 이번에는 그의 아내였다.

천하의 영웅 지크프리트에게 신의 희롱이라고나 해야 할 악운이 닥친다. 발단은 바람에 날려 그의 등에 떨어진 아주 작은 잎사귀 한 장이었다. 지크프리트가 어떻게 비운의 죽음을 맞이하게 되는지 그 상세한 과정을 살피려면 따로 중세 게르만의 대서사시 〈니

104 토마스 벌핀치 저, 이윤기 역, 『그리스 로마의 신화』, 대원사, 1989. pp.367~368.

벨룽겐의 노래〉[105]에 기대야 한다.

  - 지크프리트는 부모의 만류에도 불구하고 크림힐트에게 구혼
하기로 결심한다. 그가 부르군트의 보름스에 이르렀을 때, 크림힐
트의 오빠인 군터 왕의 신하 하겐이 지크프리트의 영웅적인 활약
상을 이야기한다. 지크프리트가 용을 죽이고 그 용의 피에 목욕을
한 뒤 불사신에 가까운 존재가 되었으며, 또 니벨룽겐족 왕의 막
강한 두 아들인 쉴붕과 니벨룽을 죽이고 그들에게서 보물과 '마법
의 망토'를 손에 넣었다는 것이다. 지크프리트는 그 보물을 난쟁
이 알베리히더러 지키게 했다.
  작센족이 부르군트족에게 선전포고를 해오자, 지크프리트는 부
르군트 군대를 이끌고 뤼데거와 뤼데가스트를 무찔러 군터의 신
뢰를 얻는다. 전투에서 돌아온 지크프리트는 1년 만에 처음으로
크림힐트를 만나게 되고, 크림힐트 역시 그와의 만남을 고대하고
있는 터라, 둘 사이에 사랑이 싹튼다.
  한편 군터 왕은 뛰어난 힘을 지닌 미모의 여왕 브륀힐트에게 구
혼하기로 마음을 먹었다. 문제는 그녀가 무예로써 자기를 대적할
수 있는 남자에게만 남편의 자격이 주어진다는 조건을 내걸었다
는 사실이었다. 브륀힐트는 어지간한 사내들은 감히 범접할 수도

---

105 허창운 역, 『니벨룽겐의 노래』, 범우사, 1997. 특히 제15장 「지크프리트가 어떻게 배신
     당했는가」, 제16장 「지크프리트가 어떻게 살해되는가」.

지그프리트

없을 만큼 무예가 출중했던 것이다. 군터는 할 수 없이 지크프리트에게 도움을 요청하는데, 자기가 브륀힐트를 얻을 수 있게 해주면 그에게는 제 누이동생 크림힐트를 주겠다고 약속한다. 곧 시작된 시합에서 지크프리트는 다른 사람들 눈에 보이지 않는 마법의 망토를 입고 군터를 돕는다. 시합에서 지자 브륀힐트는 약속대로 군터를 남편으로 맞아들인다. 군터는 브륀힐트를 데리고 만 9일 동안 항해한 뒤 보름스에 이 청혼 여행이 성공했음을 알리는 사자를 보낸다. 약속대로 지크프리트와 크림힐트는 결혼하지만, 브륀힐트는 자기가 군터와 벌였던 경주에 대해 여전히 의혹을 품는다.

군터가 지크프리트 부부를 보름스에 초대하는데, 두 여왕 크림힐트와 브륀힐트는 만나자마자 말다툼을 한다. 브륀힐트가 군터의 신하인 지크프리트와 결혼한 크림힐트를 비웃자, 크림힐트는 브륀힐트가 지크프리트와 군터에게 속았음을 폭로한다. 이때 하겐이 브륀힐트 편에 서서 지크프리트를 제거하고자 한다. 그의 계략은 우선 크림힐트의 신임을 얻어내는 것이었다. 크림힐트는 그런 하겐에게 속아 제 속을 털어놓는다.

"남편이 좀 더 신중하기만 하면 좋겠어요. 그럼 그의 신상에는 어떤 일도 일어나지 않을 거예요."

"하지만 상처라도 입게 된다면요? 왕비님, 그분을 돕는 게 제 임무입니다. 제가 어떻게 하면 그를 제대로 도울 수 있을지 알려 주십시오."

"좋아요. 비밀을 알려드리지요. 내 남편이 용의 피로 목욕을 할 때 마침 잎사귀 한 장이 등에 떨어져 그곳만은 피로 적시지 못했답니다. 그에게 그보다 더 치명적인 약점은 없는 것이지요. 당신이 그분을 늘 곁에서 지켜주기를 바랍니다."

"그분의 옷에 실로 표시를 해두십시오. 그래야 제가 늘 살피면서 그분을 보호해 드릴 수 있을 것입니다."

크림힐트는 하겐의 말대로 지크프리트의 옷에 잘 보이지 않게끔 명주실로 십자가 표시를 해두었다. 그녀로서는 그것이 남편을 죽음으로 내모는 과녁이 되리라고는 꿈에도 생각할 수 없었다. 그리고 마침내, 그날이 왔다. 사냥에 초대된 지크프리트가 갈증 때문에 샘에 가서 몸을 구부리고 물을 마실 때, 소리 없이 다가온 하겐이 창으로 찔렀다. 그의 창은 크림힐트가 미리 표시를 해둔 십자가를 한 치의 오차도 없이 꿰뚫었다.

결국 이 영웅의 죽음에도 아주 사소한 이파리 한 장이라는 운명의 간계가 작용하는데, 그것을 매듭짓는 것은 가장 가까운 사람 크림힐트였다. 즉, 아킬레우스의 경우 어머니 테티스가 떠맡은 역할을 지크프리트의 경우 아내 크림힐트가 떠맡는 것이다. 이쯤에서 나쁜 역할은 어째서 다 여성들이 맡는지 의문을 던질 수는 있겠다. 하지만 신화에서, 그리고 중세의 영웅서사시에서, 동서양을 막론하고 대개의 경우 여성은 아직 '자기 목소리'를 지닌 존재가 아니었다.

실수 중에서도 가장 끔찍한 것은 창세과정에서 벌어진 실수였다. 그중 하나는 죽음에 관한 것으로, 특히 심부름꾼이 죽음에 관해 말을 잘못 전달해 인간에게 죽음이 찾아왔다는 식의 이야기이다. 아프리카 전역에는 심부름꾼으로 등장하는 동물이 실수를 해서 죽음이 비롯했다는 내용의 신화가 많다. 시에라리온의 멘데족에게는 개와 두꺼비가 심부름꾼으로 등장한다. 남아프리카에서도 줄루 판본에서는 토끼 대신 카멜레온이 등장하기도 한다. 죽음을 피할 수 없다는 것을 알았을 때, 누군가에게 그 책임을 물어야 했고, 그때 심부름꾼이, 게다가 동물이 그 책임을 나눠 맡기에 적당했을지 모른다. 아래는 남아프리카 부시맨의 신화이다.

- 달이 토끼를 심부름꾼으로 보내 사람들에게 말을 전하게 했다. "내가 죽었다(이지러졌다) 다시 살아나듯이(차듯이), 사람들도 죽었다가 살아나야 한다."
토끼는 도중에 이 말을 잊어먹은 것인지 아니면 심보가 고약해서 그런 것인지 이렇게 전달했다.
"달님이 생겨났다(찼다가) 죽어버리듯(이지러지듯), 사람들도 한번 죽으면 더 이상 살아나면 안 된다."
토끼는 다시 달에게 돌아와 어떻게 전했는지 질문을 받자 그렇게 말을 전했다.

달은 화가 치솟아 도끼를 들어 그의 머리통을 갈라버렸다. 그러나 살짝 빗나가서 도끼는 토끼의 윗입술에 닿고 말았다. 그래서 오늘날 토끼 입은 '토끼 입'처럼 생긴 것이다. 토끼는 토끼대로 화가 나서 발톱을 세워 달의 표면을 긁었다. 달 표면의 어두운 부분이 그때 생긴 상처라고 한다.[106]

선 채로 죽기를 선택한 반신(半神)

신화가 끝나는 지점에서 역사가 시작된다. 달이 지면서 태양이 뜨는 것과 마찬가지 이치이다. 다만, 반신(半神)으로서 영웅은 밤과 낮 두 세계에 두루 발을 걸쳐 놓고 있다. 그들의 활약으로 새로운 모험의 서사가 완성된다. 트로이전쟁 이후 오디세우스가 집으로 돌아가는 길에 전대미문의 오디세이를 감당해야 했던 것처럼, 켈트 신화를 집대성한 『에린 침략의 서』는 이제 아일랜드의 오디세이를 들려준다. 모험의 주인공은 앞서 잠깐 그의 출생담을 소개한 바 있는, 아일랜드 북부 얼스터의 가장 위대한 신화 영웅 쿠훌린이다. 그가 실존 인물인지 아닌지를 따지는 것은 부질없다. 그보다는, 아킬레우스, 아가멤논, 오디세우스처럼 그 역시 신인지 인

---

106 James A. Hone, M.D.(1910), SOUTH-AFRICAN FOLK-TALES, The Baker & Taylor Company. 중 A THIRD VERSION OF THE SAME FABLE http://sacred-texts.com/afr/saft/sft45.htm

간인지 따지는 게 더 나을 것이다. 우리는 그들을 반신으로 부르는 게 합당하리라.

  - 쿠훌린은 소년시절에 백 마리의 사냥개를 당할 만큼 힘이 센 쿨란의 사나운 개를 뒷다리를 잡고 쳐 죽일 만큼 힘이 세고 용감했다. '쿨란의 사냥개'라는 별명은 그때 생겼다. 그의 앞길을 막을 자는 아무도 없었다.

  코나트의 왕비 메브가 '쿨리의 갈색 황소'를 얻기 위해 얼스터와 치룬 전쟁에서 쿠훌린은 용맹을 떨친다. 쿨리의 갈색 황소는 얼스터의 자랑이었다. 이를 탐낸 메브가 전쟁을 일으켰다. 얼스터의 붉은 가지 전사단 용사들은 여신이 내린 저주로 인하여 마법의 병에 걸려 맥을 못 추었다. 코노르의 조상이 어떤 여신을 모욕했기 때문인데, 해마다 그때쯤 주기적으로 그 병을 앓았다. 오직 쿠훌린만이 마법의 병에 걸리지 않았기 때문에 메브의 군대와 맞서 혼자 싸웠다. 그와 맞서는 적들은 결코 살아 돌아가지 못했다. 쿠훌린은 전쟁 기계였다. 투석기로 상대의 군대를 하루에 백 명씩 살해한 적도 있었다. 여왕 메브는 도대체 상대가 누군지 궁금했다. 쿠훌린이 휴전에 동의하여 둘이 만났다. 메브는 수염도 안 난 열일곱 살의 애송이라고 얕잡아 본 쿠훌린 때문에 자신의 전사들이 몰살된 사실을 믿을 수 없었다. 메브는 코나트의 소유지를 주겠다고 그를 회유하였지만, 그 어떤 설득도 쿠훌린에게는 먹히지 않았다.

쿠훌린은 대신 자기 쪽에서 조건을 내걸었다.

"내가 매일같이 아일랜드의 전사 한 사람씩을 상대하겠소. 결투가 진행되는 동안에는 군대를 전진시켜도 좋소. 하지만 내가 상대를 죽이는 순간, 진군은 다음날까지 중단해야 하오."

하루에 백 명씩 죽느니 한 명씩 죽는 게 낫다고 판단한 메브는 이에 동의했다. 메브는 쿠훌린과 상대할 전사들에게 자기 딸 핀다바르를 주겠다고 약속했다. 하지만 어느 누구도 쿠훌린의 상대가 될 수 없었다. 핀다바르는 자기가 매일같이 새로운 구혼자의 신붓감으로 약속된다는 사실에 치욕을 느끼고 죽었다.

쿠훌린은 자신의 용감한 모습에 반한 전쟁의 여신 모리구의 호의까지 거절했다.

"나는 여자의 도움 같은 건 필요 없소."

"내 사랑과 도움을 거부한다면, 나는 당신이 적과 맞서 싸울 때 그들에게 유리하게 편을 들 것이오."

이튿날, 로호라는 전사가 싸우러 왔다. 그는 쿠훌린이 수염이 없자 그냥 돌아가려고 했다. 쿠훌린이 턱에 검은 딸기즙을 칠하고서야 싸울 수 있었다. 여신 모리구는 염소로, 장어로, 늑대로 세 번 변신하여 로호를 도왔다. 하지만 쿠훌린은 그때마다 모리구를 물리쳤고, 마침내 로호도 죽였다. 상처 입은 모리구는 쿠훌린에게 찾아왔다. 상처를 입힌 사람만이 상처를 치료해 줄 수 있기 때문이었다. 이후 둘은 친하게 지냈다.

메브의 계략은 끝이 없었으나, 쿠훌린은 한 발짝도 물러서지 않았다. 시체들이 산처럼 쌓여갈 뿐이었다. 이제 메브가 쓸 수 있는 계략은 하나밖에 없었다. 쿠훌린의 친구 페르지아를 속여 싸움에 내보냈다. 쿠훌린은 돌아가기를 청했으나 페르지아는 거부했다. 둘은 하루 종일 싸웠다. 나흘째 되던 날, 마침내 쿠훌린이 승리했다.

쿠훌린은 그의 죽음을 슬퍼했다.

"오오, 너의 죽음은 구름처럼 영원히 내 머리 위를 맴돌 것이다."

그때 이미 쿠훌린은 방패를 든 왼손을 빼고는 온몸이 바늘 하나 더 꽂을 틈도 없이 상처투성이였다. 옷이 닿으면 쓰라리기 그지없었다. 그는 할 수 없이 개암나무 가지로 옷자락을 들추고 그 사이에 풀들을 채워 넣어야 했다.

바야흐로 에린과 얼스터 사이에 전에 볼 수 없었던 대전이 벌어졌다. 쿠훌린이 가자, 메브의 군대는 줄행랑을 쳤다. 하지만 그에게 점점 비극의 어두운 그림자가 다가오고 있었다.

앞서, 쿠훌린은 아마존의 여왕이자 스카하하의 연적이던 이퍼를 굴복시킨 적이 있었다. 둘 사이에서 아들이 태어났다. 쿠훌린은 아들에게 콘라라는 이름을 지어주었다. 그리고 고향으로 돌아가면서 이퍼에게 나중에 아들이 자라면 자기를 찾아오게 하라고 말했다. 하지만 이퍼에게 들려오는 소문은 쿠훌린이 아바이르(에머)와 결혼했다는 소식이었다. 이퍼는 아들에게 무예를 익히게 하고 복수를 다짐했다. 콘라는 어머니가 주문하는 세 가지 금지 사항을 뼛속까지 받아들였다.

"일단 싸우면, 첫째, 돌아서지 말라! 둘째, 어떤 도전이든 거절하지 말라! 셋째, 절대 이름을 밝히지 말라!"

무술을 익힌 콘라가 아일랜드를 향해 떠났고, 마침내 둘이 만났다. 쿠홀린이 이름을 물었지만, 콘라는 끝까지 밝히지 않았다. 이제 둘 사이에 치열한 결투가 벌어졌다. 어느 순간, 콘라는 상대방의 머리에서 영웅에게만 나타나는 후광을 보았다. 콘라는 그가 아버지임을 깨달았다. 콘라는 일부러 창을 빗겨 던졌다. 그 순간, 쿠홀린의 일격이 정확히 콘라를 강타했다. 콘라는 죽어가면서 겨우자기 이름을 밝혔다. 핏줄을 제 손으로 죽인 쿠홀린의 슬픔이 하도 커서 얼스터 사람들은 그 분노가 행여 자기들에게 미칠까봐 숨을 죽였다. 그래서 드루이드 사제 카스바드에게 부탁하여 마법을 걸게 했다. 바다의 파도가 변신한 허깨비 군대가 쿠홀린에게 달려들었다. 쿠홀린은 전사였다. 사흘 밤낮을 쉬지 않고 싸워 그들을 마지막 한 명까지 물리쳤다.

메브의 계약은 집요했다. 켈트의 전사들은 누구든 자기만의 겟슈(서약)를 지켜야 했다. 하지만 쿠홀린은 계약에 넘어가 결코 먹어서는 안 되는 개고기를 먹고 말았다. 그 스스로 '쿨란의 사냥개'라는 이름을 더럽히고 만 셈이었다. 그는 점점 힘을 잃고 광기에 젖었다. 온몸이 마비되었다. 이제 그의 눈앞에 세 명의 사제들이 나타났다. 그들은 쿠홀린을 조롱하며 창을 달라고 요구했다. 쿠홀린

쿠훌린

은 세 개의 창을 가지고 있었다. 그 하나하나가 각기 한 명의 왕을 죽일 거라는 예언이 있었다. 사제들의 요청을 거절할 수는 없는 일이라 그는 창을 던졌다. 첫 번째 창으로 전차 조종수 중 왕인 뢰크를 죽였었다. 두 번째 창은 마하의 회색 말을 죽였다. 그 말은 말 가운데 왕이었다. 쿠훌린은 세 번째 창을 던졌다. 그러나 창을 류이가 다시 집어던졌다. 류이는 쿠훌린에게 죽은 아버지의 복수를 하는 셈이었다. 쿠훌린은 치명상을 입었다.

그의 최후는 장엄했다.

그는 기둥 모양의 바위에 허리띠로 자기 몸을 묶었다. 그는 선 채로 죽을 수 있게 되어 흐뭇했다. 그의 애마가 곁을 지켰다. 그렇지만 마침내 '영웅의 빛'이 사라지고, 까마귀 한 마리가 그의 어깨 위에 앉았다. 여신 모리구였다. 그때까지 감히 가까이 다가올 엄두도 못 내던 적들이 다가왔다. 류이가 쿠훌린의 목을 베었다. 쿠훌린의 검이 떨어지며 류이의 손목을 잘랐다.

게일의 위대한 영웅 쿠훌린은 스물일곱의 나이로 생을 마쳤다.[107]

쿠훌린은 일생을 전장에서 보냈다. 다른 삶은 의미가 없었다. 그런 만큼 그의 최후 또한 극적이다. 전설에, 류이가 던진 창에 맞은

---

107 찰스 스콰이어 저, 나영균 전수용 역, 『켈트 신화와 전설』, 황소자리 출판사, 2009. 제 12장 참고.

옆구리에서 창자가 떨어져 흩어지자, 쿠훌린은 자신의 창자를 손으로 긁어모아 호수로 가져가서 씻은 후 다시 몸 안에 집어넣었다고 한다. 그리고 서서 죽기로 결심한 후 까마귀가 그의 창자를 노리고 달려들자 껄껄 크게 웃으며 창자를 내어주었다고 한다. 담대한 기개가 헤라클레스 못지않았다.

켈트의 시인 윌리엄 버틀러 예이츠는 아일랜드 신화와 전설에 지대한 관심을 갖고 있었는데, 특히 쿠훌린에게 대단한 애착을 보였다. 1903년에 펴낸 시극 『볼리야의 해변에서』를 시작으로 마지막 희곡 『쿠훌린의 죽음』에 이르기까지 영웅 쿠훌린의 삶과 죽음은 예이츠에게 평생의 관심사였다.[108] 예를 들어 쿠훌린이 아들인지 모르고 콘라를 죽이고 나서 엄청난 슬픔에 잠겼을 때, 그리하여 깜짝 놀란 코나하 왕이 드루이드를 시켜 그로 하여금 사흘 밤낮으로 바다의 말(馬), 즉 파도와 싸우게 만들었을 때, 예이츠의 펜은 그 격정적인 장면을 놓치지 않았다.[109] 그렇다면 예이츠는 왜 그토록 쿠훌린에 대해서 애정을 보이고 의미를 부여했을까.

무엇이 중앙우체국에

피어스와 코널리와 함께 서 있었던가?

무엇이 인간들이 처음으로 피를 쏟았던

108 예이츠가 쿠훌린에 대해 보였던 애착과 그의 시극에 대해서는, 윤기호, 「쿠훌린 극에 나타난 예이츠의 영웅관」, 《한국예이츠저널》 제32권, 한국예이츠학회, 2009. 참고.
109 조미혜, 「W.B.Yeats의 Cuchulain에 관한 연구」, 숙명여자대학교 석사학위 논문, 1989.

산으로부터 나오는가?

그들이 서 있던 곳에 쿠훌린이

서 있는 것처럼 보일 때까지

누가 쿠훌린을 생각했던가?[110]

예이츠의 시극 『쿠훌린의 죽음』의 마지막 장면이다. 배경은 쿠훌린의 시대가 아니라 예이츠가 살던 현대 아일랜드로 설정되어 있다. 패트릭 피어스와 제임스 코널리는 영국 식민지였던 아일랜드의 더블린에서 이른바 부활절봉기를 주도했던 민족주의자들이었다. 1916년 4월 24일 패트릭 피어스가 이끄는 아일랜드 의용군과 사회주의자 제임스 코널리가 이끈 아일랜드 시민군이 연합하여 '아일랜드공화국'을 선포했다. 항쟁의 주무대가 바로 더블린 중앙우체국이었다. 패트릭 피어스가 거기서 〈부활절선언〉을 낭독했다. 영국은 무력을 총동원하여 6일 만에 봉기를 진압하고 주도자 15명을 처형했다. 켄 로치 감독의 영화 〈보리밭을 흔드는 바람〉(2006)과 닐 조단 감독의 〈마이클 콜린스〉(1996)가 그 봉기와 직간접적으로 관련이 있다. 이 사건은 잠자고 있던 아일랜드 민중의 독립정신을 일깨워 본격적인 대영항쟁의 불씨가 되었다.

이런 상황과 맞물려 예이츠는 신화 속 영웅 쿠훌린을 민족주의자

110 윤기호, 「쿠훌린 극에 나타난 에이츠의 영웅관」, 《한국예이츠저널》 제32권, 한국예이츠학회, 2009. p.90.

로서 다시 깨웠던 것이다. 실제로 그는 1937년에 "피어스와 동료 군인들은 붉은 가지 용사들을 상상했고 쿠훌린의 이름을 불러 기도 하면서 나아가 죽었다"라고 글을 써서, 1916년 부활절 봉기를 이끈 민족지도자들과 쿠훌린을 같은 영웅으로 동일시한 바 있다.

영웅은 한 집단이 집단적 정체성을 확립하는 과정에서 반드시 필요한 존재로 등장한다. 예이츠가 영웅 쿠훌린을 통해 환기하고 자 한 것도 바로 아일랜드 민중의 집단적 정체성이었다. 영웅은 죽음을 통해 오히려 영원히 기억되는바, 그 죽음의 형식이 장엄하 면 할수록 집단의 기억 역시 가장 강력하게 유지될 것이기 때문이 었다.

제6부

신화세계의 영원한 이단자

신화의 주인공들 중에서 가장 독특한 이력을 자랑하는 존재가 있다. 스스로 근엄한 신화의 주인공들 속에 편입되기를 거부한 채 끝없이 방랑의 길을 가는 그들에 대해 새삼 주목할 필요가 있다. 그들은 고루한 기존 체제를 뿌리부터 뒤흔드는 역할도 마다하지 않는다. 신화세계의 영원한 이단자들이다.

트릭스터, 경계를 허무는 반(反)영웅

마우이는 태평양이 좁다고 종횡무진 활약하는 신화의 주인공이다. 그의 탄생과 성장, 각종 위업들, 그리고 죽음에 이르기까지 수없이 많은 이야기들이 전승되고 있다. 무엇보다 그는 굉장히 재기발랄한 성격으로 원주민들의 신화와 전설에서 각광을 받았다. 디즈니 애니메이션 〈모아나〉(2016)에도 주인공 모아나의 동반자로 등장한다. 그의 활약은 다채롭고 눈부시지만, 그를 선뜻 기존의

'영웅열전' 속에 편입시킬 수 있을지에 대해서는 고개를 젓게 마련이다. 우선 그의 독특한 행동을 지켜보자.

- 낚시를 가기로 했는데, 형들은 한사코 마우이를 떼놓고 가려했다. 같이 가면 또 어떤 장난을 쳐서 자기들을 곤경에 빠뜨릴까 겁이 났기 때문이었다. 그러나 형들이 그런다고 포기할 마우이가 아니었다. 그는 형들 몰래 배에 숨었다가 배가 바다 한가운데 나가자 그제야 모습을 드러냈다. 형들은 깜짝 놀랐지만 도리가 없었다. 그들은 대신 마우이에게 낚싯바늘을 주지 않았다.

형들이 신나게 고기를 잡는 모습을 보던 마우이는 죽은 할머니의 턱뼈로 낚싯바늘을 만들었다. 그러자 형들은 이번에는 낚싯밥으로 쓸 미끼를 주지 않았다. 그러자 마우이는 제 손으로 제 코를 힘껏 때렸다.

"무슨 짓이야, 마우이?"

형들이 놀라 소리쳤다.

그러나 마우이는 태연히 제 코피를 낚싯바늘에 묻혀 낚시를 하는 것이었다.

얼마 후 마우이의 낚싯줄이 어딘가에 닿고 낚싯바늘에 무엇인가 물고기가 걸린 것 같았다. 마우이가 힘껏 줄을 잡아당겼다. 하지만 꼼짝도 하지 않았다. 형들이 달려와 함께 줄을 잡아당기기 시작했다.

마침내 물고기가 물위로 모습을 드러냈을 때, 형들은 하마터면 놀라서 뒤로 나뒹굴 뻔했다. 그가 건져낸 것은 물고기 등에 있는, 위대한 신 탕갈로아의 손자가 사는 집이었다. 형들은 겁이 나서 아무 소리도 하지 못했다.

마우이는 호탕하게 웃으며 큰소리를 쳤다.

"이 물고기는 하하우 호에누아다!"

그것은 그동안 찾아 헤매던 육지라는 뜻이었다.

마우이는 물고기를 형들에게 맡겨두고 자기는 적절한 의식을 치르기 위해서 무당을 찾아 나섰다. 그러나 형들은 기다리지 못하고 물고기를 자르기 시작했다. 그러자 물고기가 고통에 겨워 몸부림 치면서 산과 골짜기들이 생겨났다.

그것이 뉴질랜드 북섬이 되었다.

그 섬을 '테 이카 아 마우이', 즉 '마우이의 물고기'라고 부르는 것도 이 때문이다.[111]

마우이 신화는 태평양을 사이에 두고 뉴질랜드와 하와이, 이스터 섬을 잇는 삼각형 지대에 두루 분포한다. 마우이는 창조주 탕가로아(카날로아)와 인간 여자 사이에서 태어난 신화 인물이다. 어머니인 히나가 남자와 자지 않고 남자들의 성기가리개만 허리에

---

111 W. D. Westervelt(1910), Legends of Maui -A Demi-God of Polynesia and His Mother Hina, Honolulu: The Hawaiian Gazette Co., Ltd. 중 II. MAUI THE FISHERMAN.

둘렀는데도 잉태했다고도 한다. 혹은 어머니가 아직 조숙아로 태어난 그를 머리채에 싸서 바다에 던졌는데, 바다의 신이 발견하고 해초로 감싸주었다고 한다.(마오리족) 어떤 경우든 태어날 때부터 그는 세상과 불화하고 기존의 가치 체제를 무너뜨리는 능력을 발휘하는 셈이다. 신성에 대한 도전은 그의 주요한 구실 중 하나이다. 이는 단순히 그의 개인적 취향의 문제가 아니라 궁극적으로 인간을 위해 새로운 질서를 세우려는 노력으로 볼 수도 있다. 훗날 죽음의 신에 저항하는 것이 대표적이다. 트릭스터로서 그는 대놓고 못된 짓을 많이 했지만, 그것만으로 그를 평가할 수는 없다. 그는 바로 그런 악동 같은 짓을 통해 역설적이지만 인간 세상에 유익한 일, 즉 새로운 문명(불)을 전파하는 문화영웅으로서의 구실을 맡기도 했기 때문이다.

여기서는 마우이가 형제들로부터도 따돌림을 받는다는 점이 잘 나타나 있다. 그렇지만 그는 남들이 전혀 생각하지도 못한 방식으로 낚시를 했고, 그 결과 놀랍게도 뉴질랜드 북섬을 건져 올리는 개가를 올린다. 뉴질랜드인들은 마우이에 대해 두고두고 고마움을 표해야 할지 모른다. 그는 또 태양이 너무 빨리 돌아 빨래를 해도 미처 말릴 시간도 없자, 마(혹은 자신의 탯줄)로 올가미를 만들어 해를 잡아맨다. 그렇게 하여 오늘날과 같이 낮과 밤의 균형을 가져오게 했다.

마우이 같은 신화의 주인공을 '트릭스터'라고 한다. 영어로는 트릭(trick)이 속임수나 장난 등을 의미하기 때문에, 트릭스터(trickster)는 사기꾼이나 협잡꾼, 아니면 좋게 봐줘도 장난꾸러기 혹은 재주꾼 정도로 간주된다. 문화인류학에서는 "도덕과 관습을 무시하고 사회 질서를 어지럽히는 신화 속 인물이나 동물 따위"를 이르는 말이다. 융은 트릭스터가 하나의 원형으로서 인간의 모든 부정적인 요소인 그림자(umbra)의 표상이라고 주장했다.[112] 중요한 점은 "도덕과 관습을 무시하고 사회질서를 어지럽히는" 것에 대해 무조건 부정적으로만 볼 필요는 없다는 사실이다. 만일 기존의 도덕과 관습에 심각한 문제가 있다면, 그리고 지켜야 할 사회 질서 역시 강압(독재)에 의한 비민주적 질서라고 한다면, 오히려 그런 도덕과 관습, 그리고 사회 질서를 어지럽히는 어떤 행동이 필요할 수도 있기 때문이다. 또 다른 의미에서, 트릭스터는 기존의 지배적인 질서에 대해 이의를 제기한다든지 중심을 향한 그 공고한 구심력을 흩어 놓는다든지 하는 교란자 역할을 담당한다. 예를 들어 우리 탈춤의 말뚝이는 물론, 김삿갓(김병연)이나 김선달은 철저한 신분제와 엄격한 유교 윤리로 유지되던 조선 사회에 대해 날카로운 비판과 풍자의 칼날을 들이민 일종의 트릭스터로 기억할 수 있다.

112 나수호, 「한국설화에 나타난 트릭스터 연구 : 방학중, 정만서, 김선달을 중심으로」, 서울대 박사학위 논문, 2011. p.14.

- 말뚝이 : 양반 나오신다아, 양반이라거니 노론, 소론, 이조, 호조, 옥당을 다 지내고, 삼정승 육판서 다 지낸 퇴로재상으로 계신 양반인 줄 아지 마시요. 개잘양이라는 양자에 개다리 소반이라는 반자 쓰는 양반이 나오신단 말이요.

양반 : 이놈 뭐야아!

- 몇 끼를 굶어 뱃가죽이 등에 가 붙은 김병연이 모처럼 고래 등 같은 기와집을 발견했다. 그는 얼른 찾아가 하루 밤 자고 가기를 청했는데, 인색한 양반 주인은 눈살을 찌푸리며 겨우 대문 앞에다 밥상을 차려 주는 게 아닌가.

"어서 먹고 가시게. 잠자리는 딴 데 가서 알아보고."

김병연은 마파람에 게 눈 감추듯 허겁지겁 빈속을 채웠다. 장소 따위를 가릴 계제가 아니었다. 하지만 밥을 다 먹고 나자 조금 괘씸한 생각이 드는 것도 당연한 일. 김병연은 밥값이라도 해드린다며 종이와 붓을 빌려 '귀나당'(貴娜堂)이라는 세 글자를 써 주었다.

종이를 받아든 주인은 유려한 서체에 흡족해하고, '귀하고 아름다운 집'이라는 그 뜻에 또 고마워했다. 그러나 뒤도 안 돌아보고 성큼성큼 걸어가는 김병연은 언덕구비를 돌자마자 배꼽을 잡고 웃었다.

사실, 그가 써준 것은 '당나귀'(堂娜貴)였던 것이다.

- 하루는 김선달이 어떤 사람들과 길을 함께 가게 되었다. 저 멀리 우물가에서 어여쁜 처녀가 빨래를 하고 있었다. 일행이 김선달에게 말했다.

"자네가 아무리 난다 긴다 해도 저 처녀를 벗겨 놓고 구경할 순 없을 걸세."

김선달은 일행의 못된 심보에 얼굴을 찌푸리면서도 그 까짓 것 어려울 것은 없다고 호언했다. 김선달은 일행과 내기를 걸었다.

김선달은 성큼 처녀에게 달려가 다짜고짜 말했다.

"네 이년! 당장 일어나 같이 가야겠다."

"무, 무슨 일이십니까?"

"듣자니, 네 년 거기가 두 개라면서? 나라에서 그런 년들을 당장 붙들어오라는 영이 내렸다."

"아, 아니 그럴 리가요."

처녀는 얼굴이 빨개지면서도 강하게 도리질을 쳤다.

"그걸 어떻게 믿느냐? 그럼 내게만 보여 주거라. 만일 하나면 없던 일로 하겠다."

"어, 어떻게 그런 일을……."

"흥, 그러면 저기 저 사내들에 가서 보여주겠단 말이냐?"

처녀는 잠시 망설이다가 작은 목소리로 말했다.

"그, 그렇다면 선다님만 얼른 보십사와요."

그러면서 제 치마를 얼른 걷어 올리고 고쟁이를 내려 김선달에게 그곳을 보여주는 것이었다.

　이 세 개의 예화에서도 볼 수 있듯이 트릭스터의 처신은 대개 아슬아슬하다. 경계는 필연적으로 그만큼 위태롭다는 뜻이다. 첫 번째와 두 번째 예화는 지배계급인 부자 양반에 대한 통렬한 풍자와 흔해빠진 해학 사이에서 균형 잡기가 어렵다는 점에서, 따라서 기존의 규칙을 대체하는 새로운 규칙을 만들고 그것을 확장시키는 일이 생각만큼 쉽지 않다는 점에서 위태롭다. 재미는 있지만 자칫 "그래서 뭐?"하는 풍자허무주의의 늪에 빠질 수도 있다. 현실의 혁파를 위해서는 아무런 도움이 안 된다는 비판도 있을 수 있다. 세 번째 예화는 해학이 지나쳐 남근주의를 옹호하고 애꿎은 여성만 피해자로 만들었다는 점에서, 따라서 충동과 욕망이 늘 창조성으로 연결되는 것만은 아니라는 점에서 위태롭다. 자칫 또 다른 '타자'를 만들어내는 위험은 늘 존재한다. 어쩌면 트릭스터는 이런 위험부담을 숙명처럼 안고 가야 하는지 모른다.

　그러나 트릭스터의 역할을 좀 더 넓게 바라볼 분명한 이유는 많이 있다.

　트릭스터는 기본적으로 질서를 교란하고 규범을 파괴하는 반사회성을 본질로 하고 있지만, 그와 동시에 사회 외부로부터 인간에게 필요한 불과 곡식 종자 따위를 가져다주는 문화영웅의 구실도 담당한다. 특히 트릭스터에 대해 과거 칼 융과 같은 정신분석학자들이 인간 정신의 열등한 부분을 표현한 것이라고 하여 경시하던 것과 달리, 최근 들어서는 후자의 영역에서 적극적으로 의미를 확장하는 추세를 보인다. 예를 들어 인간에게 유용한 불을 훔쳐다 준 벌로 매일같이 독수리에게 간을 쪼아 먹히는 고통을 받는 프로메테우스도 트릭스터로 간주하는 것이다. 서아프리카의 거미 아난시는 신의 메신저 역할을 하는데, 본의는 아니지만 인간 세상에 해와 달, 암흑, 무엇보다 처음으로 이야기를 가져다주게 되는 것도 아난시였다. 북미 신화에서는 코요테가 어디선가 불을 훔쳐다가 인간에게 전달해주는 역할을 한다.

전 세계 설화의 세계에서 이 트릭스터들이 차지하는 비중은 결코 적지 않다. 아프리카에도 레그바라는 대표적인 트릭스터가 있다.

- 하늘과 땅이 요즘처럼 멀지 않았던 때였다. 최고신 마우는 일곱 명의 자식을 두었는데, 위로 여섯 형에게는 하늘과 바다, 동물계 등 각기 맡아서 다스릴 나라를 주었다. 그러나 막내 레그바만큼은 워낙 말썽만 많이 피고 해서 따로 나라를 주지 않았다. 대신 그에게는 형들의 나라를 돌아다니면서 어떤 일이 일어나는지 보고하라는 임무를 주었다. 그 때문에 레그바는 형들의 나라에서 쓰는 말을 다 알게 되었다. 형들은 마우에게 보고할 말이 있으면 레그바에게 부탁해야 했다.

레그바가 처음부터 이렇게 말썽쟁이였던 것은 아니었다. 처음에는 그도 사람들을 위해 착한 일을 자주 했다. 하지만 사람들은 그때마다 자기가 아니라 마우에게 감사를 드렸다. 이런 일이 되풀이되자 레그바는 마우에게 불만을 갖게 되었다.

어느 날 레그바는 마우의 신발을 몰래 훔쳐 신고 마우의 밭에 가서 참마를 훔쳤다. 그런 다음 이튿날 사람들을 다 불러 모아 도둑이 들었다고 말했다. 레그바는 밭에 남아있는 신발 자국을 보고 거기에 발을 맞춰보면 도둑을 잡을 수 있을 거라고 했다. 그 결과 아무도 일치하지 않았다. 마지막으로 마우가 남았다. 마우는 몹시 불쾌하게 생각했지만 발을 대보니 놀랍게도 딱 맞았다. 마우는 비명을 질렀다.

"이건 레그바가 꾸민 장난이다!"

그 일이 있은 후 마우는 하늘에 올라가서 두 번 다시 내려오지 않았다. 그때부터 레그바는 매일 밤 하늘로 올라가서 지상의 일을 보고할 수밖에 없었다.[113]

레그바는 이렇게 신의 전령이 되었지만, 사람들은 그를 백 퍼센트 다 믿지는 않았다. 실제로 그의 목적은 교란과 혼돈 그 자체인지 모를 정도였다. 그는 서아프리카의 트릭스터인데, 요루바 족의 에슈와 다르지 않은 캐릭터로 남아 있다. 그는 흑인 노예들을 따라 카리브 해로 건너가 그곳에서 부두교의 신이 되었다. 모든 부

113 지오프레이 파린더 저, 심재훈 역, 『아프리카 신화』, 범우사, 2006. p.211.

두교 의식에서는 그를 제일 먼저, 그리고 제일 마지막으로 불러낸다. 무엇보다 신들의 세계와 인간의 세계를 이어주는 메신저로서 그의 역할을 기대하기 때문이다.

트릭스터는 이처럼 경계에 서서 양자를 이어주는 구실도 하지만, 기본적으로는 양자의 틀 자체를 교란하고 부수는 데 더 큰 포인트가 주어진다고 볼 수 있다. 예를 들어 먹을 것과 성에 대한 욕구는 사람의 가장 기본적인 욕구와도 관련된 것이고 사람들의 삶을 유지하는 데 있어서도 가장 기본적인 것이다. 하지만 몇몇 트릭스터에게 이러한 행위는 기본적이라기보다는 전부라고 할 수 있다. 균형 같은 것은 아예 안중에도 없다. 북미 인디언들의 트릭스터 코요테가 하루 종일 '그 짓'만 생각하듯이, 조선을 대표하는 트릭스터로서 제주도 〈세경본풀이〉의 등장인물 정수남의 키워드 역시 오로지 식욕과 성욕이다.[114] 아홉 마리의 소와 아홉 마리의 말을 한 번에 다 구워 먹고, 말머리 고사를 지낸 후에 고사음식을 혼자 다 먹으며, 자청비의 음식을 빼앗아 먹는 것은 물론이고, 농경신이 되어 인간의 세계로 내려온 자청비에게 가장 먼저 하는 말도 점심을 먹게 해달라는 것이다. 정수남은 성욕 또한 절륜이라, 상전인 자청비를 탐해 어떻게든 욕심을 채우려고 한다. 정수남의 과한 성욕은 결국 스스로를 죽음으로 내몰게 되는데 죽은 후 혼령이 되어서도

114 이은희, 「〈세경본풀이〉에 나타난 트릭스터 '정수남'의 존재 양상과 의미 연구」, 《어문론집》 제56집, 중앙어문학회, 2013. pp.239~240.

성적 욕망을 버리지 못해 다시 한 번 자청비에게 죽임을 당한다.

북유럽 신화의 로키는 전 세계 트릭스터 중에서도 가장 위태로운 존재로 손꼽힌다.

- 로키가 또 말썽을 부렸다. 이번에는 시프의 침실에 몰래 들어가서 아름다운 금발 머리카락을 다 잘라버린 것이었다. 이튿날, 난리가 났다. 토르는 로키를 범인으로 지목했다. 사실, 로키가 아니면 누가 감히 그런 짓을 하겠는가.

"내 아내의 머리카락을 예전처럼 그대로 돌려놔라. 그렇지 않으면 네놈의 뼈를 마지막 하나까지 다 부셔버릴 것이다."

로키는 검은 엘프들에게 말해서 시프의 머리카락을 금으로 만들어주겠노라 약속했다.

로키는 금속을 잘 다루는 대장장이 난쟁이들을 찾아갔다. 먼저 이발디의 아들 난쟁이들을 만나 사정을 말했다. 난쟁이들에게 그런 것쯤은 일도 아니었다. 그들은 머리카락과 스키드블라드니르, 궁니르를 만들어 주었다. 로키는 그것들을 가지고 이번에는 브로크와 신드리 형제에게 찾아갔다.

"너희들이 이것들보다 더 멋지고 좋은 것들을 세 개 만들 수 있다면, 내 머리를 내놓겠다."

브로크와 신드리 형제는 그 말이 끝나기 무섭게 화로 앞에 앉았다. 그들은 열심히 풀무질을 했다. 파리가 날아와 방해를 해도 눈

한번 깜짝하지 않았다. 잠시라도 눌,

보물을 얻을 수 없기 때문이었다. 그렇게 ~~ 않으면 바라는

털을 가진 멧돼지와 드라우프니르라는 금팔지, 그 억센 황금

치를 만들어냈다.   란 망

　그들은 함께 아스가르드로 갔다. 내로라하는 아스 신들이 모두

모여들었다. 판정은 오딘과 토르와 프레이르가 하기로 했다. 로키

는 오딘에게 궁니르 창을, 토르에게는 아내 시프에게 줄 황금 머

리카락을, 프레이르에게는 스키드블라드니르를 선물했다. 궁니

르는 어떤 것이든 다 뚫을 수 있으며, 머리카락은 시프의 머리에

붙는 즉시 예전처럼 자라날 것이며, 스키드블라드니르는 돛을 펼

치면 그 즉시 가고 싶은 곳은 어디나 갈 수 있는데 원한다면 접어

서 호주머니에 넣을 수도 있다고 설명했다.

　아스 신들은 감탄했다.

　이번에는 브로크가 선물을 선보였다. 그는 오딘에게 팔찌를 선

물했는데, 그것은 아흐레마다 똑같은 팔찌 여덟 개를 만들어내는

것이었다. 프레이르에게는 멧돼지를 주었는데, 어느 말보다 빠르

게 물속과 하늘을 달릴 수 있다고 말했다. 토르에게는 망치를 선

물했다. 그것을 던지면 백발백중 박살나지 않는 게 없을 것이며,

아무리 멀리 던져도 토르의 손에 되돌아올 것이라고 말했다.

　판정을 맡은 세 신은 입을 모아 묠니르라고 부르는 그 망치가 최

고라고 말했다. 로키의 얼굴이 사색이 되었다. 브로크가 말했다.

져가겠다."

"약속대로 달아났다. 하지만 곧 토르에게 붙잡혀 왔다. 그
로키는 이렇게 말했다.

러다, 내 머리를 가져가라. 하지만 목은 건들지 말라고. 그건 약
속한 바 없으니까."

브로크는 로키에게 다가가서 가죽 끈과 칼을 꺼냈다. 그것으로
얄미운 로키의 입을 꿰매버릴 작정이었다. 로키의 머리는 그의 몫
이 되었기 때문에 아무도 그의 행동을 막지 않았다. 하지만 칼로
는 잘 되지 않았다. 그는 내 형제의 송곳이 있으면 좋을 텐데 하고
말했다. 그러자 곧바로 송곳이 나타났다. 브로크는 지체 없이 그
송곳으로 로키의 입가에 송송 구멍을 냈다. 그런 다음 가죽 끈으
로 돌아가며 정성스레 다 꿰맸다.

대개의 경우, 로키는 못된 짓만 골라하는 악동으로 평가받는다.
그러다가 크게 혼이 나는 적도 부지기수였다. 그렇지만 그가 나쁘
다고 해서 없애버리면 어떻게 될까. 우선 스토리텔링 자체에 커다
란 구멍이 생길 것이다. 예를 들어 착한 사람들만 나와서 처음부
터 끝까지 좋은 일만 골라서 하는 도덕 교과서 같은 영화를 좋아
하거나 재미있어 할 관객이 어디 많겠는가. 북유럽 신화의 정전이
라 할 『에다』도 마찬가지. 로키가 빠져버린 『에다』는 상상할 수도
없을 것이다. 잭 스패로우가 없는 〈캐리비안의 해적〉을 상상할 수

없듯이. 로키가 없었다면 가령 토르에게 묠니르도 없었을 테니, 이야기가 제대로 엮여지지 않을 것이다. 마지막에 신들의 몰락, 저 장엄한 라그나로크도 없을 것이다.

북유럽 신화에서 오딘과 토르를 주인공으로 잡는다면, 그들에 맞서는 쪽에서 안타고니스트 역할을 맡는 것이 바로 로키다. 그의 다른 이름은 '라우페이의 아들'인데 라우페이는 어머니 이름이었다. 대개 아버지 이름을 따는 데 비해 특이할 수밖에 없다. 그의 아버지는 파르바우티로, 요툰족, 즉 거인족이었다. 따라서 로키는 거인과 신의 결합에 의해 태어난 특이한 존재였다. 그런 그는 변신에 능했다. 나중에 자라 본격적으로 신과 인간의 세상을 누빌 때에는 연어, 암말, 파리, 노파 등으로 변했다. 여성 요툰 앙그라보다와 관계를 맺어서는 세 명의 괴물 헬, 펜리르(늑대), 요르문간트(뱀)를 낳았다. 물론 로키라고 다 나쁜 짓만 하는 것은 아니다. 그는 신들의 원수인 산악거인이 찾아오자 암말로 변해서 그를 꾀어내고 결국 토르가 그 거인의 머리통에 쇠망치 묠니르를 내던질 수 있도록 만들었다. 암말로 변한 그는 종마 스바딜파리와 흘레붙어 다리가 여덟 개 달린 망아지를 임신하게 되었는데, 그것을 최고신 오딘에게 선물했다. 오딘이 타고 다니는 명마 슬레이프니르가 바로 그것이다. 이처럼 로키는 동물/신, 거인/신을 오가다가 나중에는 임신까지 하는 좀처럼 상상하기 힘든 역할까지도 기꺼이 수행한다. 이런 점에서 그/그녀는 이단자/아웃사이더/왕따임에 틀림

없다.

어쨌건 트릭스터는 경계선을 긋는 어떤 시도도 거부하고, 당연히 그에 따른 편 가르기도 거부한다. 예컨대 로키는 신/거인 사이의 경계를 거부하고, 선/악의 경계를 거부하며, 야만/문명의 경계를 거부하며, 하다못해 남성/여성의 경계마저 거부하는 것이다. 이런 점에서 트릭스터는 '경계선'이 아니라 '경계선의 적'이며, '경계 위에, 갈림길에, 다른 세계들 사이의 틈새에 편재하는 둔갑술사'로서 포괄적인 설명을 꾀하는 모든 시도에 저항하는 존재이다. 그의 존재는 바로 그 때문에 빛난다.

신화 세계의 영원한 방랑자

이런 점에서 트릭스터는 들뢰즈가 말하는 노마드하고도 꽤 닮아 보인다. 유목민은 원래 중앙아시아, 몽골과 티베트 등 동북아시아 초원지대나 건조한 아라비아 사막 지대 등지에서 목축을 위해 물과 풀을 따라 끊임없이 이동하며 사는 사람들을 말한다. 땅에 붙박여 논농사 밭농사를 짓는 정주민들하고는 생활방식 자체가 다르다. 그렇지만 현대의 유목민은 시공간의 제약을 받지 않고 자유롭게 사는 사람들을 말한다. 최근 우리 주변에서 쉽게 찾아볼 수 있는 사람들인데, (아니, 바로 우리 자신인데), 그들의(우리의) 손에는 하나같이 스마트폰이 들려 있다. 그들은(우리는) 카페에서든 도서관에서든 인터넷을 통해 끊임없이 정보를 수집하고 누군가와 접속하고 소통한다. 즉, 노마드란 한자리에 앉아서 특정한 가치와 삶의 방식에 매달리는 대신, 끊임없이 자신을 부정하고 바꾸어 가며 창조성을 지향하는 사람을 말하는 개념이다. 그리하여 21세기 노마드들은 국가, 자본, 젠더, 민족, 가족, 체제 등 기왕에 당연하다고 생각했던 모든 가치들로부터 '탈주'를 시도한다. 그들은 접속 자체를 거부하는 은둔형 외톨이 히키코모리와 달리 잠시도 가만히 있지 못한다. 가령 박근혜 최순실 게이트로 촉발된 2016년 11월 광화문 광장의 시위 열기를 상기해 보라. 청와대 안의 박근혜 대통령은 은둔의 공주였던 반면, 광화문 광장의 촛불 시민들은 끝없이 창조성을 발휘한 민주주의의 새로운 노마드였다. 그들은 이른바 운동권하고 크게 상관없었다. 그렇기는커녕 전철에서 스마트폰으로 드라마와 웹툰만 주야장천 보던, 그리하여 나라가 어찌 돌아가든 아무 관심도 없던 것처럼 보였던 바로 그 장삼이사들이었다는 점은 놀랍다.

북미 대륙에 이런 노마드로서 성격을 가장 잘 드러내는 트릭스터가 있다. 칼라푸야 부족의 신화에 나오는 코요테인데, 그는 한 순간도 가만히 있지 않는다. 그는 간다. 계속 간다. 가되, 모든 것을 통과한다.

- 친구 검은 표범의 딸이 죽었다. 검은 표범이 딸이 보고 싶어 저

승으로 가려 하자, 코요테는 죽은 자는 다시 돌아오면 안 된다고
말린다. 만일 그렇게 되면 사람들 수가 끝없이 늘어날 것이기 때
문에. 그러던 코요테에게 딸이 죽는 일이 발생했다. 코요테는 울
고 또 울다가 직접 딸과 함께 저승으로 가겠다며 길을 떠났다. 딸
이 말려도 막무가내, 그는 밧줄을 묶고 함께 길을 갔다. 딸은 공중
으로, 코요테는 지상으로 걸었다. 마침내 도착한 거기서 도박도
하고 레슬링도 하며 지냈다. 하지만 코요테는 외로웠다. 거기 사
람들은 밤에만 돌아다니고 낮에는 아무도 보이지 않았기 때문이
다. 코요테는 딸과 헤어져 홀로 길을 떠났다.

개구리 소년 다섯이 먹을 것을 달라고 외쳤다. 코요테는 못 들은
척 계속 갔다.

개구리 소녀들이 먹을 것을 달라고 외쳤다. 코요테는 먹을 것 대
신 말벌을 꺼내 소녀들을 쏘게 하고 다시 계속 갔다.

개구리들이 쫓아왔고, 눈이 오게 했다. 코요테는 눈이 무릎까지
와도 계속 갔다.

개구리들이 쫓아왔지만, 코요테는 "열려라, 나무!"하고 말해 나무
를 열고 안으로 들어갔다. 개구리들은 코요테를 놓치고 돌아갔다.

꼬박 1년 동안 나무 안에 있던 코요테가 '요리된 카마'를 발견했
다. 그는 그것을 먹었다. 그것은 자기 똥이었다. 이제 그는 그곳을
떠났다. 그는 계속 길을 갔다. 가다가 딱따구리를 사냥했다. 실패
했다.

그는 자기 항문에게 말했다.

"넌 자신을 금방 돌볼 수 있겠니?"

그는 자기 항문을 떼어냈다.

팔 한쪽을 떼어냈다.

다리 한쪽을 떼어냈다.

머리를 떼어냈다.

그것들을 바깥으로 던졌다.

길을 가다가 추위를 느끼자 도로 항문을 주우러 갔다. 눈 한 쪽이 없자 찔레 열매로 눈을 만들어 붙였다. 도박을 했다. 코요테의 눈을 굴리는 도박이었다. 그는 매번 졌다. 다섯 번째에 이기겠다고 말했다. 코요테가 달렸다. 이제 사람들도 달렸다. 검은 표범도 달렸다. 코요테는 노파로 변장했다. 사람들이 쫓아와서 코요테를 봤냐고 물었다. 코요테는 아무도 못 봤다고 대답했다. 그들은 빈손으로 돌아갔다.

코요테는 말했다.

"너희들은 절대 나를 못 이겨!"

이것이 전부였다.[115]

도대체 이런 이야기를 통해 무엇을 보여주려는 것일까. 없다.

---

115 브라이언 스완 저, 신문수 외 역, 『빛을 보다』, 문학과지성사, 2012. 중 「죽음에 정통한 자 코요테, 삶에 충실하기」.

저승을 갔다 오는 코요테는 목적 없이 길을 갈 뿐이다. 분명한 건 "정주(定住)는 없다"는 사실뿐이다. 뿌리박혀 옴짝달싹 할 수 없는 나무하고는 다르다. 끝없는 여정만이 있다. 사실 북아메리카 원주민의 트릭스터 중 코요테에 관한 설화는 "코요테가 거기를 가고 있었다."라는 말로 시작하는 경우가 많다. 우리나라 트릭스터들의 경우도 비슷한데, 방학중과 정만서, 봉이 김선달은 대개 다음과 같이 등장한다.[116]

"천하잡놈 방학중이란 놈이 있었어요. 본적으 저어 잉덕이라는디 이 건달이 사방으로 돌아댕김서 커놔서 지 못대로 살었다."

"정만서라 쿠는 사람이 참 걸작이던 모냥이라. 어디 인자 한중 머리(한편으로) 만서라 쿠는 사람이 만날 저, 뭐, 방랑객으로 이리저리 돌아댕심서"

"봉이 김선달이 저 전라도 지방에 내려가 경상도 지방을 돌아댕이믄섬 참 그 짐선달 짓을 허구 돌아뎅기다가"

이렇게 볼 때 동서양의 트릭스터는 기본적으로 길 위의 인물(동물)이라고 해도 과언이 아니다.

앞서 인용문의 코요테도 거의 대부분의 시간을 길 위에 있다. 거기서 그가 하는 일은 쉽게 납득이 가지 않지만, '버리는 것'이다. 그는 자기 신체조차 내버린다. 눈도, 머리도, 다리도, 팔도 버린다.

---

116 나수호, 「한국설화에 나타난 트릭스터 연구 : 방학중, 정만서, 김선달을 중심으로」, 서울대 박사학위논문, 2011.

나중에는 항문마저 버린다. 그것들이 몸뚱이에 붙어서 일정하게 수행하던 기능들은 아무런 의미가 없다. 유동하는 신체. - 그에게 는 내부/외부의 구별이 없다. 그는 내부의 외부에 있으며, 외부의 내부에 있다. 경계를 넘어 길을 갈 뿐이다. 파괴하고 창조한다.[117] 그에게 신체는 결코 하나의 잘 짜인 유기체가 아니다. 유기체는 신체의 적이다. 이때의 신체, 즉 '기관 없는 신체'(CsO=Corps-sans-organes)는 단순히 몸의 장기들을 떼어버린 텅 빈 신체가 아니다. 그것은 유기체를 넘어서 더 새롭고 활달한 접속을 위한 신체인 것 이다. 오히려 다양한 욕망들이 무리지어 서식하는 곳, 그 욕망에 따라 신체와 힘의 분포를 통해 필요한 기관을 새롭게 만들어내는 곳이다.[118]

　- 이 싸움에서는 대부분이 패해 왔다. 보기 위한 눈, 호흡하기 위 한 폐, 삼키기 위한 입, 말하기 위한 혀, 생각하기 위한 뇌, 항문, 후 두, 머리, 양다리가 벌써 견디기 힘들다고 느끼는 것은 정말 슬프 고 위험한 것인가. 왜 물구나무서서 걷고, 뼈에 숭숭 난 구멍으로 노래하고, 피부로 보고, 배로 호흡하지 않는가.[119]

　이런 점에서 눈도 버리고, 머리도 버리고, 팔도 떼어내고, 나중

117　최정은, 『트릭스터-영원한 방랑자』, 휴머니스트, 2005. 특히 제4장 참고.
118　이진경, 『노마디즘』, 휴머니스트, 2002. p.158.
119　질 들뢰즈, 펠릭스 가타리 저, 김재인 역, 『천 개의 고원』, 새물결, 2001. p.289.

에는 항문마저 떼어내는 코요테야말로 '기관 없는 신체'의 전형이다. 코요테의 신체 부분들은 하나의 유기체로서 코요테를 위해 봉사하는 대신 저마다 제 목소리를 내는 개별적 자아들이다. 이 때문에 배로 말하고 머리로 걷는 게 가능한 것이다. 그는 존재 자체가 일상에 대해 일탈이며, 도덕에 대해 외설이다. 그는 필연을 거부하고 우연에 몸을 맡긴다.

그 코요테가 말한다.

"너희들은 절대 나를 못 이겨!"

메이플라워호가 경건한 청교도들을 싣고 도착하기 전, 북아메리카 대륙에는 그런 트릭스터들이 우글우글했다. 부족마다 거의 비슷한 유형의 트릭스터들을 소유하고 있었다. 코요테, 이크토미(거미인간), 마사우으(해골인간), 타와츠(산토끼), 나나보조(산토끼), 옐(갈까마귀), 베에호(하얀 사람, 거미) 등 이름은 저마다 다르지만 그들은 대개 동물들이고 하는 짓은 거의 비슷하다.[120] 그 트릭스터들은 때로 세상을 창조하지만 주특기는 훔쳐오기다. 그들은 해와 달을 훔쳐오고, 여름을 훔쳐오고, 불을 훔쳐오고, 소녀를 훔쳐온다. 이 때 그들이 뜻하지 않게 인류에게 유익한 것을 가져다주는 문화영웅이 되기도 하지만, 그건 그야말로 그들의 본뜻과는 상관없는 행위였다. 그들은 하지 말라는 짓은 골라서 다 한다. 무엇보다 그들

---

120 리처드 어도스, 알폰소 오르티스 저, 김주관 역, 『트릭스터 이야기』, 한길사, 2014. 그러나 실제로 트릭스터가 동물이라고 확정하기 어려운 경우도 많다. 동물 이름을 가진 인간인 경우도 있기 때문이다.

은 호색한이다. 끊임없이 밝힌다. 그것을 위해서라면 물고기로도 변신할 수 있고, 죽은 척할 수도 있다. 어떤 코요테는 고라니 간으로 질을 만들고 콩팥으로 젖을 만들어 붙이고는 암컷이 되어 여러 수컷들과 교합을 한다. 하다못해 강 건너에 있는 소녀들에게 제 '물건'을 길게 던져 나무줄기처럼 보이게 속이는 재주도 있다.

도대체 북아메리카 인디언들은 이런 신화를 통해 무엇을 말하려 했던 것일까. 아마 메이플라워호가 처음 도착한 이래 많은 선교사들은 눈살을 찌푸렸을 것이다. 귀를 막고 싶었을 것이다. 입에 담을 수조차 없는 이런 '야만'을 어찌 해야 하는지, 도무지 대책이 서지 않았을 것이다. 하지만 돌아보면, 그 선교사들이 건너온 유럽대륙에서는 제우스가 끝없이 여신을 건드리고, 인간 여성과 미소년들을 건드리고 있었다. 두 대륙의 차이는 구대륙에서는 겉/속, 안/밖이 다르게, 몰래, 숨어서, 아닌 듯 그런 일이 벌어졌던 데 비해, 신대륙에서는 그 모든 '색정'이 죄의식 없이, 자못 발랄하고 유쾌하게, 늘 있는 일처럼 일상적으로, 그래서 오히려 순박할 정도로 아무 거리낌 없이 반복되었다는 사실이다. 좋게 이야기하면 생명이 펄펄 살아 움직이는 느낌마저 든다. 거기에 '외설'의 잣대를 들이대는 순간, 상상력과 창조성은 급격히 위축될 것이다. 북아메리카의 트릭스터들은 날 것의 야생 그것일 뿐이다. 그들은 자기들을 가두려는 모든 율령 체제에 대해 완강히 거부한다. 그러므로 주어진 영토 밖으로 달아나려는 끊임없는 욕망(탈영토화)은 그

북미 신화의 트릭스터 코요테

들의 생명이자 존재이유이다.

지난 세기에 이미 백남준과 서태지가 그 면모를 제대로 보여준 바 있지만, 21세기의 노마드들도 끊임없이 접속하고 끊임없이 해체한다. 천년만년 행복을 보장해 주는 견고한 철옹성 같은 건 없다. 그들은 안정 대신 동요를 통해 더 나은 방향으로 나아갈 수 있다고 믿는다. 차이와 해체가 그들의 슬로건이다. 국화빵처럼 틀에 박혀 살기를 거부한다는 말이다. 들뢰즈가 말한 모든 것이 아마 이 트릭스터에 뿌리를 두고 있을지 모른다. 그것은 또한 1968년 5월 파리에서 터져 나왔던 다음과 같은 구호들을 떠올리게 한다.

"모든 금지하는 것을 금지하라!"

"모든 권력을 상상력에게!"

"리얼리스트가 되자. 그러나 불가능한 것을 요구하자!"

"그들의 악몽이 우리의 꿈이다."

제7부

죽음과 그 너머의 세계

신화에서는 때로 신조차 죽음을 피하지 못한다. 그렇다고 죽음이 더 이상 나아갈 곳 없는 막장인 것은 아니다. 많은 경우 죽음은 결코 끝이 아니며, 더 나아가 새로운 시작을 뜻하기도 한다. 이것이야말로 신화가 지닌 가장 큰 특징이자 가장 큰 매력이 아닐 수 없다.

죽음을 거부한 영웅들

쿠훌린이 장엄한 죽음을 통해 스스로 영웅임을 증명했다면, 죽음마저 순순히 받아들이기를 거부한 영웅들도 있다. 〈길가메시〉 서사시의 주인공 길가메시가 그 대표적인 경우라고 하겠다. 그는 친구 엔키두의 죽음에 충격을 받고 스스로 영생의 길을 찾아 나섰다. 우루크 왕으로 원하는 모든 것을 제 손에 넣지 못하는 게 없었던 폭군이었지만, 죽음만큼은 그도 어쩔 수 없었던 것이다. 죽기 직전, 엔키두는 불길한 꿈을 꾼다. 지하세계에 잡혀가는 꿈이었다. 엔키두는 그 꿈을 길가메시에게 들려준다. 빛 한 점 들어오지 않고, 물 대신 먼지로, 음식 대신 진흙으로 배를 채워야 하는 곳, 한번 들어가면 나올 수 없는 영원한 나락이었다.

길가메시가 묻는다.

"말해다오, 친구여. 네가 경험하고 돌아온 그곳의 법칙을."

엔키두는 고작 이렇게 대답할 뿐이었다.

"말할 수 없다네, 친구여. 말할 수 없어."

곧 엔키두의 죽음이 닥쳐온다. 길가메시는 믿을 수 없었다. 엔키두, 어째 이러는가. 지금 잠을 자는가. 엔키두, 내 친구여, 내게 도움을 청하게나. 아니, 내 말을 듣지도 못하는구나. 심장도 전혀 뛰지 않는구나. 어제까지 들판을 누비며 함께 괴물 홈바바를 물리치던 그 용맹스럽던 엔키두는 어디로 갔단 말인가. 우리는 신들이 보낸 하늘황소조차 하찮게 여기지 않았던가. 그런데 여기 내 눈앞에 놓여 있는 이 차디찬 주검은 누구의 것이란 말인가. 일어나게, 친구여. 이건 도무지 자네답지 않다네. 어서 일어나 나와 함께 다시 모험을 떠나세. 그러나 이미 들을 수 없는 자, 엔키두는 대답 또한 없었다. 길가메시는 산, 숲, 들판, 강, 그리고 뭇짐승과 우룩의 만백성에게 애도를 명했다. 스스로 제 머리카락을 쥐어뜯고 옷을 갈가리 찢었다. 친구의 주검 곁을 혼자 지켰다. 그러나 이레째 되는 날, 엔키두의 콧구멍에서 구더기가 기어 나오자 진저리를 치고 물러날 수밖에 없었다. 길가메시는 쓰러져 통곡했다. 성벽 위로 올라가 밖을 내다보자, 강물 위로 시체들이 떠갔다. 그는 두렵다고 울부짖었다. 도시를 세우고 신전을 지은 용사도 죽어야 합니까. 하늘은 대답이 없었다. 길가메시는 온 나라에 명을 내렸다. 구리와 금, 청금석으로 엔키두의 조상(彫像)을 만들어 도처에 세우도록 했다. 하지만 그는 곧 깨닫는다.

- 길가메시는 들판을 방황했다.
서러운 눈물을 흩뿌렸다.
나 또한 내 친구 엔키두처럼 죽지 않으란 법이 없지 않은가.
비통함이 내 내장을 갉아먹는구나.
나는 죽음이 두렵다.
나는 들판을 방황한다.[121]

그때부터 길가메시는 영생을 찾아 먼 여행을 시작한다. 세상에서 가장 오래된 서사시 〈길가메시〉는 그렇게 하여 마지막 장면에 이른다.

- 대홍수에서 살아남아 인간이면서도 영생을 얻은 우트나피쉬팀은 신들의 정원 딜문에 살고 있었다. 길가메시는 해가 떠오르는

---

121 Robert Temple, He Who Saw Everything: A verse version of the Epic of Gilgamesh, Rider(an imprint of Random Century Group Ltd), 1991.

산 마슈산을 지나 해변에 이르렀다. 거기서 여인숙을 지키는 사람 시두리를 만났다. 시두리는 길가메시에게 영생을 찾을 수는 없을 것이라고 단호히 말하며, 신이 사람을 만들 때 생명과 함께 필멸의 운명도 함께 주었으니 그것을 겸허히 받아들이라고 말했다.

"돌아가서 배를 채우고 기쁘게 사시오. 춤추고 즐기시오. 아내와 아이들을 늘 소중히 생각하시오. 그것이 바로 인간의 일이니까."

길가메시는 말을 듣지 않았다. 우여곡절 끝에 길가메시는 우트나피쉬팀을 만날 수 있었다. 여섯 날 낮과 일곱 날 밤을 잠들지 않으면 영생을 얻게 된다는데, 안개처럼 엄습하는 잠을 이기지 못한 길가메시는 결국 기회를 놓치고 말았다. 하지만 우트나피쉬팀은 길가메시에게 회춘을 안겨주는 풀에 대해 일러주었다. 길가메시는 물속 깊숙이 들어가 가시에 찔리면서도 그 풀을 뜯어 왔다. 비록 영생은 얻지 못했지만 다시 청춘으로 돌아갈 수 있게 되어 설렜다. 올 때 건넌 죽음의 바다를 다시 건너야 했다. 하지만 도중에 뱀 한 마리가 몰래 그 풀을 훔쳐 달아났다. 이제 길가메시에게 남은 것은 아무것도 없었다. 그는 빈손으로 우루크에 돌아왔다. 길가메시는 침상에 누워 결코 다시 일어나지 않았다.[122]

---

122 김산해, 『최초의 신화 길가메쉬 서사시』, 휴머니스트, 2005. ; 오수연, 『길가메시』, 문학동네, 2016.

영생이 불가능하게 되었지만 길가메시는 포기하지 않았다. 이에 우트나피쉬팀의 아내가 도와준 덕분에 회춘의 기회를 얻는데, 그 때 그는 가시를 주저하지 않고 움켜쥔다.[123] 아마 그는 영생의 본질은 영원한 젊음이라는 걸 깨달았을 것이다. 젊음이 없다면 아무리 오래 살더라도 무슨 소용이 있겠는가. 이것을 진리는 결코 달콤하지 않으며 고통을 무릅써야 한다는 뜻으로 읽을 수도 있겠다. 나아가 길가메시는 '늙은이가 젊은이가 되다'라는 이름의 그 풀을 가지고 우루크로 돌아가 노인들에게 먹이겠다고 생각한다. 구원을 혼자만 차지하지 않겠다는 뜻이다. 하지만 그런 길가메시의 바람은 이루어지지 않는다. 이제 그의 앞에는 죽음만이 남았다.

길가메시의 죽음은 그가 3분의 2는 신이지만 3분의 1은 인간이라는 사실에서 필연적이었다. 하지만 그는 영웅이었기에 운명에 저항했고, 운명에 저항했기에 영웅이었다. 영웅에게 어쩌면 성공과 실패는 큰 의미가 없는지 모른다. 운명에 도전하는 것 자체가 그의 운명이었으므로.

신화의 세계에서 운명에 도전한다고 모두 영웅의 칭호를 받는 것은 아니다. 인도 벵갈 지방의 신화 〈마나사〉에서 베훌라는 억울하게 죽은 남편의 죽음을 받아들이지 않는다. 그녀는 남편의 시신을 뗏목에 싣고 항해를 시작한다. 그것은 말하자면 죽음의 강을

---

123 주원준, 『구약성경과 신들』, 한님성서연구소, 2012. pp.180~182. 여기서는 회춘의 풀을 가시덤불, 가시나무로 해석하고 있다.

거슬러 올라가는 항해로서, 결국 신들의 마음까지 움직인 끝에 소기의 목적을 이룬다. 그렇다고 그녀를 영웅이라고 부르지는 않는다. 그것은 서천서역국까지 가서 부모를 회생시킬 영약을 찾아오는 바리데기도 마찬가지다. 영웅이라는 칭호는 때로 불필요한 선입견을 불러일으킬 수도 있기 때문이다.

이런 점에서 앞서 살핀 바 있는 태평양의 트릭스터 마우이의 존재는 특별하다. 여기서는 그의 마지막을 관찰한다.

─ 마우이는 장난이 지나쳐 처남을 개로 만들어 버렸다. 그걸 본 누이가 화가 나서 스스로 목숨을 끊으려 했다. 사람들은 마우이가 이번에는 죽음으로써 죗값을 치러야 한다고 말했다. 마우이는 아버지 탕가로아 신을 찾아가 어떻게 해야 하는지 물었다. 탕가로아는 마우이가 반은 신이라는 사실을 내세워 죽음의 신에게 자비를 구하는 수밖에 없다고 대답했다.

마우이는 제 발로 걸어서 죽음과 밤의 여신 히네를 찾아가겠다고 말했다. 그러자 아버지는 물론 형들도 하나같이 그를 말렸다. 아버지는 히네 여신은 눈이 지평선의 섬광이고, 머리칼은 해초에, 입은 상어의 입, 이빨은 흑요석처럼 날카로워 도무지 당해낼 수 없다고 말한다.

"네가 아무리 능력이 뛰어나도 죽음만큼은 어쩔 수 없어. 게다가 네 발로 일부러 찾아갈 필요까지는 없지."

하지만 자신만만한 마우이가 그 말을 들을 리 없었다. 그는 오히려 한시라도 빨리 죽음의 여신을 만나서 담판을 짓고 싶었다. 그렇게 해서 인간들의 영웅으로 우뚝 서고 싶었다.

그는 지체 없이 지하세계를 향해 나아갔다. 마우이가 지하세계에 이르렀을 때, 마침 거대한 체구의 히네는 잠을 자는 중이었다. 주변을 지키던 새와 짐승들이 하나같이 마우이더러 조용히 해달라고 부탁했다.

마우이는 히네 여신의 다리 가랑이 사이로 기어들어갔다. 그러더니 입을 통해 나왔다.

'별것 아니잖아.'

마우이는 이번에는 좀 더 대담한 짓을 저질렀다. 그는 아예 여신의 몸에 달라붙어서 허벅지를 쓰다듬고 젖을 주물렀다. 그 광경을 지켜보던 조그만 새 한 마리가 마우이의 행동을 보고 웃음을 터뜨렸다. 그 바람에 히네 여신이 잠에서 깨고 말았다.

"어떤 놈이 감히 내 잠을 깨웠어?"

히네 여신은 자기 몸에 달라붙어 있는 마우이를 용서할 수 없었다. 천하의 마우이도 히네 여신의 그 억센 손길을 피할 도리가 없었다. 그녀는 마우이를 가볍게 두 동강 내고 말았다.

마우이가 죽은 뒤 히네 여신은 아예 잠을 자지 않았다. 그 이전에는 히네 여신이 자는 동안에는 사람들이 죽지 않았는데, 그때부

터는 낮이고 밤이고 언제든 죽음을 맞이하게 되었다.[124]

마우이는 그가 비록 신의 피, 그것도 최고신 탕갈로아의 피를 받았으나 인간의 피도 반을 받았다. 따라서 그 역시 궁극적으로 인간의 운명을 피할 수는 없었다. 죽음을 극복하는 것은 반신반인인 마우이로서도 가장 큰 과제였다. 그러나 그는 마지막 극복의 순간에도 영웅보다는 트릭스터로서의 역할에 충실해서 결국 영생을 얻지는 못했다. 다만, 마우이는 영생을 추구하는 전 세계 모든 신화의 주인공들 중에서도 가장 대담하고 상상력이 풍부한 모습을 보여준다. 예를 들어 그는 지하세계로 내려갈 때 결코 자신과 인간의 승리(불멸)를 믿어 의심치 않았는데, 세계 신화의 어떤 주인공도 그런 당당함을 지니고 지하세계를 방문한 자는 흔치 않다.

죽음은 피할 수 없는 것이다. 그나마 이유가 있다면, 그리고 그 이유를 안다면 덜 억울할 것이다. 아프리카 반투어족의 신화에서도 주인공 응군자는 그런 속내를 드러낸다.

- 응군자 킬룬두는 집을 멀리 떠나왔을 때 그의 동생 마카가 죽었다는 꿈을 꾸었다. 돌아와 보니 과연 동생은 죽은 뒤였다. 응군자는 엄마에게 물었다.

124 W. D. Westervelt(1910), Legends of Maui -A Demi-God of Polynesia and His Mother Hina, Honolulu: The Hawaiian Gazette Co., Ltd. 중 XI. MAUI SEEKING IMMORTALITY.

"마카를 죽인 건 어떤 죽음이었어요?"

엄마는 그저 마카를 죽인 건 칼룽가-응곰베 신이라고만 대답해 줄 수밖에 없었다.

"난 나가서 칼룽가-응곰베하고 싸울 거예요."

그는 대장간에 가서 쇠로 아주 센 덫을 만들어 달라고 했다. 그런 다음 숲으로 들어가 몸을 숨긴 채 기다렸다. 얼마쯤 지났을까 누군가가 절망적으로 외치는 소리가 들렸다.

"살려줘, 살려줘. 나 죽는다."

응군자가 달려가 누구냐고 물었다.

"난 칼룽가-응곰베야."

"오, 네가 내 동생 마카를 죽인 놈이구나."

"아, 날 죽이지 마. 넌 내가 사람들을 죽였다고 하는데, 내가 하고 싶어서 그런 게 아냐. 물론 즐기자고 한 것도 아니지. 사람들은 가까운 사람을 내게 데려오거나, 그들 스스로 잘못을 저질러서 내게 오는 거야. 네가 네 눈으로 직접 보라고. 지금 갔다가 나흘 후에 다시 와. 그럼 내가 너를 내 나라로 데려가 줄게."

그렇게 해서 응군자는 칼룽가-응곰베의 초대를 받아들였다. 그 나라에 갔더니 첫 번째 인간이 왔다. 칼룽가-응곰베가 물었다. "누가 너를 죽였나?"

그 사람은 자기가 부자였는데 이웃이 시기해서 죽었다고 대답했다.

두 번째는 여자였는데, 허영 때문에 죽었다. 그녀가 다른 남자에게 교태를 부리자 남편이 그녀를 죽인 것이다.

다들 그런 식이었다. 마지막에 칼룽가-응곰베가 말했다.

"봐라. 내가 무슨 잘못이냐? 모든 사람들이 서로 죽이는 이유가 되는 건데. 자, 이제 나를 비난하지 말고, 네 동생 마카를 데리고 집으로 가."

응군자는 마카를 보고 너무 즐거웠다. 서로 껴안고 인사를 나눈 뒤, 응군자가 말했다.

"자, 이제 함께 집에 가자."

그러나 놀랍게도 마카는 가지 않겠다고 대답했다.

"싫어. 나는 여기가 훨씬 좋아. 내가 살았던 어떤 곳보다. 내가 돌아가면 이렇게 좋은 시간을 보낼 수 있을까?"

응군자는 뭐라고 대답할 말이 없었다. 그는 동생을 남겨두고 홀로 떠날 수밖에 없었다. 칼룽가는 그에게 작별의 선물을 주었다. 앙골라에서 자라는 모든 식물의 씨앗이 그때 받은 선물이었다.

칼룽가는 마지막으로 이렇게 말했다.

"여드레 안에 내가 너를 집으로 찾아갈 거야."

칼룽가는 이유를 밝히지 않았지만, 과연 8일째 되는 날 그는 응군자의 집으로 왔다. 하지만 그때 응군자는 이미 동쪽 내륙으로 깊숙이 달아난 뒤였다. 칼룽가가 그를 쫓고 또 쫓아서 마침내 그를 붙잡았다.

"왜 나를 쫓아오는 거야? 그리고 넌 나를 죽일 수 없어. 난 네게 잘못한 게 없거든. 네가 네 입으로 사람들이 잘못을 하거나 누군 가를 죽였을 때만 죽는다고 말했잖아."

하지만 칼룽가는 무조건 도끼를 응군자에게 던졌다.[125]

이 신화는 응군자가 딱히 아무런 잘못을 한 게 없는데도 칼룽가 가 무조건 그를 데려간다는 마지막 결론을 통해, 어떤 합당한 이유 가 없는 죽음도 많다는 사실을 보여준다. 어쩌면 모든 죽음이 이처 럼 불가항력인지 모른다. 저승에 간 동생이 그곳이 더 행복하다며 이승으로 돌아가지 않겠다고 말하는 부분에는 현세의 삶이 그만 큼 어렵다는 것과 함께, 어차피 받아들일 죽음이라면 좀 더 긍정적 으로 생각하자는 원주민들의 염원마저 담겨 있다고도 볼 수 있다.

인류 최초의 미라

방글라데시판 〈바리데기〉라고 할 수 있는 〈마나사〉에서 베훌라 가 여신 마나사의 저주로 인해 애꿎게 죽은 남편 락시민다르를 뗏 목에 싣고 기약없는 여행을 떠나는 장면은 참으로 애절하다. 남편 을 살리는 길은 오직 하나, 마나사의 마음을 돌리는 것뿐이었다.

---

125 Alice Werner, MYTHS AND LEGENDS OF THE BANTU, 1933. 중 How Ngunza defied Death. http://sacred-texts.com/afr/mlb/mlb04.htm

그리하여 그녀는 남편의 시신을 자기 무릎에 얹고, 입으로는 쉬지 않고 마나사에게 기도를 올렸다. 시체가 썩어 금세 역겨운 냄새가 풍겼다. 시신이 부패할수록 그녀의 사랑은 더 깊어만 갔다. 구더기가 끓고 날벌레들이 달라붙었다. 잠시도 쉬지 않고 그것들을 쫓아냈다. 밤낮 없이 그렇게 앞으로 나아갔다. 그녀는 결코 희망을 버리지 않았다. 자칼이 시체를 달라고 유혹해도 부활을 믿었다. 그리하여 엄청난 시련 끝에 베훌라의 소원은 이루어진다.

인류의 여명기를 밝힌 이집트 신화에서는 이시스가 베훌라나 바리데기의 역할을 맡는다. 남편을 향한 그녀의 지극한 순애보를 따라가 보자.

- 이집트의 왕 오시리스 신은 무엇보다 문명의 전파자였다. 그는 백성을 무력이 아니라 음악을 곁들인 설득으로 교화했다. 옥수수와 포도와 같은 농작물을 재배하는 방법은 물론, 신을 숭배하는 방법도 가르쳤다. 이집트에서 교화의 사명이 끝나자 전 세계를 돌아다니며 문명을 전파했다. 그가 이집트를 떠나 있는 동안에는 여동생이자 아내인 이시스가 대신 통치를 담당했다. 그들 부부는 무엇 하나 부족한 게 없었다. 조만간 사랑의 결실로 아들이 태어난다면 더욱 행복해질 터였다.

오시리스가 여행에서 돌아왔을 때, 동생 세트가 그를 연회에 초대했다. 연회장 한복판에는 나무로 아름답게 짠 관이 있었다. 세트가 말했다.

"더도 말고 덜도 말고 꼭 맞는 사람에게 이 관을 주겠소."

세트가 미리 초대한 일흔두 명의 친구들이 앞 다투어 그 관에 들어가 누우려 했다. 그러나 모두들 터무니없이 작거나 컸다.

"형님도 한번 들어가 보세요."

세트가 권하자 오시리스는 주저 없이 올라가 누웠다. 관은 마치 그를 기다리기라도 한 것처럼 꼭 맞았다.

"신기하네요. 이건 형님의 관이에요."

세트가 말하자, 갑자기 주변에 있던 사람들이 몰려들어 관 뚜껑을 덮었다. 순식간의 일이었다. 세트는 관 뚜껑에 커다란 못을 박고 납으로 봉해 버렸다. 오시리스가 비명을 질렀지만 아무 소용이 없었다. 세트는 관에다 무거운 납을 매단 다음 나일 강 타니트 하구에 내다버렸다. 태양이 전갈자리를 지나가던 날이었다.

이시스는 뒤늦게 소식을 듣고 통곡했다. 그녀는 상복을 입고 머리를 잘랐다. 그런 다음 남편의 시신이라도 찾겠다며 온 이집트 땅을 누비기 시작했다. 그녀는 아주 작은 어린아이 하나까지 일일이 물어보고 다녔다. 다행히 오시리스의 관이 나일 강을 따라 지중해로 흘러간 다음 페니키아(레바논)까지 떠내려갔다는 이야기를 들었다. 이시스는 그곳까지 가서 마침내 관을 찾아올 수 있었다. 이시스는 관 뚜껑을 열고 처음 시신을 본 순간 남편의 창백한 얼굴을 어루만지고 눈물을 흘렸다. 그렇지만 관을 발견했다는 소식이 세트의 귀에 들어가지 않도록 조심했다. 이시스는 남편의 관을 나일 강의 저습지에 숨겨두었다. 하지만 불운이 계속되었다. 세트는 달빛 아래 사냥을 하다가 우연히 그 관을 발견했고, 시신이 바로 오시리스라는 것도 알아차렸다. 그 즉시 그는 형의 시신을 열네 토막으로 낸 다음 이제 자기가 빼앗은 왕국 여기저기에 묻어버렸다.

이시스는 파피루스로 만든 배를 타고 다시 한 번 남편을 찾아 온 이집트를 누볐다. 그리하여 모든 토막들을 찾아낼 수 있었다. 그때마다 그녀는 시신을 앞에 두고 장례를 올렸다. 안타깝게도 오시리스의 남근만큼은 나일 게(혹은 물고기)가 먹어버려 찾을 수 없었다. 그 때문에 나일 게는 저주를 받는다. 이시스는 토막들을 바느질로 꿰매 이어 온전한 시신을 만들었다. 물론 남근은 없었다. 이시스는 남편의 시신에 기름을 바르고 향료와 약재를 써서 썩지 않도록 만들었다. 인류 최초의 미라가 그렇게 해서 탄생했다. 이시스는 누이동생 네프티스의 도움을 받아 영원한 생명을 기원하는 의식을 집전했다.

오시리스는 부활하여 사랑하는 아내 앞에 나타났다. 하지만 그는 자신의 명예가 회복되지 않는 한 지상에 있지 않겠다며 굳이 저승 세계로 돌아가서 죽은 자들의 왕이 된다. 오시리스의 명예를 회복하려면 우선 세트에게 복수를 해야 했다. 이시스는 그 복수를 담당할 아들 호루스를 갈대밭에서 혼자 낳는다.[126]

---

126 Donald Alexander Mackenzie, Egyptian myth and legend, London: Gresham Pub. Co, 1913. 중 II. The Tragedy of Osiris https://archive.org/details/egyptianmythlege00mack ; 베로니카 이온스 저, 심재훈 역, 『이집트 신화』, 범우사, 2003.

경배를 받는 이시스(런던 이집트고고학 박물관 소장)

이집트 신화는 신의 계보도 상당히 복잡하며 서로 모순되는 부분도 많다. 하지만 가장 중요한 두 신 오시리스와 이시스에 관한 서사는 일찍이 로마의 시인이자 저술가 플루타르코스의 손을 거쳐 꽤 상세한 줄거리가 전해지고 있다. 거기에 티폰이라는 이름으로 나오는 세트는 형 오시리스를 살해하고 왕권을 차지한다. 하지만 오시리스의 아내 이시스는 불굴의 의지로 남편 오시리스의 시신을 찾아내고, 더 나아가 그의 부활마저 꿈꾼다. 그때 이시스가 새로 변하여 날갯짓을 해서 미라 코에 바람을 집어넣자 오시리스가 다시 숨을 쉬기 시작했다고 전하기도 한다.

이집트인들에게 특히 오시리스의 죽음과 부활은 매우 중요한 의미를 지녔다. 그것은 그가 원래 나일 강 유역에서 농업과 초목의 신으로 섬겨졌던 사실과 관련이 있다. 사람들은 오시리스가 죽으면 나일 강에 가뭄이 들고, 그가 부활하면 나일 강이 범람하는 것으로 생각했다. 그만큼 농업 생산과 밀접한 관계를 지닌 신격이었다. 따라서 오시리스와 동생 세트의 대결 역시 비옥한 나일 강이 보여주는 생명력과 황량한 사막이 보여주는 불모성의 대립이기도 했다. 하지만 오시리스 신화의 더욱 중요한 기능은 이집트인들이 그것을 통해 내세에서 자신들의 부활과 영생도 꿈꾸었다는 사실이다. 이는 많은 부분 나일 강이 그들의 삶에서 차지하는 비중하고도 연관이 있다. 강수량이 적은 이집트에서 나일 강의 비중은 절대적이었다. 농경은 전적으로 이에 의존해야 했다. 특히 해마다 범람하는 나일 강은 그들의 세계관에도 커다란 영향을 미쳤다. 매일같이 뜨고 지는 태양과 더불어 나일 강의 주기적인 범람은 고대 이집트인들에게 자연스럽게 순환적 세계관을 심어주었던 것이다. 말랐던 나일 강이 이듬해 다시 범람하듯, 죽음은 결코 삶의 종언이 아니었다. 그들은 죽음 이후의 삶, 즉 내세를 굳게 믿었다. 이런 면에서 고대 이집트인들은 메소포타미아 지방에 살던 사람들보다 낙관적이었음이 틀림없다. 길가메시가 죽음에 대한 공포를 극복하지 못한 것과 달리, 이집트인들은 미라를 통해 죽음도 극복할 수 있다고 생각했던 것이다. 오시리스는 그 대표적인 사례로 기억되고 있다.

〈사자의 서〉와 심장 계량

고대 이집트인들에게 이름은 이 사람 저 사람을 구별하는 단순한 표징 이상의 의미가 있었다. 그들은 이름을 지우면 개인의 존재도 없어진다고 생각했다. 이름을 바꾸는 것은 새로운 인격을 부여하는 것이었다. 이름을 손상시키는 것은 그 개인의 영혼의 한 부분을 공격하는 것으로, 이름을 안다는 것은 그 존재에 대한 힘을 갖는 것으로 여겼다.[127] 이름 속에 막강한 권력과 능력이 숨어 있는 경우도 있었다. 태양신 라의 경우, 그의 막강한 힘의 원천이 바로 이름에 있었다.

이집트 신화에서 이름을 중요하게 생각하는 데에는 그들의 독특한 내세관도 영향을 미쳤다. 특히 이집트 〈사자의 서〉(死者의 書)에는 이름이 얼마나 중요한지 보여주는 장면들이 나온다. 〈사자의 서〉는 고대 이집트에서 사람이 죽으면 관 속의 미라와 함께 매장한 장례문헌으로, 파피루스나 가죽에 상형문자를 써서 기록한

127 이동규, 「고대 이집트인의 사후 세계와 영혼 이해」, 《중앙사론》 제31집, 중앙대학교 중앙사학연구소, 2010. p.221.

일종의 사후세계에 관한 안내서였다. 오늘날에는 당대 사람들의 생활과 종교, 의례와 내세관 등을 이해하는 데 없어서는 안 될 귀한 자료로 그 가치를 인정받고 있다.

두루마리 책의 꼴로 된 실물은 신왕국 시대(기원전 1550년경 이후)에 이르러 비로소 나타난다. 〈사자의 서〉는 통일된 텍스트의 정전이 있는 게 아니라 사람마다 다양한 형식으로 종교적 주술적 텍스트와 그림을 기록했다. 예를 들어 〈아니의 파피루스〉, 〈세소트리스의 파피루스〉, 〈후네페르의 파피루스〉 등이 따로 전승된다. 원래 제목이 '낮에 다시 나오기 위한 주문들' 혹은 '빛 속으로 나오기 위한 주문들'이었다는 사실에서 이 책의 성격을 읽을 수 있다. 〈사자의 서〉라는 이름은 1842년 프톨레마이오스 시절의 수고들을 번역하고 그 선집을 출판한 독일의 이집트학자 칼 렙시우스가 처음 사용했다. 이 책은 돈이 있는 사람이면 누구나 갖추고 싶어 한 장례의 필수품처럼 간주되었다.

〈사자의 서〉에서도 가장 중요한 신은 당연히 오시리스였다. 동생 세트에게 살해당한 그가 아내 이시스의 도움으로 부활한 후 스스로 지하세계의 지배자가 되었기 때문에, 사람들은 자기들도 또다른 오시리스가 되려는 열망, 즉 영생의 열망을 책 속에 담아냈던 것이다. 〈사자의 서〉를 가지고 험난한 지하세계를 무사히 통과한 사람에게는 '누구 누구 오시리스'라는 이름이 붙게 된 것도 이 때문이다. 이는 예컨대 이스라엘 민족이 야훼를 범접할 수 없는 유일신으로 숭상한 것과는 전혀 다른 신앙이었다. 쉽게 말해, 이집트에서는 누구든 신이 될 수 있고, 누구든 영생을 누릴 수 있었다. 단, 현세에서의 삶이 끝난 이후에.

이제 사자가 통과해야 절차를 따라가 보자.[128]

1. 입 여는 의식

사람이 죽으면 미라로 만들어진다. 옆구리를 통해 내장들을 **빼**낸다. 이때 뇌도 **빼**내는데, 아무 쓸모가 없기 때문이다. 심장만은 지혜와 기억을 포함하고 있기 때문에 소중하게 보존된다. 소다로 방부 처리를 한 다음 아마포로 온몸을 칭칭 동여맨다. 사자는 혼자서 그 붕대를 풀 힘이 없다. 살아있는 사람들이 무덤 밖에서 도와주어야 한다. 이때 하는 것이 바로 사자의 입을 여는 의식으로, 신관이 이를 주도한다. 이를 통해 사자는 비로소 지상에서 살아있을 때처럼 숨쉬고, 말하고, 보고, 듣고, 먹고, 걸을 수 있게 된다. 사자가 제 이름을 기억해야 사후 생활도 보장되기 때문에 책 곳곳에 사자의 이름을 적어놓는다. 다행히 사자가 제 이름을 기억하게끔 일깨워주는 주문도 있다. 이때 인간의 얼굴에 새의 몸을 한 영혼인 '바'가 사자의 몸을 **빠**져나와 미라 주변을 날아다니다가 다시 체내

128 오수연, 「오시리스와 이시스」, 『세계신화여행』, 실천문학사, 2015. ; 서규석 편저, 『이집트 사자의 서』, 문학동네, 1999. ; E. A. Wallis Budge, THE BOOK OF THE DEAD-The Papyrus of Ani IN THE BRITISH MUSEUM, 1895.(http://www.sacred-texts.com/egy/ebod/index.htm)

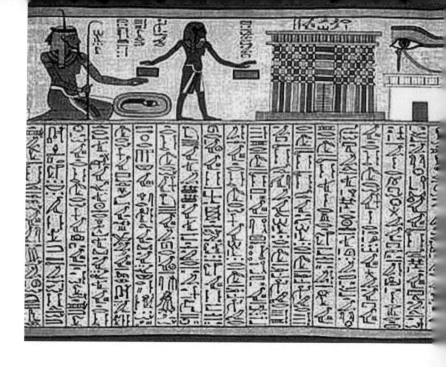

로 들어가는데, 그렇게 해야 새로운 삶을 살 수 있게 되는 것이다.

2. 관문 통과

사자는 이제 홀로 저 어두운 지하세계 두아트를 통과해야 한다.
뱀, 벌레, 악어 따위가 수시로 위협을 가하는데, 그때마다 주문으
로 쫓아야 한다. 뱀에게는 뱀 주문을, 벌레에게는 벌레 주문을 외
어야 한다. 그걸 일일이 기억하기란 신관들도 불가능할 것이다.
다행히 사자의 가족은 관 속에 사자를 위해 파피루스 〈사자의 서〉
를 넣어주었다. 사자는 책에 적힌 대로 주문을 외우면 된다.

아니의 파피루스

관문(아리트)이 나타난다. "뱀들과 더불어 사는 자" 혹은 "피 속에서 춤추는 자" 따위의 문지기들이 지키고 있다. 그들은 한결같이 사나운 짐승이나 괴물의 형상을 하고 있다. 어떻게 통과할 것인가. 비밀의 열쇠는 바로 이름이다. 사자는 관문을 지키는 신과 문지기의 이름을 정확히 불러야 한다. 그 이름이라는 게 홍길동, 오바마, 트럼프 하는 식으로 짧은 게 아니다. 치렁치렁 늘어뜨린 긴 머리처럼 수식어를 길게 달고 있게 마련이다. 그중 하나라도 빼먹거나 하면 큰일이다. 그건 곧 신과 문지기를 욕보이는 일이기 때문이다. 다행히 〈사자의 서〉에는 그 이름들이 다 기재되어 있다. 물론 비싼 돈을 주고 산 것일수록 더 자세하고 정확하다고 믿었을 것이다.

"떨림의 여주인, 성벽 안의 주, 파괴의 우두머리이자 여주인, 폭풍에게 물러가라 선포하는 자, 강탈당하고 돌아온 이들을 구해주는 자!"

"칼의 강자, 심장이 지친 이의 적들을 깨부수는 자, 현명한 짓을 하는 자, 그릇되지 않는 자!"

그렇게 통과해야 하는 관문이 몇 개인지 일정하지는 않다.

3. 부정 고백

관문을 무사히 통과한 사자는 이제 떨리는 마음으로 법정에 들어서게 된다. 오시리스의 법정이다. 사자들을 배에 태워 거기까지 데려다 준 라의 도움도 기대할 수 없다. 모든 것은 홀로 감당해 나가야 한다.

오시리스를 만나기 전에 우선 자신의 죄를 고백하는 절차를 치러야 한다. 42명의 판관이 기다리고 있다. 그들은 이집트 42지방의 지방신들이다. 그들 앞에서 자신이 어떤 죄를 저지르지 않았는지 일일이 고백해야 한다. 이른바 '부정고백'이다.

"저는 도적질을 하지 않았습니다."

"저는 사람을 죽이지 않았습니다."

"저는 신전에 바친 공물을 훼손하지 않았습니다."

심장계량(후네퍼 파피루스)

"저는 저울 눈금을 속이지 않았습니다."

아무리 착한 사람이라도 마흔두 번을 이렇게 고백하려면 저절로 식은땀이 흐를 것이다.

4. 심장 계량

다행히 42신의 심판을 통과하면, 이제 오시리스의 법정, 즉 지하세계의 열두 신들 앞에 서게 된다. 이때 사자는 자기 앞에 저울이 놓여 있는 것을 보게 될 것이다. 재칼의 머리를 한 아누비스 신이 혀로 저울추를 검사한다. 저울 한쪽에는 날아갈 듯 가벼운 타조 깃털이 놓여 있다. 진실과 정의의 여신 마트의 상징이다. 사자는 자신의 내장에서 유일하게 남아 있는 심장을 저울의 다른 한쪽에 놓아야 한다. 사자는 이제 제 심장이 자신을 배반하지 않기를 간절히 기도해야 한다. 물론 그때를 위해 〈사자의 서〉에는 적절한 주문이 준비되어 있다.

아니라는 사람의 주문을 들어보자.

"내 어머니가 준 내 심장이여! 내 어머니가 준 내 심장이여! 내 존재의 내 심장이여! 저울로 달 때 나를 배반하지 말기를! 감독관님 앞에서 나를 반대하지 않기를! 저울의 주인 앞에서 나를 존중하기를! 당신은 나의 카(영혼)이려니, 내 몸속에 살던 이여, 당신은 내 육체를 더 강하게 만들었습니다. 부디 행복을 향해 나아가게 해주소서!"

저울이 수평을 이루면 모든 심판이 끝나는 것이다. 그러나 만에 하나, 저울이 수평을 이루지 않는다면? 사자는 저울추를 검사하던 아누비스 오른쪽에 따오기 머리를 한 지혜의 신 토트가 서 있는 것을 보았다. 그리고 그 뒤에 도사리고 있던 무시무시한 괴물 한 마리가 비로소 눈에 들어올 것이다. 그의 이름은 암무트. 무엇이든 먹어치우는 괴물로서, 상반신은 사자, 얼굴과 입은 악어, 하반신은 하마의 그것이다. 저울의 심판을 통과하지 못한 심장은 늘 배가 고픈 그의 한입거리 먹이가 될 터였다. 그 말은 곧 사자가 드디어 두 번째 죽음이자 진짜 죽음을 맞이한다는 말이기도 하다.

5. 오시리스 되기

심장이 사자를 배반하지 않았다면, 이제 오시리스를 만나게 된다. 호루스가 사자를 오시리스 앞에 데리고 가서 모든 절차가 원만히 끝났고 무죄임이 밝혀졌다고 알린다. 오시리스는 사자를 자기 옆에 서도록 한다. 사자는 마지막으로 오시리스를 찬양하고 앞으로도 거짓말을 하지 않을 것을 서약하는 주문을 외어야 한다. 그 절차까지 끝나면 사자는 이제 새로운 이름을 얻게 된다. 즉, 그가 생전에 '아니'였다면, '오시리스 아니'가 되는 것이다. 필멸의 인간에서 불멸의 영혼으로 다시 태어난다는 말이다.

6. 아아루

오시리스가 된 영혼은 라의 배에 탄다. 더 이상 공포는 없다. 어두운 계곡을 헤치고 나아가면 저 멀리 밝은 빛이 쏟아지는 천국 아아루가 보인다. 천국의 노래가 들려온다. 영혼은 이제 그곳에서 착하고 아름다운 다른 영혼들과 행복하게 즐기기만 하면 되는 것이다.

그 아아루가 어디인가.

실은, 어디 멀리 있지 않다. 라의 배를 타고 그곳에 다다른 영혼은 너무나 익숙한 풍경에 가슴이 부풀어 오를 것이다. 그렇다. 아아루는 해가 뜨는 갈대밭이다. 나일 강변에 끝없이 펼쳐져 있는 갈대밭. 그 한쪽 편에는 배가 있어서 영혼은 언제든지 고향마을에 가볼 수 있고, 그리운 부모 형제도 만날 수 있다. 어떻게 만나는지에 대해서는 〈사자의 서〉에도 더 이상 설명은 없다.

낙원으로 가는 길

인간이 꿈꾸는 최고의 낙원은 당연히 영생불사가 보장되는 '다른 세상'일 터이다. 그런 면에서 본다면 이집트인들의 낙원 아아루는 다소 소박한 느낌마저 없지 않다. 사실 그들이 생전에 매일같이 보던 나일 강의 갈대숲이 바로 그곳 피안이라고 누가 쉽게 생각했을 것인가. 거기에 또 무어 화려한 궁전이 있는 것도 아니었다. 그저 평화스러운 밭이 있을 뿐이다. 사자는 거기서 다시 소를 부려 농사를 짓고 살게 된다. 밀과 보리를 심고, 때가 되면 그것들을 거두어들여 탈곡한다. 물론 먹을 것은 늘 넘쳐난다. 소고기, 양고기, 우유, 빵, 채소, 케이크와 맥주가 얼마든지 있다. 사자들은 그것들을 즐기며 때때로 라를 경배하는 공물을 바칠 뿐이다.

그런데 어디 그곳으로 가는 게 쉬운가. 이집트에서는 심장을 저울에 달아야 하지만, 조로아스터교에서는 죽은 자의 영혼이 천국으로 가기 위해 반드시 건너야 하는 다리가 있다. 친바트 다리라고 하는데, 이 다리는 정의로운 사람에게는 넓어지지만 사악한 이에게는 점점 좁아져서 결국 그를 밑으로 떨어뜨린다고 한다. 잘못을 저질러 특검에 불려나가는 사람들의 심정이 그런 다리를 걷는 심정일 터.

켈트 신화에서도 파라다이스가 슬쩍 소개되지만, 자세한 묘사는 이루어지지 않는다. 그렇더라도 안개 저편 어딘가에 영원한 생명을 주는 다른 세상이 존재한다는 것을 충분히 짐작할 수 있다.

– 백전무장 콘 왕과 그의 아들 빨강머리 콘라가 유스네프(우이스넥) 언덕에 있을 때였다. 아주 아름답게 생긴 한 여자가 나타났다. 콘라는 아버지의 왕국에 있는 모든 미인들을 다 알고 있었지만 그는 전혀 처음 보는 여자였다. 콘라가 누구냐고 묻자 여인이 말했다.

"나는 생자의 나라에서 왔습니다. 죽음도 죄도 없고 전쟁도 없습니다. 음식을 마련하지 않아도 늘 축제를 즐기고, 사람들끼리 싸우고 다투는 법도 없습니다. 우리는 평화를 사랑하는 사람들입니다."

그 말이 콘 왕에게는 들리지 않았다.

왕이 물었다.

"대체 누구하고 이야기하고 있느냐?"

"당신의 아들은 고귀한 태생의 여인과 이야기를 하고 있습니다. 죽음도 늙음도 그녀를 위협하지 못하지요. 나는 눈물도 슬픔도 모르는 영원한 생명의 나라 시이의 백성입니다. 평소 당신의 아들 콘라를 사모해 왔습니다. 나는 오늘 그를 기쁨의 평원 마그멜로 초대하기 위해 왔습니다. 콘라여, 아름다운 젊은이여, 나와 함께 그곳으로 갑시다. 거기에는 여자들과 처녀들만 있습니다."

콘 왕은 보이지 않는 그녀가 마녀라고 생각했다. 그래서 함께 있던 드루이드더러 주문을 외어 쫓아내게 했다. 그녀는 사라지기 전 콘라에게 사과 한 알을 건네주었다. 그날부터 콘라는 그 사과만 먹었다. 아무리 베어 먹어도 금세 도로 채워졌다. 신기한 것은 사과를 베어 먹을 때마다 그 여인에 대한 사랑과 욕망이 점점 더 간절해진다는 사실이었다.

한 달 후 그 여인이 다시 나타났다.

"콘라여! 당신은 필멸의 존재들 속에서 죽음을 기다리고 있어요. 불멸의 존재들이 당신을 초대합니다. 함께 갑시다."

콘 왕이 다시 드루이드를 불러 쫓아내려 하자 여인이 말했다.

"왕이여, 드루이드의 흑마술에 현혹되지 마시오. 그런 것은 하찮고 아무런 가치도 없습니다. 성 패트릭이 오시는 날 심판이 내려질 것입니다."

콘라는 왕국과 그 여인의 유혹 사이에서 갈피를 잡지 못했다. 그렇지만 날이 갈수록 점점 더 그 여성 쪽으로 마음이 기울었다.

마침내 콘라는 그녀가 몰고 온 유리배 위에 훌쩍 올라탔다. 배는 푸르른 초원 위를 바람처럼 부드럽게 미끄러졌다. 그 후 두 번 다시 콘라를 본 사람은 없었다.[129]

129 요시다 아츠히코 외 저, 『우리가 알아야 할 세계 신화 101』, 이손, 2002. 〈51. 요정의 나라로 간 콘라〉. ; Kenneth Hurlstone Jackson, 〈127. The Adventure of Conle〉, A Celtic Miscellany, Penguin Books, 1971. pp.143~145.

콘라를 데려가기 위해 온 여인은 요정으로, 그녀가 말하는 낙원에는 죽음도 늙음도 슬픔도 눈물도 싸움도 없다. 어찌 보면 모든 사람들이 꿈꾸는 이상향인지도 모른다. 그러나 어떤 측면에서는 그곳이 과연 태초 이래 인간이 바라던 바로 그곳인가 의문이 든다. 사과가 우선 그렇다. 아무리 베어 먹어도 먹은 티가 나지 않게 도로 속이 채워지는 사과라니! 그런 사과는 신기하긴 하겠지만, 먹는 맛을 포기하게 만들지 않는가. 사과의 맛은 아삭아삭 베어 물어 이제 거의 다 먹어 심이 드러날 때 아쉬움과 함께 극대화되는 게 아닌가. 먹어도 먹어도 그대로 있는 사과는 오히려 넘쳐서 미치지 못함만 못하다고 할 것이다. 음식을 따로 준비하지 않아도 늘 축제를 열 수 있다는 것도 그렇다. 우리가 축제나 잔치를 즐기는 것은 다만 평소 맛보기 힘든 음식을 먹을 수 있어서만은 아니다. 축제를 위해, 축제를 기다리며 함께 그것을 준비하는 과정 자체도 큰 즐거움을 안겨주는 것이다. 굳이 추석 하루를 위해 월급을 다 써도 즐겁고, 교통체증을 감수하고서라도 악착같이 귀향을 하는 것도 비슷한 이유 때문이다. 게다가 여자들과 처녀들만 있다니! 아무리 미스 아일랜드-신화에서는 '시이'라고 나온다-들만 잔뜩 있는 곳이라도 그런 곳에서 영원히 산다 하는데, 글쎄 우리의 빨강머리 콘라 왕자가 실제로 행복할 수 있을지 모르겠다.

한마디로, 결핍이 없는 곳이 과연 파라다이스인지 의문이 드는 것이다. 결핍이 없다면 욕망도 없기 십상이다.

아일랜드의 국민작가 윌리엄 버틀러 예이츠는 특히 요정에 관심이 많았다.

아일랜드에서 요정은 어디에나 있었다. 집 근처, 마을 한복판, 후미진 곳, 숲, 호숫가, 오래된 방앗간, 외딴 섬 등등. 요정들은 저마다 출현하는 방식도 다르고 성격도 달랐지만, 아일랜드 사람들은 그들이 사는 세상이 우리들이 사는 세상하고 크게 다르지 않다는 생각만큼은 공유했다. 예컨대 농부들은 자기들이 죽으면 무덤 저 너머에서도 이 세상의 집하고 흡사한 집을 가질 거라고 생각했다. 다만 그곳에선 지붕이 새는 일도, 하얗게 칠한 벽이 바래는 일도, 농장에 우유와 버터가 떨어지는 일도 없을 거라고 기대했다.[130] 이렇게 보면 낙원은 특별히 어디 아득히 먼 데 있는 게 아닌 듯싶다. 진정한 행복은 일상 속에 있다는 평범한 진리를 거듭 상기시킨다.

대만에서는 장례식을 성대하게 치른다. 결혼식은 아예 혼인신고만 하는 식으로 소박하게 하는데 반해, 장례식은 5일장에서 7일장은 보통이고 때로는 49일장까지 지내기도 한다. 이렇게 긴 장례식을 하다 보니 상주들을 위해 잘 울어주는 호곡꾼들도 성업중이라 한다. 망자에 대한 대접 또한 지극하다. 대만의 고속도로를 지나다보면 길 옆 산속에 낯선 주택단지가 들어서 있는 것을 목격할

---

130 윌리엄 버틀러 예이츠 저, 서혜숙 역, 『켈트의 여명』, 펭귄클래식 코리아, 2008. 농부들 이야기는 p.131.

수 있다. 사람들이 사는 단지처럼 생겼지만 인적이 드문 산중에 어딘가 어색하게 자리를 잡고 있으며, 규모 역시 진짜 집들에 비기면 조금 작다. 그게 바로 대만의 묘지들인데, 대만에서는 그런 공동묘지를 일러 '야총회'(夜總會)라고 부른다. 밤에 모여서 총회를 한다? 중화권에서 그 말은 원래 나이트클럽을 가리키는 말인데, 대만에서는 호화판 공동묘지를 가리킨다. 망자를 위해 자동차를 준비해 둔 묘지도 있고 벽걸이 텔레비전을 설치해 놓은 묘지도 있다고 한다. 이쯤이면 그야말로 밤마다 망자들이 모여 한바탕 즐겁게 춤이라도 충분히 출 수 있을 것 같다.

제8부

신화, 오늘의 이야기

신화는 시간도 가늠할 수 없을 만큼 먼 태곳적 이야기를 다루지만, 그것이 오늘 우리의 시간하고 전혀 상관없다고는 말할 수 없다. 우리가 이 눈부신 첨단 과학문명의 시대에 여전히 신화의 의미를 거듭 궁리하는 것도 모든 신화는 이미 오늘의 신화이기 때문인지 모른다.

〈원령공주〉와 야스쿠니 신사 문제

당연한 말이겠지만, 진화론이 승리를 선언한 이후에도, 니체가 신은 죽었다고 선언한 이후에도, 인간이 달에 첫 발을 내디딘 이후에도, 신화는 사라지지 않았다. 심지어 인간이 만든 알파고가 인간계 최고 기사들을 여지없이 격파한 지금도 신화의 종언을 장담하지는 못한다. 무엇보다 신화는 늘 새로운 시대의 이야기를 만들어냄으로써 새로운 활력을 얻었기 때문이다. 그 활력이 모두 긍정적이라고 말할 수는 없다. 많은 경우 그 활력은 소비의 영역에 국한되고 있기 때문이다. 이 책의 서두에서 말했듯이, 커피의 신화, 스타킹의 신화, 자양강장제의 신화는 어쩌면 지난 시대 신화와는 전혀 상관이 없는지도 모른다. 하지만 제의 대신 연극이, 서사시 대신 소설이 우리의 삶을 지배하게 된 현실을 인정하더라도, 신화가 오직 상품경제의 영역에서만 소비된다고 생각하는 것은 너무 앞서간 비관주의일 것이다. 시장과 교환이 곧 신화의 종언을 의미하는 것은 아니기 때문이다.

이와 관련하여, 일본 애니메이션의 세계, 특히 미야자키 하야오의 작품들은 문명과 자연의 대립에 대해 진중하면서도 전혀 고루하지 않은 문제를 제기하고 있어 주목을 끈다. 그의 작품들은 무엇보다 환상을 통한 상상력이 현실로부터 도피하는 수단이 아니라 오히려 사회적 현실과 대결하는 새로운 힘이 될 수 있음을 입증한다.[131] 진작 해방적 측면의 활력을 상실한 대부분의 디즈니 애니메이션들하고는 차이가 나는 것이다.

미야자키 하야오의 애니메이션은 철학적 차원의 문제 제기까지 무리 없이 소화하고 있다는 평가를 받는다. 예를 들어 〈원령공주〉는 일본 동북부지방의 선주민이었지만 이제는 소수민족으로 전락한 아이누의 신화를 토대로 삼아, 자연과 문명이 어떤 관계를 맺어야 하는지 어렵지만 매우 중요하고 근본적인 문제를 성공적으

---

131 이하, 잭 자이프스 저, 김정아 역, 『동화의 정체』, 문학동네, 2006. 9장, 「월트 디즈니와 문명화의 사명: 혁신에서 복고로」 참고.

로 제기한다.

- "옛날 옛적에 이 나라는 울창한 숲으로 뒤덮여 있었고 그곳에
는 태곳적 신들이 살고 있었다."

에미시 부족이 여전히 그 태곳적 신들과 더불어 평화롭게 살고
있던 마을에 어느 날 갑자기 재앙신 다타리가미가 나타난다. 총알
을 맞고 죽어가던 거대한 멧돼지신 다타리가미는 아시타카의 만
류와 설득에도 인간에 대한 분노를 숨기지 않는다. 에미시 마을의
미래를 짊어진 청년 아시타카는 할 수 없이 다타리가미를 살해한
다. 하지만 다타리가미의 저주가 그의 팔에 달라붙는다.

"역겨운 인간들이여, 나의 고통과 회한을 알아야 할 것이다."

마을의 무당은 아시타카가 결국 죽을 운명임을 감지한다. 아시
타카는 그녀의 제안에 따라 마을을 떠난다. 재앙신이 어째서 탄생
했는지 그 원인을 밝혀 자신에게 달라붙은 저주를 물리치기 위해
서였다. 서쪽을 향해 산길을 가던 아시타카는 시시의 숲에서 들
개신과 싸움을 벌이다 부상당한 마을 사람들을 구해준다. 아시타
카가 그들을 데리고 도착한 곳은 철을 제련하는 타타라 성이었다.
거기서 다타리가미가 타타라 성의 여자 성주 에보시의 총에 맞은
멧돼지신 나고였음을 알게 된다. 에보시는 숲을 개간하여 마을을
번성시키는 데 전력했고, 특히 나병에 걸린 환자들이나 가진 것이
라곤 오직 몸뚱이밖에 없는 가난한 여성들에게도 새 삶의 기회를

제공했다. 그렇지만 개발은 곧 숲의 파괴를 전제로 한 것이었다. 흰 들개들과 함께 사는 소녀 산은 숲을 망치는 주범 성주 에보시의 목숨을 끊임없이 노렸다. 흰 들개 모로는 아주 어렸을 때 제물로서 숲에 버려진 산을 거둬서 수양딸로 키웠던 것이다. 산은 비록 외관은 인간의 형상을 하고 있지만 마음은 어디까지나 흰 들개 부족에 속했다.

어느 날 산이 성에 침입해 에보시와 일대 결전을 벌인다. 아시타카가 중재에 나섰지만 소용이 없었다. 에보시의 부하들은 함정을 파놓고 산을 기다렸다. 산은 조금도 물러서지 않고 에보시에게 달려들었다. 아시타카는 싸움 도중 기절한 산을 업고 가까스로 성을 빠져나온다. 그 역시 총을 맞은 상태였다. 숲에 이르렀지만 오히려 아시타카의 부상이 심해진다. 산은 사슴신 시시가미가 사는 숲 속 깊은 호수로 그를 데려간다. 아시타카는 사슴신의 신통력으로 건강을 회복할 수 있었다. 그러나 그때는 이미 숲을 지키려는 멧돼지 오코토누시 일족과 숲을 개간해 제철소를 확장하려는 에보시의 철포부대 사이에 피할 수 없는 전쟁이 개시된 이후였다. 오코토누시는 인간들이 숲을 개간해 터전이 줄어들자 자신들은 크기도 작아지고 말하는 법도 잊게 되었으며, 그렇게 쇠락해가는 중이라고 했다. 산은 흰 들개 모로 일족과 함께 멧돼지 일족의 편에 서서 싸운다. 하지만 철(金)이 나무(木)를 이길 수밖에 없듯, 총포로 무장한 에보시의 부대는 숲의 짐승들을 벼랑 끝으로 몰아붙인다.

멧돼지 일족은 모든 구성원들이 장렬하게 최후를 맞이한다.

"설령 우리 일족 모두 멸망하더라도 인간에게 우리의 의지를 보여주겠다!"

그동안, 중앙의 막부에서 보낸 것으로 보이는 지코보 일당이 에보시를 시켜 사슴신의 머리를 노린다. 에보시의 총에 맞아 기어이 사슴신의 머리가 떨어져 나간다. 분노한 사슴신은 떨어져나간 자신의 머리를 찾기 위해 온 숲의 생명을 거둬들이기 시작한다. 숲은 이제 사슴신의 원한으로 가득 찼다. 그 때문에 산은 에보시를 저주했다. 그렇지만 아시타카의 부탁을 물리치지 못해 부상을 입은 에보시를 구해준다. 그 후 지코보로부터 겨우 사슴신의 머리를 되찾은 아시타카와 산이 머리를 돌려주자 사슴신은 숲을 부활시킨다. 아시타카에게 들씌워졌던 죽음의 저주도 물러났다. 그는 이제 산에게 마을로 돌아와 인간들과 함께 살 것을 권유한다. 그러나 산은 끝내 인간을 용서할 수 없다며 숲으로 돌아간다.

"그렇지만 이건 더 이상 시시가미의 숲이 아니야. 시시가미는 죽었어."

"시시가미는 절대 죽지 않아. 왜냐하면 시시가미는 생명 그 자체니까. 시시가미는 생명과 죽음 모두를 가지고 있어. 시시가미는 내 귀에다 대고 '살아야 해!'라고 속삭였었어."

"아시타카, 널 사랑해. 하지만 인간들을 용서할 수 없어."

"그럼 넌 숲에서 살고 난 제철소 마을에서 살기로 하지. 우린 함께 살아가는 거야. 종종 널 보러 산으로 갈게."

이 애니메이션의 주제는 자연과 인간(혹은 문명)의 공존 혹은 대립에 대한 성찰이다. 그러나 흔히 예상하듯 인간의 탐욕과 자연의 관용이라고 하는 대립, 즉 자연은 선이고 문명은 악이라는 단순한 이분법은 미야자키 하야오의 구상과는 거리가 멀다. 예컨대 에보시가 멧돼지 신 나고를 쏘는 바람에 재앙이 시작되었지만, 그렇다고 해서 에보시를 일방적으로 비난하는 것은 타당하지 않다. 타타라 성의 성주 에보시는 개인의 이익과 욕심을 위해 제철소를 경영하고 유지하는 게 아니었다. 그녀는 오히려 사회에서 버림받고 천대받는 이들을 위해 마을을 지켜내려 한다. 타타라 성에서는 나병 환자들도 인간으로서 정당한 대접을 받으며 무기를 제작하는 노동에 복무하고 있으며, 가난에 쫓겨 오갈 데 없게 된 여자들, 혹은 그 때문에 어쩔 수 없이 몸을 팔게 된 여자들까지 거둬들여 노동을 통한 재생의 기회를 제공한다. 에보시가 그들을 계속 지켜 주려면 어쩔 수 없이 숲의 나무들을 베어내고 제철소를 잘 운영해야 한다. 그리하여 그녀는 숲에 사는 짐승들에게 원수일지 몰라도, 적어도 타타라 성의 나병 환자들이나 여자들에게는 고마운 존재가 아닐 수 없다. 그녀의 잘못이라면 '휴머니즘'만을 절대적인 가치로 믿는다는 것뿐이다. 이때 자연은 타자, 즉 오직 인간을 위해 존재하거나 봉사해야 하는 수단 혹은 방법일 뿐이다. 나아가 어쩌면 그녀는 남성이 권력을 쥐고 행사하는 기왕의 대다수 공동체들하고는 근본적으로 다른 모델을 제시하려는 것인지도 모른다. 이런 관점에서 보면 에보시와 마을사람들은 그들대로, 멧돼지와 들개, 그리고 성성이 일족은 또 그들대로 나름의 생존법칙을 따를 수밖에 없는 것이다.

"인간이 조심스럽게 생활하고 있을 때는 자연과 공존할 수 있고 욕심을 내면 공존할 수 없다고 생각하는 것이 아니라, 조심스럽게 살고 있다는 것 자체가 자연을 파괴한다고 생각하면 어쩔 줄을 모르게 되죠. 어쩔 줄 모르는 상태까지 가서 거기서부터 생각하지 않으면 환경문제나 자연문제는 해결이 안 된다고 생각했죠."[132]

그러니까 인간이 자연을 잘 지켜야 한다가 아니라, 인간의 삶이 어차피 어느 정도 자연의 파괴를 전제로 하는 것일진대 어떻게 자연과 인간의 공존이 가능하다고 말할 수 있겠는가, 하는 질문.— 미야자키 하야오 감독의 이 질문은 어느 정도 비관적인 전망 혹은 체념을 상정하고 있는 것처럼 들린다. 마지막 장면에서 사슴신이 숲을 부활시켜 놓았을 때, 달라진 것은 아무것도 없었다. 산은 여전히 인간을 용서할 수 없다며 숲으로 돌아갔고, 아시타카는 각자

---

132 김용민, 「생태영화의 가능성 : 미야자키 하야오의 〈바람계곡의 나우시카〉와 〈원령공주〉」, 《문학과환경》 제8권 1호, 문학과환경학회, 2009년. p.198.

의 위치에서 어쨌든 성실히 살아가자고 말했다. 에보시는 "모든 걸 다시 시작하자. 이 마을을 더 살기 좋은 곳으로 만드는 거야." 하고 말했고, 그 모든 걸 목격한 지코보는 이렇게 한마디 한다.

"졌다. 졌어. 바보들한텐 못 당한다니까."

〈원령공주〉의 일본어 원 제목은 〈모노노케 히메〉(もののけ姫)로 '모노노케'는 산 사람에게 달라붙는 원령을 말한다. 영화에서는 멧돼지신 나고가 에보시의 총탄에 맞아 죽게 되자 인간에게 복수를 맹세하는 재앙신이 된 것이라든지, 사슴신 시시가미가 목을 잃어버리자 거대한 재앙의 물이 되어 온 산과 마을을 덮친다든지 하는 것이 대표적이다. 사실, 중세 이래 일본에서는 원령신앙이 하나의 관습으로 정착되었다.[133] 생전에 억울하게 죽은 영혼, 특히 왕족이나 귀족이 원한을 품고 죽었을 때, 그들의 원령이 살아있는 이들에게 탈을 일으키거나 재앙을 불러일으킬까 두려워하여, 그들을 위한 사당을 짓거나 제사를 지내주는 것을 말한다. 이러한 관습은 비단 궁궐이나 성, 혹은 귀족의 집 담장 안에서만 전해진 게 아니고 민간에서도 널리 퍼지게 되었다. 일본의 전통 연극 가부키에서 가장 각광받는 작품인 〈추신구라〉도 47명의 사무라이들이 억울하게 죽은 주군의 원수를 갚는 이야기로서, 이 역시 억

---

133 박규태, 『아마테라스에서 모노노케 히메까지』, 책세상, 2001. 특히 「미완의 결론- 그럼에도 불구하고 살아라」 참고, 이하 동일.

울한 원혼은 반드시 갚아야 한다는 신앙에서 비롯되었다. 1704년 아코 성의 성주 아사노 나가노리는 쇼군이 사는 에도에 와 있었을 때 막부 관리 기라 요시나카와 말다툼 끝에 칼을 뽑아 상처를 입혔다. 그런데 당시 에도에서는 성 안에서 칼을 뽑는 것이 금지되어 있었고, 이를 어겼을 경우에는 할복하도록 법으로 정해져 있었다. 이로 인해 아사노 나가노리는 억울한 죽음을 맞이했다. 이후 사무라이들은 주군을 잃고 졸지에 낭인이 되어 추위와 주림에 떨며 살아가야 했다. 이들은 복수를 다짐하며 때를 기다리다가 마침내 기라의 목을 베어 주군의 무덤에 바쳤다. 막부는 그들에게 다시 할복하라는 명령을 내렸다. 47인의 사무라이는 한 사람도 빠짐없이 할복했다. 이들의 실화는 당시 에도 사람들의 눈물샘을 크게 자극했고, 이후 일본인들은 이들이 보여준 의리를 연극이나 소설, 드라마 등 갖가지 방식으로 극화하여 기렸다.

해마다 한일관계의 뜨거운 감자로 떠오르는 야스쿠니 신사 참배 문제도 바로 이 원령신앙과 떼어놓고 생각할 수 없다. 이미 메이지 유신 직후인 1869년에 건립된 그 신사는 현재 제2차 세계 대전 당시 천황을 위해 죽은 이른바 가미가제 특공대들을 포함하여 250만 전사자들의 위패를 모시고 있다. 거기에 1978년부터는 종전 후 전범재판에서 A급 전범으로 분류된 도조 히데키를 비롯한 14명까지 합사되는 바람에 우리나라를 비롯하여 식민지의 기억이 여전히 생생한 동아시아 각국으로부터 커다란 비난을 초래

했다. 한 가지 특이한 것은, 평소 평화헌법을 지지하고 일본의 재무장을 반대하는 일본인들 중에서도 상당수는 야스쿠니 신사 문제에 관해서만큼은 심정적으로 일본 정부의 태도에 동조를 보인다는 점이다. 여기에는 바로 원령신앙이 보이지 않게 영향을 미쳐서, 전쟁 때 억울하게 죽은 영혼을 달래고 위무하지 않으면 산 자들이 괴롭힘을 당할 수 있다고 생각하기 때문이다. 우리로서는 도무지 이해하기 어려운 부분이지만, 일본 신도에서 원령신앙은 상상 외로 아주 중요한 일부라는 점을 알 수 있다.

베트남전쟁과 〈지옥의 묵시록〉

프란시스 코폴라 감독의 영화 〈지옥의 묵시록〉(1979) 역시 신화를 빼놓고는 이야기할 수 없는 작품이다.

베트남전쟁이 지리멸렬하게 이어지고 있다. 승자와 패자가 쉽게 가려지지 않는다. 전선의 구분도 애매하다. 누가 적이고 누가 아군인지 아무도 장담 못한다. 영화의 서두, 멀리서 들려오는 둔탁한 헬리콥터 소리에 록그룹 도어즈의 짐 모리슨이 생기 없이 흐느적거리는 듯 부르는 보컬이 겹쳐지고, 신시사이저와 일렉트릭 기타가 한데 어울려 몽환적인 사운드를 만들어낸다. 날카로운 쇳소리조차 몽환적이다. 노래의 제목은 다짜고짜 「끝」(The End, 1967)이다.

- 이게 끝이야, 아름다운 친구. 이게 끝, 내 하나뿐인 친구
우리가 공들인 계획의 끝, 서 있는 모든 것들의 끝, 끝
안전한 것도 놀라운 것도 없는, 끝
나는 두 번 다시 네 눈을 보지 못할 테지

알려진 대로, 이 노래는 오이디푸스 신화에 바탕을 두고 있다.

- 오이디푸스는 코린토스의 왕자로 성장한다. 어느 날 델포이 신전에 갔다가 자신의 운명에 관한 목소리를 듣는다. 장차 아버지를 죽이고 어머니와 결혼할 것이라는 신탁이었다. 오이디푸스는 자신에게 닥칠 불길한 운명을 피하려고 왕국을 떠나 방황한다. 그러던 어느 날 테베로 가는 길목에서 시비가 붙어 한 노인을 죽인다. 물론 그는 자신이 죽인 사람이 아버지 라이오스 왕이라는 사실을 까마득히 몰랐다. 테베에 도착한 그는 머리는 사람이고 몸은 사자에 독수리의 날개를 가진 괴물 스핑크스와 마주쳤다. 스핑크스는 높은 바위 위에 앉아 있다가 행인들에게 수수께끼를 내는데, 문제를 풀지 못하면 사정없이 잡아먹었다. 테베 사람들은 공포에 떨어야 했다.
수수께끼는 이러했다.
"아침에는 네 다리로, 낮에는 두 다리로, 밤에는 세 다리로 걷는 게 무엇이냐?"

오이디푸스는 대답했다.

"그건 바로 사람이다."

그 순간, 스핑크스는 치미는 분노와 그보다 더 크게 번지는 수치심 때문에 스스로 언덕에서 뛰어내려 죽음을 택했다.

테베 사람들은 스핑크스를 물리친 오이디푸스에게 환호를 보냈다. 과부가 된 이오카스테 왕비는 스핑크스를 없애는 사람에게 선왕의 지위를 물려주겠다고 선언한 바 있었다. 약속에 따라 오이디푸스는 이오카스테 왕비를 아내로 맞이하고 왕위에 올랐다. 둘 사이에 자식들까지 생겼다. 그러던 중 테베에 역병이 돌았다. 곳곳에서 사람들이 죽어나갔다.

오이디푸스 왕은 원인을 파헤치기 위해 신전을 찾았다. 거기서 그는 선왕 라이오스를 죽인 자를 찾아 복수를 해야만 역병이 물러간다는 신탁을 받았다. 그러나 이게 무슨 청천벽력이란 말인가. 범인을 알아내기 위해 불러들인 장님 예언자 테이레시아스로부터 그는 이런 대답을 듣는다.

"그대가 바로 그대가 찾고 있는 범인이라는 말이오."

모든 진실이 밝혀졌다. 오이디푸스는 울부짖는다. 그는 태어나서는 안 될 사람에게서 태어나, 죽여서는 안 될 사람을 죽이고, 결혼해서는 안 될 사람하고 결혼한 자신을 용서할 수 없었다. 두 번 다시 해를 볼 면목이 없었다. 결국 그는 스스로 두 눈을 찔러 장님이 된다.

짐 모리슨은 27살에 스스로 목숨을 끊는다. 그는 처음부터 돌아가는 일, 존재 이전, 혹은 (그런 게 있었다면) 아름답던 원초로 돌아가는 일이 불가능하다는 사실을 알고 있었을까. 오이디푸스는 인간의 피할 수 없는 숙명의 대명사였다. 태어나서는 안 될 사람에게서 태어나, 죽여서는 안 될 사람을 죽이고, 결혼해서는 안 될 사람하고 결혼하는 숙명. 이럴진대 세계는 처음부터 모순덩어리였다. 법의 이름으로 자행되는 폭력, 사랑의 이름으로 행해지는 불륜, 자비의 이름으로 강요되는 연민……. 그렇다고 새로운 질서를 수립하려는 인간의 모든 욕망이 어떤 결과를 낳을지, 모르는 사람은 없다. 알면서, 인간은 스스로 그 늪을 향하여 발걸음을 옮긴다. 끝없는 늪.―베트남전쟁도 마찬가지였다. 처음부터 어떤 명분을 내걸더라도 정당화될 수 없는 전쟁이었다.

영화의 전제 역시 오직 하나, 그것뿐이다. 피할 수 없는 숙명으로서의 파멸. 정직하자. 아름다운 시작 같은 것은 처음부터 존재하지 않는다. 끝이 곧 시작을, 시작이 곧 끝일 따름이다.

- 사이공에서는 집에 갈 생각만 했고, 집에 가서는 정글로 돌아갈 생각만 했던 미 특수부대 소속 윌라드 대위(마틴 신)에게 커츠 대령(말론 브란도)을 제거하라는 비밀지령이 떨어진다. 커츠 대령은 육군사관학교를 수석으로 졸업하고 하버드대학을 거쳐 공수부대에 들어가 혁혁한 무훈을 세운, 말하자면 장차 육군참모총장 자리

까지 넘볼 경력의 소유자다. 그러나 그는 더 이상 미군의 통제 영역 안에 있지 않다. 언제부턴가 그는 전쟁의 부조리함에 절망하여 캄보디아 밀림에 독자적인 왕국을 구축했던 것이다. 미군 당국에게는 그의 존재 자체가 추문이 된다.

월라드 대위는 커츠 대령을 제거하기 위한 험난한 여정을 개시한다. 함께 떠나는 부하들은 전쟁을 마치 오락처럼 생각한다. 그들은 우선 제7사단의 킬고어 대령(로버트 듀발) 부대를 찾아가 지원을 받는다. 광적인 서핑매니아인 킬고어 대령은 남성적 힘과 용기라는 욕망에 철저히 사로잡혀 있다. 그에게 베트남은 오직 그런 의미의 '무대'일 뿐이다. 강한 자만이 정의롭다. 늘 카우보이모자를 쓰고 다니는 그의 시계는 아메리카 인디언들을 학살하던 서부 개척시대에서 멈췄다. 폭탄이 펑펑 터지는 전장 한복판에서도 머릿속에는 오직 서핑 생각뿐인 그는 전쟁의 광기를 대변한다. 월라드 대위 일행이 정글 깊숙이 들어가면 갈수록 전쟁의 불가해함은 극점을 향해 치닫는다. 밀림 한복판에 플레이보이 핀업걸들이 나타나 위문공연을 하고, 병사들은 암표를 파는 장사꾼하고 조금도 다르지 않다. 월라드 대위의 부하들은 강을 따라가며 서핑을 즐긴다. 그런 가운데 보이지 않는 적들에 대한 공포는 도를 더해간다. 검문 도중 양민을 베트콩으로 오인하여 사살하는 것도 그 때문이다. 대위 일행은 식민지 시대의 삶을 고수하고 있는 프랑스인들과도 만나는데, 그들의 시대착오 역시 광기와 다름없는 서구제

272

국주의의 실체를 입증한다. 마침내 일행은 국경 너머 최종 목적지에 도착한다. 나뭇가지마다 시체가 걸려 있고, 언덕 곳곳에 잘린 머리와 썩어 가는 몸뚱이들이 널려 있는 곳. 윌라드 대위는 그 잔혹한 왕국에서 제왕으로 군림하는 커츠 대령을 만나고, 그를 통해 미군이 개입한 전쟁의 딜레마를 새삼 확인한다. 그동안 어떤 경우에도 좀처럼 동요하지 않았던 윌라드 대위도 큰 충격에 빠진다. 커츠 대령은 윌라드 대위가 찾아온 목적을 손금 꿰듯이 알고 있다. 얼마든지 윌라드 대위를 처치할 수도 있었다. 그러나 그는 그렇게 하지 않는다. 어떤 면에서 커츠 대령은 윌라드 대위를 기다리고 있었던 것이다.

윌라드 대위는 결국 커츠 대령을 살해한다. 왕국의 백성들은 동요하지 않는다. 그들은 자신들의 '왕'을 죽인 암살자 윌라드 앞에 무릎을 꿇고 경배를 올린다. 이제 그가 새로운 왕이다. 그러나 윌라드는 무전을 걸어 '왕국' 폭격을 요청한다.

〈지옥의 묵시록〉은 조셉 콘래드의 소설 『암흑의 핵심』(1899)을 각색한 영화다. 감독 스스로 이 소설의 기본 골조와 주제에 바탕을 두고 영화를 만들었다고 밝힌 바 있다.[134] 예를 들어 영화와 소

---

134 김종석, 「역사·소설·영화 : 〈암흑의 핵심〉과 〈지옥의 묵시록 리덕스〉의 콘텍스트 읽기」, 《영어영문학》 제50권 3호, 한국영어영문학회, 2004. p.649. ; 이민용, 「신화와 문화 콘텐츠 : 게르만 신화와 영화 〈지옥의 묵시록〉을 중심으로」, 《헤세연구》 제18집, 한국헤세학회, 2007.

설에 다 같이 문제의 인물 커츠가 등장한다. 소설은 배경을 19세기로 잡고 있지만, 서아프리카 벨기에령 콩고에서 상아수집가로 성공한 백인 커츠를 찾아 떠나는 화자 말로우의 여정은 영화에서 윌라드 대위의 그것과 정확히 일치한다. 영화에서 커츠 대령은 군인다운 군인, 사관학교 교과서에 실릴 법한 모범군인이었지만, 전쟁의 잔혹한 참상을 거듭 겪는 과정에서 그의 이성은 마비된다. 미군이 예방접종을 해준 베트남 어린이들의 팔을 베트콩들이 잘라버린 끔찍한 광경을 목격한 이후, 그는 차라리 인간의 내면에 잠재해 있는 원시적 본능만이 전쟁을 일찍 끝낼 수 있다고 믿는다. 이제 그에게 정의 따위는 없다. 남은 것은 오직 날것 그대로의 광기뿐이다. 영화와 소설에서 두 사람의 커츠는 똑같이 "공포! 공포!"하고 단말마적으로 절규하며 죽음을 맞이한다.

여기서 우리의 관심은 두 작품의 유사성을 비교하는 데 있지 않다. 소설과 달리 영화에서는 신화를 주요한 전략으로 채택했다는 사실에 초점을 맞출 것이다.

킬고어 대령이 헬기 편대를 이끌고 베트콩 마을을 기습 공격하는 장면은 영화 〈지옥의 묵시록〉에서 가장 인상적인 장면 중 하나로 기억된다. 이때 그는 확성기를 통해 바그너의 음악 〈발퀴레〉(발키리)를 틀게 한다.[135] 수십 대의 헬기 편대가 푸른 바다 위를

---

135 리하르트 바그너(Richard Wagner, 1813~1883)의 대작 악극 〈니벨룽의 반지〉(Der Ring des Nibelungen)의 제2부.

낮게 나는 동안 바그너의 장엄한 음악이 울려 퍼진다. 압도적인 소리의 물량공세. 그 음악은 공격을 감행하는 아군에게는 자신들이 죽음의 전장이 아니라 마치 신화 속, 혹은 게임 속에 있는 듯한 환상마저 불러일으킨다. 기고만장한 느낌마저 안겨주는 이 음악은 죄의식까지 마비시키는 것은 물론, 죽음을 잊고 용감하게 싸울 것을 독전하는 환각제 구실도 한다. 킬고어에게 이보다 더 어울리는 음악은 없다. 발키리는 북유럽 신화에 등장하는 여신들인데, 전쟁에 나가 용감하게 싸우다 죽은 전사들의 영혼을 주신 오딘의 궁성 발할로 데려오는 역할을 맡는다. 톰 크루즈가 나오는 브라이언 싱어 감독의 영화 〈작전명 발키리〉(2008)는 독일군 장교 클라우스 폰 슈타펜베르크 대령이 히틀러를 암살하고 나치 정권을 전복시키려 한다는 내용을 다루는데, 거기에도 바그너의 악극 〈발퀴레〉가 중요한 모티프로 등장한다. 영화에서 히틀러는 이렇게 말한다.

"바그너를 잘 아나? 신화 속 발키리는 신들을 섬기면서 인간의 생사를 결정했네. 용맹스러운 전사들을 고통스러운 죽음에서 해방시켰지. 바그너 음악을 이해하지 못하면 국가사회주의도 이해하지 못하지."

바그너가 어린 히틀러를 우리가 아는 그 히틀러로 만들었다고 할 정도로, 히틀러는 바그너의 열렬한 추종자였다.

『황금가지』와 사제-왕 신화

〈지옥의 묵시록〉은 이밖에도 북유럽 신화, 즉 오딘을 주신으로 하는 게르만 신화의 에피소드와 아이템, 캐릭터 들을 다수 차용하고 있다.[136] 예를 들어 킬고어 대령은 지축을 흔들 정도로 굉음을 울리는 헬기를 타고 등장하는데, 그 장면은 다리가 여덟 개인 천마 슬레이프니르를 타고 다니는 오딘을 떠올리게 한다. 거기에 오딘이 애꾸눈이라는 사실은 킬고어가 늘 검은 선글라스를 쓰고 다니는 사실과 겹쳐진다. 그러나 영화의 가장 중요한 주제는 별도의 유럽 신화에 뿌리를 뻗고 있다. 이른바 '사제-왕' 혹은 '숲의 왕' 신화로서, 20세기 초 저명한 인류학자 프레이저는 이를 집중적으로 연구해 그 결과를 대표작 『황금가지』로 남긴 바 있다.

1890년 처음 출간되어 1915년에 12권으로 완간된 이 방대한 고전[137]의 출발이 되는 유명한 신화의 장면을 보자.

- (이탈리아) 네미의 성스러운 숲에 가지가 무성한 나무가 한 그루 서 있다. 그 주위를 무시무시한 사람 그림자가 낮에는 물론이고 밤늦게까지도 배회하고 있었다. 그는 바로 사제였다. 또한 살인자

---

136 이민용, 「신화와 문화 콘텐츠 : 게르만 신화와 영화 〈지옥의 묵시록〉을 중심으로」,《헤세연구》제18집, 한국헤세학회, 2007.

137 저자는 완간 이후에도 세계적으로 유사 사례들을 수집하여 책을 보강하였는데, 그 결과 1937년에는 13권이 되었다. 양이 너무 방대하기 때문에 별도로 축쇄본을 만들었다. 현재 우리가 쉽게 접할 수 있는 것은 이 축쇄본으로, 이 또한 맥밀란 판(1922년)과 옥스퍼드 판(1994년)의 두 종류가 있다.

이기도 했다. 지금 그가 경계하고 있는 상대는 조만간에 그를 죽이고 그의 뒤를 이어 사제가 될 사람이었다. 이것이 성소의 관례였다. 자신이 사제가 되고 싶으면 현재의 사제를 죽여야만 했다. 전임자를 죽이고 사제가 된 사람도 언젠가는 자기보다 강하거나 교활한 사람에게 죽임을 당하는 것이 그들의 운명이었다. 사제는 이 불안정한 지위에 있는 동안 왕의 칭호를 얻게 된다. 그렇지만 이토록 불안정하고 악몽에 시달렸던 왕들은 그 이전에도 이후에도 다시 없을 것이다. 해가 바뀌거나 계절이 바뀌어도, 맑은 날이나 흐린 날이나 그는 오직 혼자서 자기를 지켜야 하며 잠깐의 선잠도 목숨과 직결되었다.[138]

프레이저는 사제-왕 풍습이 비단 이탈리아뿐만 아니라 세계적으로 널리 퍼져 있는 풍습이며, 예부터 그것이 원시인들의 믿음과 깊이 관련되어 있음을 밝혀냈다. 그에 따르면, 원시인들은 평소 부족의 사제이자 왕인 사제-왕을 숭배하지만 그가 병들고 노쇠하면 살해한다. 그것은 사제-왕이 왕국의 번영과 풍요와 직결되어 있다고 믿었기 때문이다. 즉, 사제-왕이 늙거나 병이 들면 왕국에도 불길한 기운이 넘쳐, 사람과 가축이 죽어버리고 곡식의 수확량도 형편없이 떨어지게 된다. 백성들은 이러한 일을 예방하기 위해 사제-왕의 생명력이 다하기 전에 새로운 사제-왕, 즉 혈기왕성한

138 제임스 조지 프레이저 저, 이경덕 역, 『그림으로 보는 황금가지』, 까치, 1995. p.32.

황금가지(터너의 그림)

새로운 사제-왕을 뽑는 절차를 시작하게 되는 것이다. 물론 기존의 사제-왕도 전에 또 다른 사제-왕을 살해하고 그 자리에 올랐던 만큼, 때가 되면 운명을 직감하고 다가오는 죽임의 그림자를 뜬눈으로 지킬 수밖에 없다.

〈지옥의 묵시록〉에서는 커츠 대령이 바로 사제-왕이다. 그는 스스로 세운 왕국에서 무소불위의 권력을 휘두르지만, 늘 불안하다. 어떤 권력도 진정한 자유를 안겨주지 못한다는 사실을 잘 알고 있기 때문이다. 나아가 필멸의 인간으로서 진정한 자유를 얻는 유일한 길은 결국 죽음밖에 없다는 사실도 잘 알고 있기 때문이다. 윌라드는 긴 항해 끝에 커츠의 왕국에 도착한다. 첫 만남에서 커츠는 윌라드에게 말한다.

"진정한 자유를 생각해 본 적이 있나? 그건 타인뿐만 아니라 자기 자신으로부터도 자유롭지."

이 장면은 『황금가지』에서 신구 사제-왕의 만남을 상징한다. 커츠는 윌라드가 찾아온 목적을 너무나 잘 알고 있다. 그것은 죽음인 동시에 해방이었다. 그는 새로운 사제-왕에게 자신이 터득한 진리를 알려주어야 할 의무를 느낀다.

"넌 날 살인마라고 부를 권리는 없어. 날 죽일 권리는 있지. 그럴 권리는 있어. 그러나 날 심판할 권리는 없어. 공포의 의미를 알지 못하는 자들에게 필요한 것이 무엇인지 말로 설명할 수가 없어. 공포, 공포는 얼굴이 있지……. 그러니 자네는 공포를 친구로 만들어야 하네. 공포와 도덕적 두려움이 자네 친구가 되어야 해. 그렇게 하지 못하면 무서운 적이 되고 말 걸."

커츠가 이렇게 생각하게 된 결정적인 사건은 앞서 언급한 예방주사 사건이다. 커츠의 부대는 마을에 들어가 어린이들에게 예방주사를 놔주고 떠난다. 그러자 잠시 후 한 노인이 헐레벌떡 달려온다. 노인을 따라 다시 마을로 돌아갔을 때 커츠는 눈앞에 벌어진 광경을 믿을 수 없었다. 베트콩들이 아이들의 팔을 잘라 탑을 만들었기 때문이었다. 커츠는 그때 그들이 지닌 가공할 위력에 무릎을 꿇는다. 아무런 양심의 가책도 느끼지 않고 저런 짓을 저지를 수 있는 사람들로 10개 사단만 거느리면 이 지긋지긋한 전쟁을 끝낼 수 있다고 확신하게 되는 것도 그때였다. 커츠가 숲으로 들어가 사제-왕이 되는 것은 필연적이었다.

숲에 도착한 윌라드는 커츠의 포로가 된다. 그렇지만 그에게는 여전히 달아날 기회가 주어진다. 선택은 그의 몫이었지만, 코폴라 감독은 그에게 새로운 사제-왕의 역할을 부여한다. 윌라드는 마음이 크게 흔들린다. 마침내 커츠는 윌라드에게 "자네가 이해했다면 이 일을 자네가 해주게"라고 부탁한다. 그 '일'이 무엇인지, 영화는 황소를 살해해 제단에 바치는 헌우(獻牛) 의식을 통해 비유적으로 보여준다. 커츠의 백성들은 가장 크고 훌륭한 황소를 골라 아름답게 장식한다. 그런 다음 세 명의 도살자가 춤을 추다가 동시에 일격을 가한다. 더없이 늠름하고 아름답던 황소는 어깻죽지에 커다란 칼이 박히면서 비명 한번 지르지 못한 채 무릎이 꺾인다. 이 잔혹한 장면이야말로 죽음의 본질이다. 그것은 끔찍하지만 동시에 신성하다.

도살자들의 칼이 살아있는 황소의 몸뚱이에 깊숙이 박히는 순간, 윌라드는 어둠 속에서 커츠를 살해한다. 크게 저항 없이 죽음을 받아들인 커츠의 입에서는 "공포! 공포!"라는 마지막 신음이 흘러나온다. 몰래 그 광경을 지켜본 한 소녀가 조용히 무릎을 꿇는다. 소녀는 그것이 신구 사제-왕이 교체되는 순간임을 직감했다. 커츠의 백성들 역시 침입자에 대한 복수 대신 경배를 택한다. 커츠의 죽음으로 인해 공동체는 새로운 생명력을 얻게 될 것이라

믿기 때문이었다.

사실, 감독은 영화 속 커츠 대령의 방에도 아예 프레이저의 책 『황금가지』를 놓아두고 있다. 『황금가지』를 이끌어가는 '사제-왕', 혹은 '숲의 왕' 모티프가 동시에 영화에서도 가장 중요한 모티프라는 점을 공공연히 밝히는 미장센이라 하겠다.

신중국의 사시공정

〈지옥의 묵시록〉은 우리 시대에 신화가 살아남는 방식을 보여준다. 즉, 신화는 매우 '정치적'인 방식으로도 살아남아 우리 시대에 필요한 질문을 던지기도 한다. 이 점과 관련하여 앞에서 다룬 바 있는 현대 중국의 서사시 문제를 다시 살펴볼 필요가 있다.

원래 중국에서는 서사시가 상대적으로 융성하지 못했다는 게 일반적인 견해였다. 그러나 이런 진술은 현시점에서는 더 이상 유효하지 않다. 중국은 현재 이와는 전혀 다른 시각을 공식적으로 채택하고 있기 때문이다. 즉, 오늘날 중국은 사시와 장편서사시가 많은 나라이다.

혼동을 피하기 위해서라도 사실을 분명히 할 필요가 있다. 앞서 서사시에 관한 한 중국이 풍부한 전승을 보이지 못한다고 했을 때, 이는 오직 한족에 국한된 진술이었다. 반면 오늘날 중국이 사시와 장편서사시가 풍부한 나라가 된 것은 중국 내 많은 소수민족을 '중국'의 이름으로 포함했기 때문이다. 1949년 신중국 건설 이후 '다민족 통일국가'의 기치를 내세워 56개 이상의 소수민족을 공식적으로 끌어안은 순간, 중국은 돌연 세계에서도 보기 드물 정도로 서사시가 풍부한 나라로 비약했다. 역사 이래로 한족은 이른바 중원의 진정한 주인임을 강조하면서 주변 민족을 업신여기고 무시했던 사정을 기억하면 천양지차가 아닐 수 없다. 그리하여 수천 년간 동이, 서융, 북적, 남만이라는 '오랑캐' 굴레 속에서 살아오던 주변의 이민족들은 갑자기 풍부한 서사시 문화를 제공한 공로를 인정받게 된 것이다. 예를 들어 중국은 2017년 현재 유네스코 인류무형문화유산에 39개를 등재시키고 있는데, 이중 위구르족의 무캄부터 조선족의 농악무에 이르기까지 상당수가 한족 이외의 이른바 소수민족의 문화유산이다. 서사시만 하더라도, 장족(티베트족)의 〈게세르〉(格薩爾), 키르기스족의 〈마나스〉(瑪納斯), 허저족(혁철족)의 〈이마칸〉(伊瑪堪) 등이 등재되었다.

중국은 특히 중국굴기[139]를 내세운 이래 소수민족의 서사시들을 적극적으로 발굴하는 작업을 전개하였는데, 그 과정에서 〈게세르〉, 〈마나스〉, 〈장가르〉(江格爾)를 중국 민족의 3대 서사시로 간주, 진작 '국가급 무형문화유산'으로 선정하는 것은 물론 대대적으로 연구 보급하기에 이르렀다. 그중 〈게세르〉와 〈마나스〉를 따로 유네스코 인류무형문화유산으로 등재한 것은 그런 작업들을

139 굴기(崛起)는 '몸을 일으킨다'는 뜻.

국제적으로 인정받기 위한 자연스러운 절차였다. 문제는 그 과정에서 마찰이 불가피했다는 점이다. 〈게세르〉는 티베트와 몽골 민족의 서사시이기 때문에 현재의 국경선으로 따진다면 중국내 신장위구르자치구에 주로 거주하는 장족이나 내몽골자치구에 주로 거주하는 몽골족에게도 분명히 중요한 문화유산인 것은 사실이다. 마찬가지 이유로 티베트 망명정부나 몽골 정부에게도 당연히 권리가 있다. 그러나 경제적 측면을 포함하여 문화유산의 중요성을 간파한 중국은 무서울 정도로 많은 공력을 기울여 〈게세르〉를 중국의 자랑스러운 문화유산으로 선점하는 데 성공했다.

- 영웅사시 〈게사르〉는 중화민족의 수많은 진귀한 보물 가운데 하나이다. 우리가 오늘 정선본을 출판하는 것은 바로 이 진귀한 보물을 계승하는 현실적 의의와 역사적 의의를 지닌다. 우리가 편찬하는 정선본에는 중국 작풍과 중국 기백이 반드시 갖춰져서, 티베트 인민들과 중국의 각 민족 인민들이 즐겁게 보고 듣도록 하여야 한다.[140]

이쯤 되면 적어도 중국내 소수민족으로서 장족은 자신들의 〈게세르〉를 '중국 작풍과 중국 기백'의 관점에서 다시 읽고 읊어야 하

---

140 降邊嘉措, 「티베트어판 〈게사르〉 정선본 출간에 즈음한 감회」. 전보옥, 「티베트 서사시 〈게사르〉에 대한 중국의 연구 동향」(《중국어문학논집》 제51호, 중국어문학연구회, 2008. p.661) 에서 재인용.

는 새로운 의무가 생긴 셈이다.

〈마나스〉의 경우는 문제가 더 심각했다.

유목 생활을 하는 키르기스인들은 서사시 〈마나스〉에 대해 대단한 자부심을 갖고 있었다.[141] 무엇보다도 〈마나스〉는 키르기스 문화를 대변하는 정신의 백과사전이라는 것. 그런 만큼 이 작품은 1991년 소련의 해체 이후 새롭게 국가를 건설하는 과정에서도 매우 중요한 역할을 수행했다. 키르기스스탄은 80여 개 민족으로 구성된 다민족 국가인데, 그중 키르기스인(72.6%), 우즈벡인(14.4%), 러시아인(6.4%)의 비중이 크다. 그밖에도 독일인, 카자흐인, 타타르인, 위구르인, 터키인 등이 있으며, 연해주에서 이주한 고려인도 2만여 명이 거주한다. 당연히 언어도 다양할 수밖에 없는데, 현재 키르기스어와 러시아어가 공용어로 지정되어 있다. 종교는 이슬람교의 비중이 가장 커서 80%이며, 러시아 정교가 17%, 나머지 3%가 소수종교이다. 키르기스스탄의 경우 독립과 더불어 새로 확정된 국경 내 이처럼 다양한 민족, 언어, 종교 등을 망라해 '키르기스공화국'의 깃발 아래 국민들을 하나로 묶는 작업이 절실했다. 이때 서사시 〈마나스〉는 가장 확실한 정신적 구심점 역할을 했다. 소비에트 체제를 거쳐 오는 동안에도 〈마나스〉에 대한 집단적 기억은 조금도 훼손당하지 않았기 때문이다. 당연히 〈마나스〉는 키

---

141 〈마나스〉에 대해서는 김남일·방현석 공저, 『백 개의 아시아(2)』(아시아, 2014. pp.187~199.)를 참고할 것. 아울러 양민종, 「마나스, 영웅의 탄생」, 『알타이 이야기』, 정신세계사, 2003. 참고.

르기스 민족의 유산일 뿐만 아니라 신생국가 키르기스스탄이 내세울 수 있는 가장 자랑스러운 보물이었다.

서사시의 내용은 키르기스 민족의 역사를 반영한다. 키르기스 민족은 예부터 동서의 문명이 교차하고 러시아, 페르시아, 터키, 아랍, 중국 등과 같은 강대국 사이에 끼어 있는 지리적 조건 때문에 민족의 독립을 확보하는 일이 무척 힘들었다. 영웅 마나스는 그런 막대한 임무를 수행한 인물이었다. 그가 실존인물인지 아닌지를 두고 논란이 많지만, 분명한 것은 오늘날 절대적으로 많은 키르기스인에게 마나스는 신에 가까운 이미지와 지위를 차지하고 있는 영웅이자 아버지라는 사실이다.

그러나 놀랍게도 〈마나스〉를 유네스코 인류무형문화유산으로 공식화한 것은 키르기스스탄이 아니라 중국이었다. 중국은 2008년부터 마나스 국제문화축제를 개최했고, 이어 2011년에는 마나스 연구센터를 설립하는 등 〈마나스〉에 중국 국적을 부여하기 위한 노력을 대대적으로 전개했다.[142] 특히 중국 신장웨이우얼 자치구에 사는 키르기스인 마나스치[143]이자 역사가인 주습 마마이(1918~2014)는 키르기스스탄에 전해지는 바 〈마나스〉 3부작을 넘어 모두 8대에 걸친 영웅의 일대기를 구송했다. 무려 23만여 행에 이르는 그의 구송본은 중국에서 1984년부터 1995년까지 키르기

---

142 박성혜, 「중국의 유네스코 무형문화유산에 대한 초탐」, 《로컬리티 인문학》 제12호, 부산대학교 한국민족문화연구소, 2014.
143 연주 없이 〈마나스〉를 구송하는 전문 예인.

스어로 정리되어 총 8부 18권의 책으로 출판되었다. 중국은 이것이 세계에서 가장 긴 서사시라고 주장할 확실한 근거를 지니게 된 셈이다. 중국에서 〈마나스〉 채록 작업은 처음 1950년대 말에 시도되었지만, 문화혁명 때 한동안 중단되었다. 그 후 채록 작업을 본격화하여, 주숩 마마이를 포함 80여 마나스치의 창본을 모두 합해 100만 행 가량 수집했다. 2004년에는 〈마나스〉의 중국어 번역 작업을 시작하여, 마침내 2009년에 제1부 4권을 인쇄했고, 현재 후속 출판 작업도 진행 중이다.[144] 중국은 이런 노력들을 통해 〈마나스〉가 (키르기스스탄이라는 '국가'가 아니라) 키르기스 '민족'의 위대한 문화유산이라는 사실을 애써 강조하며, 마침내 2009년 유네스코 등재에 성공했다. 서남공정과 서북공정, 그리고 동북공정을 통해 타민족의 민족문화를 쓸어 담으려는 중국의 행보는 〈게세르〉에 이어 〈마나스〉마저 '중국 3대 서사시' 중 하나로 만들어 버린 것이다. 가히 '사시공정'이라고도 할 수 있을 것이다.

신생국 키르기스스탄 '국민'들의 심정은 어떠했을까. 〈마나스〉가 인구 186,708명(2010년)의 중국 내 키르기스인들의 문화유산이기도 한 것은 사실이지만, 그렇다고 그것이 '중국'의 문화유산으로, 그것도 세계만방에 그런 식으로 알려지자 548만 명(2010년) 키르기스스탄 국민들이 받은 충격은 실로 엄청났다. 이는 〈아리

---

144 梁真惠, 史诗《玛纳斯》的国内外"采录"综述, 昌吉学院学报 2012年 第1期. ; 王宝龙, 柯尔克孜族英雄史诗《玛纳斯》研究综述, 新疆艺术学院学报 2010, 08(2) 등 참고.

랑〉이 중국 내 조선족의 문화유산이라는 이유로 유네스코 인류무형문화유산 목록에 중국산 이름을 달고 등재되는 경우를 상정해 보면 쉽게 이해할 수 있을 것이다. 다행히 키르기스스탄은 뒤늦게나마 2013년 〈키르기스인의 3부작 서사시: 마나스, 세메테이, 세이테크〉라는 이름으로 제 몫의 〈마나스〉를 인류무형문화유산으로 등재할 수는 있었다.

신화의 악몽, 악몽의 신화

신화와 정치를 말할 때 결코 빠뜨려서는 안 되는 현대의 '신화'가 있다. 어쩌면 신화와 정치는 거기서 시작하고 거기서 끝나는 것인지도 모른다. 그것은 바로 나치즘이며, 나치즘의 신화이다. 독일의 철학자 아도르노는 나치를 피해 조국을 떠난 망명 지식인으로서 스스로 전에 없이 심각한 질문을 던진다.[145]

"도대체 이렇게 말도 안 되는 일이 어떻게 가능했는가."

그는 반유대주의의 비합리성이 어떻게 계몽된 문명을 대변하던 독일 사회를 총체적으로 지배하는 게 가능해졌는지 의문을 던진 것이다. 그에 따르면, 나치즘은 서양의 역사에서 어쩌다 일어난 불행한 돌연변이가 아니었다. 그는 오히려 그것이 문명에 내재한

---

145 이하 아도르노와 카시러의 신화 해석에 대해서는, 이종하, 「아도르노와 카시러의 나치 분석」(《헤겔연구》 17호, 한국헤겔학회, 2005)을 많이 참고했다.

히틀러가 구상했던 세계수도 게르마니아 모형

필연적 파괴의 경향성을 반영하는 것이라고 생각했다. 문제는 그 경향성이 어디서 비롯되는가를 추적하는 일이었다. 그는 그것을 지배적인 이성 자체의 본질과 그 이성의 이미지에 상응하는 세계의 본질로부터 추론했다. 서구의 역사를 볼 때, 자연의 지배를 통해 인간의 해방을 가져오는 데 결정적으로 기여한 인간의 이성은 점차 (다른) 인간과 자연에 대한 자신들의 지배와 억압을 정당화하기 위한 합목적적 도구로 전락한다. 나치는 바로 이러한 '도구적 이성'의 정확한 대변자였다.

파시스트들은 극복된 줄 알았던 자연이 여전히 우리를 위협하고 있다고 주장했다. 통일된 구호, 경례, 복장, 깃발, 북소리 등은 원시시대의 주술행위를 재현하는 일에 다름 아니며, 이를 통해 공포를 극대화시킨다. 차이는 용납되지 않는다. 그들은 자신들의 주체적 미성숙함을 보상해줄 희생물(타자)을 적극적으로 찾는데, 유대인은 가장 손쉽고 훌륭한 먹잇감이었다. 하지만 그 차이는 언제든 바뀔 수 있다. 유대인 다음에 집시가, 그 다음에 다시 구교도가, 그 다음에 다시 흑인이 비합리성의 목표가 될 수 있는 것이다.

에른스트 카시러는 나치 치하를 공포 속에 산 경험을 지녔다. 그 경험은 나치즘이 어떻게 신화적 사유와 연결되는지, 그로 하여금 끈질기게 그 필연성을 추적하게 만들었다. 이런 의미에서 그도 신화에 대해 처음부터 부정적인 생각을 갖고 있었다. 그에게 신화는 인간의 깊은 정동(情動)에서 기원하기 때문에 정신적으로도 미숙

한 상태를 반영한다. 그런데 현대 문명의 한복판에서 인간은 어느새 그 시절의 야만과 혼돈으로 회귀할지도 모르는 위험에 노출되어 버렸다는 것이다. 구체적인 예로서 카시러는 20세기 초반의 독일 사회를 든다. 거기에서는 신화가 사회적으로 불안을 조장하여 이성에 의한 도덕적 의사결정 대신 정서적으로 지배된 감정공동체를 만들어내는 정치적 기능을 수행한다는 것이다. 그것을 이끄는 나치 지도자들은 결국 원시사회의 마법사나 주술사와 다르지 않다. 차이가 있다면 오직 얼마나 세련되었는가 하는 정도의 차이일 뿐이다.[146]

- 신화적 괴물은 완전히 파멸되지 않았다. 그것들은 새 우주의 창조에 사용되었고 또 아직도 이 우주 속에 살아남아 있다. 신화의 여러 가지 힘은 우월한 세력들에 의하여 저지되고 진압되었다. 이 지적 윤리적 및 예술적 세력들이 충만한 힘을 가지고 있는 동안은 신화가 눌리고 진압된다. 그러나 일단 이것들이 그 힘을 잃기 시작하면 혼돈이 다시 온다. 이때 신화적 사고는 다시금 일어나 인간의 문화적 및 사회적 생활의 전면에 가득 차게 된다.[147]

카시러는 신화에 대해 철저히 비판적이었다. 하다못해 '진압'이

146 에른스트 카시러 저, 최명관 역, 『국가의 신화』, 창, 2013.
147 에른스트 카시러 저, 최명관 역, 『국가의 신화』, 창, 2013. p.405.

라는 말까지 썼다. 그런 입장에서 볼 때, 나치즘은 완전히 파멸되지 않았던 '신화적 괴물'이었다가 20세기에 다시 출현한, 말 그대로 신화의 악몽, 악몽의 신화인 셈이다.

그럼에도 불구하고 비판의 당사자들에게 신화는 여전히 정치적 유용성이 있었다. 히틀러는 어린 시절 보았던 바그너 음악극의 충격을 평생 잊지 않았다. 그는 제1차 세계대전의 패전으로 인해 막대한 부채를 짊어지게 된 독일 국민들에게 '니벨룽겐의 보물'을 약속했다. 신화는 고달픈 생을 일거에 뒤바꿔 줄 행운의 주사위가 된 것이다. 히틀러의 뜻을 정확히 읽어낸 괴벨스라든지 히틀러 같은 이들이 게르만 신화의 현대화 작업을 늦출 이유가 없었다.

사실 기독교가 수용된 이후 게르만 신화는 거의 소멸했다. 유일신을 믿는 기독교는 게르만 신화의 판테온에 내줄 방이 없었다. 그래서 게르만 신화는 꽤 오랫동안 그저 과거의 유산 정도로 취급되었다. 그러다 프랑스혁명과 나폴레옹전쟁을 전후하여 독일 통일에 대한 열망이 커지자, 게르만 신화에 대한 관심도 증대되었다. 이에 따라 18~19세기 낭만주의자들은 게르만 신화와 영웅설화를 열정적으로 수집하고 연구했다.[148] 이 소재는 예컨대 바그너의 오페라에서 종합예술의 형태로 집대성되었다. 그는 〈니벨룽겐의 반지〉라는 제목으로 일련의 오페라를 구상하는데, 제1부 '라인

---

148 안인희, 『게르만 신화·바그너·히틀러』, 민음사, 2004. p.299. ; 라이너 테츠머 저, 성금 숙 역, 『게르만 신화와 전설』, 범우사, 2002. p.658. 참고.

의 황금'이 1869년 뮌헨에서, 제2부 '발퀴레'가 1870년 역시 뮌헨에서, 제3부 '지그프리트'는 1876년 바이로이트에서, 마지막 제4부 '신들의 황혼' 역시 같은 해에 바이로이트에서 초연되었다. 관중들은 그의 오페라에 열광했다. 무대 위 탐욕스러운 난장이 니벨룽족은 유대인을 연상시켰다. 물론 유대인들은 바이로이트 극장에 출입하는 일조차 쉽지 않았다. 히틀러는 열두 살 때 린츠에서 그의 오페라 〈로엔그린〉을 처음 보고 엄청난 감동을 받았다. 훗날 자서전 『나의 투쟁』에서도 "나는 일격을 당했다"고 쓸 정도였다. 바그너 생전에 두 사람은 한 번도 만난 적이 없었지만, 히틀러는 바그너를 평생 자신의 정신적 멘토로 간주했다.

제1차 세계대전 이후 베르사유 조약이 체결된 이후 패전 독일은 게르만 신화의 부활을 위한 모든 조건을 충족시켰다. 전 세계적으로 몰아닥친 대공황의 여파는 특히 막대한 전쟁 배상금으로 허덕이고 있던 독일 경제를 뿌리째 뒤흔들었다. 기업들이 줄지어 도산하고, 실업자 수는 무려 6백만에 이르렀다. 이런 상황에서 새롭게 발굴된 게르만 신화와 영웅전설은 강력한 지도자에 대한 열망을 고조시켰고, 나아가 민족주의와 인종주의를 고양시키는 데에도 결정적인 역할을 했다.

특히 히틀러의 오른팔 히믈러가 이런 부활 프로젝트에 앞장섰다. 예컨대 나치의 상징 하켄크로이츠는 고대 게르만 민족의 룬 문자에서 따왔다. 히믈러는 친위대원들을 게르만 신화의 기사들로 간주했고, 그들에게 토르의 번개를 연상시키는 문장(紋章)을 부여했다. 한 걸음 더 나아가 그는 게르만 신화를 전문적으로 연구하는 고고학 기관을 설립했다. 1935년 조그만 정부기구로 출발한 아흐네네르베(Deutsches Ahnenerbe)라는 조직이 그것인데, 독일의 유산을 연구하고 국민에게 민족정신을 고양하고 아리안의 우수성을 계몽한다는 목적을 내세웠다. 나중에는 산하에 무려 50개의 부서를 두고 연간 1백만 제국마르크를 쓸 만큼 비대해졌다. 아흐네네르베의 업무는 인도게르만 언어 예술연구, 문화 지형학 연구는 물론 신앙, 법학, 민속학, 신화, 룬 문자, 건축, 인종학, 동양학 등에 이르는 방대한 것이었다. 그러나 실제 학문적 성과는 미비할 수밖에 없었다. 아흐네네르베는 주로 룬 문자와 게르만 송가 연구에 초점을 맞추었다. 이런 연구들을 통해 독일인들의 민족정신과 인종적 우수성을 고취시킬 수 있다고 믿었기 때문이다. 이에 기대면, 예를 들어 유대교는 수천 년이나 구세주를 기다리는 나약함을 보이는데, 게르만 신화는 다른 무엇에 운명을 걸기보다 스스로 역경을 헤쳐 나가는 독일인의 자부심을 대변한다. 아흐네네르베는 영화 〈인디아나 존스〉에서 사사건건 인디아나 존스의 발굴 작업을 방해하는 독일의 멍청하고 사악한 고고학 연구소로 재현되었다.

근 2백일에 걸친 스탈린그라드 전투가 막바지를 향해 치닫고 있던 1943년 1월 31일, 독일군 사령관 괴링은 새삼 〈니벨룽겐의 노래〉에 빗대어 전사한 병사들을 영웅으로 치켜세웠다. 그러나 이미 이런 따위 '게르만의 혼'을 강조해서 뒤집을 수 있는 전황이 아니었다. 이튿날, 독일군 사령관 파울루스는 무조건항복을 선언했다. 〈니벨룽겐의 노래〉에 나오는 부르군트 용사 폴커의 투구를 본뜬 철모를 쓴 독일군은 무려 9만 1천 명이 포로가 되었다. 지금도 독일 사람들은 〈니벨룽겐의 노래〉를 떠올리면 인상을 찌푸린다고 한다. 다만 그 이유는 스탈린그라드의 악몽을 떠올린다든지 해서가 아니라 학창 시절 고어사전을 붙들고 씨름하던 기억이 떠오르기 때문이라고.[149] 어쨌거나 나치가 저지른 이 일련의 야만적 행위로 인해 유럽에서는 1945년 이후에도 꽤 오랜 기간 게르만 신화를 언급하는 것조차 꺼리는 지적 분위기가 이어졌다.

149 도키 겐지 외 저, 오근영 역, 『성서 문학과 영웅 서사시』, 웅진 지식하우스, 2009. p.99.

제9부

새로운 인문학으로서의 신화

그렇다면 신화는 인류에게 어떤 도움을 주는가. 그것은 여전히 실제적인 이득을 안겨주는가. 최소한 우리는 신화로부터 무엇을 배울 수 있는가. 특히 인문학이 전에 없이 중요성을 요청받는 우리 시대, '신화의 인문학'이 과연 어떻게 가능할 것인가.

신화, 악몽에서 벗어나기

거듭 확인하는 바이지만, 신화는 까마득한 시절의 허무맹랑한 이야기도, 시대에 한참 뒤떨어진 고리타분한 이야기도 아니다. 그럼에도 신화에 대한 편견은 뿌리가 깊고 질기다. 심지어 혹세무민의 도구라는 비판도 만만치 않다. 플라톤을 통해 이미 살폈듯이, 신화에 대한 이런 낙인은 역사시대로 접어들면서 공공연한 혐의로 굳어졌는데, 근대에 이르러서는 신화에 대한 편견도 훨씬 세련되고 '근대화'되기에 이른다.

독일의 사회학자 막스 베버는 아예 주술에서 벗어나는 것, 즉 탈주술화(독 Entzauberung)에서 근대가 시작된다고 말했다.[150] 그의 뜻은 간단했다. 개명 천지에, 세계의 배후나 밑바탕에 무엇인가 신비하고 초자연적인 힘이 존재한다고 더는 믿을 수 없다는 것. 따라서 근대적 인간이란 외부의 그런 무엇인가 비밀스러운 힘에 휘둘리거나 이끌리는 존재가 아니라는 것. 그렇기는커녕 세계와 대상을 스스로 합리적인 '계산'을 통해 지배하는 존재라는 것.

그런데 베버보다 조금 뒤에, 같은 독일의 유대인 출신 미학자 발터 벤야민은 근대에 대해 전혀 다른 해석을 내린다.[151] 그 역시 기본적으로 신화에 대해 적대적이다. 첫째, 세계에 대한 합리적 이해를 가로막으며 참된 지식의 저편에 자리 잡고 있기 때문이다. 둘째, 신화 속에서 인간의 삶은 스스로 결정하고 통제할 수 없는 운명과 신의 변덕에 지배되기 때문이다. 그런데 그는 신화와 반대편에 있다는, 즉 스스로 합리주의적 이성의 성채임을 주장하는 자본주의 사회(에서 작동하는 산업화)가 베버가 말하는 바 탈주술화의 증거이기는커녕, 오히려 세계를 다시금 주술에 걸어놓는다는 데 주목한다. 즉, 한때 사라져버린 줄 알았던 신화의 파괴적인 에너

---

150 이하, 막스 베버 저, 김현욱 역, 「직업으로서의 학문」, 『프로테스탄티즘 윤리와 자본주의 정신』, 동서문화사, 2009. pp.239~240. ; 진태원, 「진태원의 다시, 변혁을 꿈꾸다-정치적인 것의 사상사 : 1-1. 막스 베버: 근대성에 갇힌 러시아 혁명」, 《한겨레신문》 2014년 1월 19일자 참고.

151 특히 그램 질로크 저, 노명우 역, 『발터 벤야민과 메트로폴리스』, 효형출판, 2005. ; 발터 벤야민 저, 조형준 역, 『파리의 원풍경』, 새물결, 2008.

지는 새로운 파장으로 현대 사회에서도 세력을 떨친다는 것.

그 대표적인 사례가 대도시였다. 19세기 말 유럽의 대도시에 흠뻑 매료되었던 벤야민은 그곳들이 또 다른 의미에서 신화와 상품 숭배의 장소라는 진단을 내렸다. 19세기 유럽의 수도 파리, 그 중에서도 유리천장에 덮여 비가 오나 눈이 오나 상관없이 (진정한 사용가치 대신) 교환가치(나아가 전시가치)를 선보일 수 있었던 '파사주'(=아케이드)가 바로 그런 환상 공간의 가장 대표적인 사례였다. 파사주는 새로운 '시대의 꿈'을 대변하며, 현실을 뛰어넘어 사람들을 환각, 환영, 몽상으로 이끄는, 한마디로 초현실적 전망대였다. 문제는, 파사주가 이끄는 유행, 늘 최신만을 추구하는 유행이 실은 '동일자의 영겁회귀'라는 고대의 신화적 모티프를 반복할 뿐이라는 데 있었다. 예를 들어 파사주는 그 앞을 느릿느릿 지나가는 산보객 앞에 늘 새로운 유행과 신상품을 선보이지만, 따지고 보면 상품생산의 세계 자체, 그로부터 비롯하는 소외는 전혀 새로울 게 없다. 산보객은 자기가 상품을 감상하는 게 아니라, 자신의 노동, 그리고 그로부터 소외된 자신을 감상하는 셈이다. 게다가 시시포스의 신화가 보여주듯 인간의 노동은 끝없는 무위를 반복할 뿐이다. 파사주 앞을 어슬렁거리던 산보객은 새삼 시간의 주술을 깨닫는다. 해 아래 새로운 것은 없다!

"헛되고 헛되며 헛되고 헛되니 모든 것이 헛되도다."(전1:2)

이쯤에서 인간은 끝을 향하여 매 순간 새로운 삶을 경험하며 앞으로 나아가는 (목적론적) 존재가 아니라, 결국 유한 속에서 무한을 재현하고 반복하는 (순환론적) 존재에 불과하다.

그렇다면 근대는 이 물신(物神)의 파사주를 어떻게 할 것인가. 니체가 간파했듯이, 인간의 삶에는 어떤 목표도 의미도 주어져 있지 않으며, 그런 허무의 상태가 영원히 반복되는 것이 삶의 실상이라면? 하지만 동시에 니체의 '초인'(독 Übermensch)은 자신의 운명이 영원한 순환의 고리 속에 갇혀 있다는 걸 알고서도, 결코 그 자리에서 주저앉지 않는다. 징징거리며 울지도 않고, 자신을 돌봐줄 신을 찾지도 않는다. 신 같은 것은 허무주의를 은폐하려는 약자들의 변명, 거짓 이데올로기에 불과하다! 그는 대신 '권력에 대한 의지'를 불사르며, "뭐, 이게 삶이었다고? 좋다! 그렇다면 어디 한 번 붙어보자!"하고 당당하게 외치는 것이다.

  - 인간의 위대함은 그가 다리[橋]일 뿐 목적이 아니라는 데 있다. 인간이 사랑스러울 수 있는 것은 그가 건너가는 존재이며 몰락하는 존재라는 데 있다.[152]

그러나 벤야민은 그런 종류의 초인이 아니었다. 그는 나치의 군홧발을 피해 달아나다가 피레네 산맥에서 스스로 목숨을 끊었다. 돌이켜보건대, 벤야민은 순진했다. 그는 신화를 극복하기 위해(즉,

152 프리드리히 니체 저, 장희창 역, 『차라투스트라는 이렇게 말했다』, 민음사, 2004. p.19.

나치의 신화를 극복하기 위해) 새삼 동화를 꺼내 그것으로 위안을 삼았다. 그는 "신화가 우리들 가슴에 가져다 준 악몽을 떨쳐버리기 위해 인류가 마련한 가장 오래된 조치 방안"[153] 중 하나가 동화라고 믿었다. 즉, 그는 물신의 마법을 푸는 것은 역설적으로 '마법'(=주술)을 통해서만 가능하다고 주장하는데, 이때 그는 기본적으로 반신화적 성격을 지닌 '변증법적 동화'의 가치와 역할에 크게 기대를 거는 것이다.

- 〈오디세이〉는 그야말로 신화와 동화를 갈라놓는 문턱에 서 있다. 이성과 간계는 신화 속에 술책을 집어넣었다. 이로써 신화는 그 무적의 힘을 상실하게 된 셈이다. 동화는 바로 이러한 신화의 위력들을 이겨낸 승리에 관한 전래된 얘기이다.[154]

이쯤에서 우리는 귀를 막음으로써 세이렌의 유혹을 이겨낸, 꾀(간계)와 용기를 동시에 지닌 오디세우스를 새롭게 바라볼 수 있게 되는 것이다. 꾀는 〈토끼의 간〉 같은 동화의 영역에 속하고, 용기는 당연히 근엄한 영웅들이 즐비한 신화의 영역이다. 두 개념은 서로 배척하는 것처럼 보인다. 하지만 변증법적 동화는 이 이항대

---

153 발터 벤야민 저, 반성완 역, 「얘기꾼과 소설가」, 『발터 벤야민의 문예이론』, 민음사, 1983. p.187.
154 발터 벤야민 저, 반성완 역, 「프란츠 카프카」, 『발터 벤야민의 문예이론』, 민음사, 1983. pp.69~70.

립을 동시에 구비한 새로운 반(反)영웅으로서 '트릭스터'를 우리 앞에 선보인다. 특히 민담의 세계에서 이들은 매우 다양하게 존재한다. 당나귀를 거꾸로 타고 다니면서 부자들을 약 올리는 중앙아시아 평원의 알다르 호제, 걸핏하면 왕을 골려먹는 라오스의 시앙미앙, 번번이 악어를 놀려대는 필리핀의 쥐사슴 필란독, 이슬람의 괴짜 현자 나스레딘 호자 등등. 한 가지 공통점이 있다면, 풍자와 해학을 무기로 지배자의 배타적 영역까지 거침없이 넘나드는 이들의 존재가 설화의 세계를 놀랍도록 풍성하게 만든다는 점이다.

신화의 세계에서도 이미 이들의 독특한 존재를 확인한 바 있다. 그들은 특히 인문학적으로 신화를 읽고자 하는 우리의 시도에도 자못 신선한 활력을 보태 준다.

문지방과 거품: 상식의 전복

"거품이 빠지다." "거품경제" 등 '거품'은 대개 부정적인 의미로 쓰이지만, 신화에서는 전혀 다른 의미를 지니는 경우가 적지 않다.

크로노스는 아버지 우라노스의 남근을 거세해 바다에 내던졌다. 그 남근이 오랫동안(일설에는 수백 년) 바다 위를 떠돌다가 문득 흰 거품이 일며 거기서 사랑과 미의 여신 아프로디테가 태어난다. 거품이 자궁 구실을 한 것이다. 만주족의 창세신화 『천궁대전』에 따르면, 하늘의 최고여신 아부카허허가 원시의 바다에 물거품을 일게 했는데, 개구리 알처럼 생긴 그것들이 점점 많아지고 커지다가 한데 엉겨서 커다란 공 모양으로 변해 거기서 여섯 명의 거인이 탄생한다. 그들이 만주족의 시조들이었다.[155] 거품이 생명과 관련이 있음을 말해준다.

인도 신화에는 거품에 얽힌 또 다른 종류의 이야기가 전해온다.[156]

- 천둥신 인드라는 신들의 세계에서도 막강한 위력을 자랑했다. 그는 움직이는 땅을 고정시키고, 돌아다니는 산들을 붙박았으며, 구름에서 불을 일으켰다. 하지만 아수라의 왕 브리트라와의 대결에서는 번번이 패배의 굴욕을 맛보았다. 한번은 브리트라가 아예 인드라를 삼켜버리기도 했는데, 다른 신들이 브리트라로 하여금 하품을 하게 하여 가까스로 밖으로 나올 수 있었다. 인드라는 견디다 못해 최고신 비슈누를 찾아갔다. 도움을 요청하자, 비슈누는 일단은 화해를 하라고 권고했다. 인드라는 할 수 없이 다른 신들과 함께 브리트라를 찾아갔다. 완강히 거부하던 브리트라가 마침내 평화협정에 동의하면서 조건을 내걸었다.

"앞으로 나무나 돌 어떤 것으로도 나를 해쳐서는 안 된다. 물에 젖은 것이든 마른 것이든 안 된다. 낮이든 밤이든 공격해서도 안

155 김재용, 이종주 공저, 『왜 우리 신화인가』, 동아시아, 2004. p.30.
156 심재관, 「거품, 어스름, 그리고 해변 : 인도 신화 속에 나타난 신들의 속임수와 경계성」,
《인도철학》 제31집, 인도철학회, 2011. pp.12~13. 참고.

된다."

인드라가 수락했고, 브리트라는 즉시 싸움을 멈췄다. 그러나 인드라는 그동안 당한 굴욕을 결코 잊을 수 없었다. 어느 날 땅거미가 뉘엿뉘엿 지는 바닷가에 서 있는 브리트라가 눈에 들어왔다. 기발한 생각이 뇌리를 스쳤다. 그는 최고신 비슈누더러 거품 속에 들어가 달라고 기도했다. 비슈누가 응하자, 인드라는 그 거품을 브리트라를 향해 힘껏 던졌다. 브리트라가 맥없이 쓰러졌다.

"하필이면 낮도 아니고 밤도 아닌 저녁 어스름에, 나무도 돌도 아니고, 그렇다고 젖은 것도 마른 것도 아닌 고작 이 하얀 물거품 때문에 내가 죽다니!"

천하의 브리트라인들 어쩔 도리가 없었다. 인드라가 얄밉기는 하지만 약속을 어긴 건 아니었기 때문이다.

인드라의 무기는 황혼녘의 한낱 '거품'에 지나지 않았다. 하지만 그것은 브리트라의 전제조건들을 무력화시켰다. 따라서 이 신화에서 중요한 무기는 이것도 저것도 아닌 것, 즉 '경계' 그 자체라고 할 수 있다. 황혼의 어스름은 낮과 밤의 경계인데, 우리가 흔히 '늑대와 개의 시간'이라고 부르는 때가 바로 그 시간이다. 그때 지는 해를 등지고 산에서 내려오는 늑대는 개와 쉽게 구별이 가지 않기 때문이다. 어떤 이들은 그 시간을 아예 마법이 작동하는 시간이라고도 한다. 또 거품은 나무도 돌도 아니고, 마른 것도 젖은 것도 아니다. (실제 그런지는 잘 모르겠지만.) 거품 역시 경계에 있는 것이다.

나라심하는 인도 신화의 최고신 비슈누의 네 번째 아바타로 반은 사람이고 반은 사자의 형상을 하고 나타난다. 그런데 나라심하가 아들까지 죽이려드는 악귀 히란야카시푸를 처치하는 방식은 앞서 브리트라와 싸울 때 인드라가 사용한 방식과 동일하다는 것을 알 수 있다. 즉, 비슈누는 히란야카시푸가 브라흐마로부터 받은 은총을 훼손하지 않고도 자기를 독실하게 믿는 신자의 기도에 응답해줄 수 있었다.

"어떤 신이든 인간이든 동물이든 너를 죽일 수 없다. 문 안에서나 밖에서나 너를 죽이지 못할 것이다. 낮이나 밤이나 죽일 수 없고, 어떤 무기나 연장으로도 죽일 수 없다."

하지만 나라심하는 인간도 아니고 신도 아니었고, 때는 낮도 밤도 아닌 황혼녘이었고, 장소는 문 안도 문 바깥도 아닌 문지방이었다. 게다가 그는 어떤 무기도 연장도 사용하지 않았다. 이빨은 무기도 연장도 아니었기 때문이다. 결국 기고만장하던 히란야카시푸는 나라심하에게 죽임을 당하고 만다.

이런 종류의 신화가 주는 의미는 도대체 무엇일까. 속임수를 쓰라는 것일까. 사실 속임수와 지혜는 종이 한 장 차이일 때가 많다. 이 두 신화가 말장난을 하는 게 아니라면, 여기서 우리가 생각해볼 점은 무엇인가. 그것은 바로 앞서 트릭스터를 통해서도 살펴봤듯이 '경계'에 대한 사유이다. 다시 말해 낮도 밤도 아닌 황혼, 문 안도 밖도 아닌 문지방, 인간도 신도 아닌 반인반수, 마른 것도 젖은 것도 아닌 거품, 무기도 연장도 아닌 이빨 등등. 이 모든 것들을 일러 경계라고 할 수 있다. 그리고 경계야말로 신들의 교활한 지혜[狡智]이자 우리가 신화를 통해 배울 수 있는 중요한 지혜[巧智]의 하나이기도 하다. 이른바 '경계성(liminality)'이 지닌 위력이다. 사실 이 단어는 '문지방'을 나타내는 리멘(limen)에서 유래했다. 그렇지만 이것은 비단 공간적 경계만을 의미하는 게 아니라 시간까지 한데 아우르는 개념이다. 인류학자 빅터 터너는 리미널한 시간 (liminal time)이 우리가 의존하는 '시계의 시간'과 다르며, 무엇인가 비일상적인 현상이 일어날 수 있는 '마술적인 시간'이라고 보았다. 특히 축제나 카니발 같은 신성한 의례들에서 질서와 무질서, 세속적인 것과 성스러운 것, 일상적인 것과 비일상적인 것이 한데 섞이고 오히려 뒤바뀌는 상황을 이 개념으로 표현했다.[157] 예를 들어 남자와 여자, 왕과 거지, 성자와 탕아, 주인과 하인, 산 자와 죽은 자가 역할을 뒤바꾸는 것이 그렇다. 우리의 경우에도 탈춤에서 말뚝이가 나타나 감히 양반을 조롱한다든지 불륜과 성희롱을 공공연히 입에 담고 또 행위로 보여준다든지 하는 것들을 이에 비길 수 있겠다. 일상이라면 불가능했을 일탈이 축제나 연희에서는 가

---

157 빅터 터너 저, 김익두·이기우 역, 『제의에서 연극으로』, 현대미학사, 1996. 특히 부록 「틀, 흐름, 반성」을 참고.

능할 수 있는 것, 이것이 바로 경계성의 좋은 예라 하겠다. 그때 당연히 불가피한 위험이나 허물이 생길 수 있지만, 그런 것들조차 감수할 만한 가치가 있는 것이다.

물론 그렇게 해서 얻는 해방은 현실(일상)의 진정한 해방이 아니기 때문에 축제가 끝나면 다시 억압의 구조가 지속될 수 있다는 점을 유념해야 한다. 어떤 경우에는 지배층이 오히려 축제나 제의의 이런 기능을 이용해서 사회적 불만을 잠재우려 한다는 비판도 있을 수 있다. 실제로 1980년 5월 광주를 피로 물들인 전두환의 신군부는 정국의 주도권을 장악하자 통금 해제, 프로야구 개막, 미스유니버스대회 유치, 컬러텔레비전 방송 전격 도입 등 당시로서는 획기적인 정책들을 과감히 추진했다. 하지만 이것들은 당연히 국민의 눈과 귀를 가리고자 한 불순하고 비열한 목적을 바탕에 깔고 있었다. 1981년 5월 28일부터 6월 1일까지는 '국풍81'이라는 대규모 문화축제도 열었다. 난데없이 '새 역사를 창조하는 것은 청년의 열과 의지와 힘이다'라는 캐치프레이즈를 내걸었지만, 실은 광주에 쏠리는 국민들의 관심을 분산시키겠다는 철저히 계산된 관제 축제였다. 그때 여의도 광장에서 민족문화의 창달이라는 미명 아래 전통예술제, 가요제, 연극제, 팔도굿, 팔도명물장 등의 행사가 밤낮 없이 이어졌다. 하지만 그때 아무리 탈춤 공연이 많이 열렸어도, 거기서 말뚝이가 아무리 양반과 지배체제의 흉허물을 풍자하고 비꼬았어도, 그건 이미 경계선을 넘어가 버린 '거짓해방의 몸짓'이며 '박제화 된 가짜민속'에 지나지 않았다.

어쨌거나 중요한 것은 '문지방'에서는 의외로 상식이 자주 파괴되고, 전도와 역전이 쉽게 일어난다는 점이다. 우리의 경우, 어른들이 늘 문지방에 올라서지 말라고 하는데, 그 금기를 깨면 기존의 질서가 전복될까 두려워하기 때문이다. 하지만 누군가는 모험을 해야 하지 않는가. 거품의 신화, 문지방의 신화를 통해 우리가 배울 수 있는 것은, 신화가 이분법에 기초한 합리주의만으로는 도무지 풀 수 없는 문제에 대해 일정하게 해결의 실마리를 던져줄 수도 있다는 점이다.

〈라마야나〉에서 〈시타야나〉로

서사시 〈라마야나〉가 민족, 종교, 언어, 성별 등에 따라서 무수하게 많은 판본들이 존재한다고 말한 바 있다. 한 가지 유의해야 할 점은, 발미키 판 〈라마야나〉만이 정본이고 다른 판본들은 이본이라고 생각해서는 결코 안 된다는 점이다. 나아가 발미키만 옳은 판본으로 받아들이고 다른 것들은 이런저런 이유를 대서 물리치려는 것은 편협한 태도일 것이다.

천 년 전, 이천 년 전의 신화가 아직도 우리에게 의미가 있는 것은, 그것들이 오늘날에도 여전히 무엇인가 새로운 질문을 던져주기 때문이다. 새로운 질문은 아무것도 던져주지 않는다면 그야말로 고리타분하고 퀴퀴한 고적(古籍)에 지나지 않을 것이다. 〈라마야나〉도 마찬가지다. 예를 들어 우리는 이미 똑같은 라마의 태도를 두고 발미키 판본 〈라마야나〉와 다른 해석들에 대해 살펴본 바 있다. 발리와 수그리바가 싸우는데 라마가 몰래 숨어서 활을 쏴서 발리를 죽인 장면이든지, 라바나를 처치한 후 라마가 시타를 외면하는 장면 따위. 사실, 이밖에도 논란이 되는 장면은 많다. 라바나의 동생 비비샤나는 시타를 납치한 형의 잘못을 자꾸 지적하다가 추방당하자 라마에게 투항하는데, 이에 대해서도 이견이 존재한다. 라마 쪽에서야 당연히 그가 (형제간의 우애보다 더 큰 다르마로서) 정의의 편으로 귀순한 것이라 칭찬하지만, 랑카의 처지에서 보자면 그는 전쟁을 앞두고 조국을 배반한, 어떤 이유를 들어서도 용서할 수 없는 반역자였다. 실제로 오늘날 (흔히 '랑카'라고 간주되는) 스리랑카에서는 그런 이유를 들어 비비샤나를 비난하는 목소리가 없지 않다. 심지어 라바나를 싱할라 민족의 위대한 왕으로 재해석하자는 움직임마저 존재한다.[158]

이와 관련하여 특히 우리의 관심을 끄는 것은 여성의 입장을 반영한 〈라마야나〉들이 제법 여러 종류가 존재한다는 사실이다. 인도 벵골 지방에서 전승되는 〈찬드라바티 라마야나〉도 그중 하나인데, 찬드라바티(1550년경~1600)는 16세기 여성으로서는 드물게

---

158 이 부분에 대해서는 김남일·방현석, 『백 개의 아시아』 (제2권, 아시아, 2014) 참고.

〈라마야나〉를 창작했다.[159] 다만 그녀는 라마의 업적을 칭송하는 데에는 크게 관심을 기울이지 않는 대신, 같은 여성으로서 시타의 입장을 적극 반영한 〈라마야나〉를 완성한다. 거기에서 시타는 악귀 라바나의 딸로 나온다. 남편 라바나가 다른 여성들을 함부로 유린하는 것을 보다 못한 아내 만도다리는 스스로 죽기를 결심하고 엄청난 양의 독약을 마신다. 그러나 그녀는 죽는 대신 알을 낳는다. 예언자는 그 알에서 아주 위험한 딸이 나오는데, 장차 그 딸로 인해 나라가 완전히 파괴될 거라고 예언한다. 이에 라바나가 알을 없애려 하지만, 만도다리가 극구 막아선다. 만도다리는 알을 금궤에 넣어 벵골만에 흘려보내는데, 어떤 어부가 발견한 그 알에서 바로 시타가 태어나는 것이다. 이렇게 해서 찬드라바티의 〈라마야나〉는 나중에 제 출생의 비밀을 알게 된 시타가 라바나에게 직접 복수를 한다는 점이 기존의 〈라마야나〉하고는 가장 큰 차이를 보인다. 찬드라바티는 라마의 위업이나 지혜, 덕성 같은 점에는 의도적으로 침묵한다. 나아가 찬드라바티는 시타를 아예 직접 이야기를 들려주는 서술자로 만든다. 그때부터 시타는 자신의 어린 시절과 결혼 생활, 숲에서의 망명 생활, 납치되어 간 랑카에서의 삶 따위에 대해 편안하고 자유로운 방식으로 들려줄 수 있게 되는 것이

---

159 Nabaneeta Dev Sen, Rewriting the Ramayana : Chandrabati and Molla, *India International Centre Quarterly* Vol. 24, No. 2/3, Crossing Boundaries (MONSOON 1997).; Nabaneeta Dev Sen, Lady sings the Blues: When Women retell the Ramayana, MANUSHI/Issue 108.

다. 이로써 텍스트에 대한 남성의 지배권 자체가 전복된다.

텔루구어를 사용하는 여성들이 노래로 부른 〈라마야나〉는 이러한 시타의 입장을 더 노골적으로 반영했다.[160] 거기에서도 라마의 위업을 칭송하는 것보다는 임신과 출산의 고통이라든지 남편과 부모에 대한 사랑 같은 부분에 더 많은 관심을 기울인다. 결혼식 때 신랑 신부가 하는 놀이에 대해서도 길게 묘사하는데, 이는 당연히 발미키 판 〈라마야나〉에서는 찾아볼 수 없는 장면이다. 노래를 부르는 여성들의 바람이 담겨 있는 것이다. (적어도 결혼식 때만큼은 그렇게 해보고 싶었지만 해보지 못한 원망도 들어 있으리라.) 어쨌든 여성들의 입장에서 가부장적 사회에 대한 비판을 드러냈던 것이다.

발미키 판 〈라마야나〉는 라마의 탄생 소식에 온 나라가 기뻐하는 이야기를 장황하게 들려준다. 그러나 텔루구어 노래 판본에서는 라마를 낳을 때 카우살라가 겪는 고통이 훨씬 자세하게 묘사된다. 천장에 매단 밧줄로 임신부를 묶은 다음 일으켜 세워 아이를 낳게 한다는 것이다. 이 장면을 두고 여성들은 시타의 입을 빌려서, "일 분이 백 년 같다. 이 고통을 참을 수 없어요."라고 노래한다. 노래에는 또한 놀랍게도 라바나가 다스리는 랑카에서 많은 신들이 노예로 일하는 장면이 나온다.

---

160 Paula Richman ed., Many Ramayanas: The Diversity of a Narrative Tradition in South Asia, Univ of California Press, 1991. 특히 제6장. A Ramayana of Their Own: Women's Oral Tradition in Telugu. 이하 일일이 출처를 밝히지는 않았다. 텔루구어는 인도 동남부의 안드라프라데시 주와 텔랑가나 주의 공용어로서, 드라비다 어족에 속한다. 사용 인구는 8천5백만 명(2001) 정도.

바람의 신은 여기 랑카에서 마룻바닥을 쓸고,

비의 신은 소똥을 물로 깨끗이 치우며,

불의 신 그분은 우리 부엌에서 직접 요리를 한다네.

우리 부엌에서 요리를.

여성들은 이런 식으로 무려 '3억3천만 명의 신들'이 라바나를
위해 노예처럼 삽과 가래를 들고 노역을 한다고 노래를 부른다.
이것은 결국 하층계급 여성들이 노예와 다름없는 자신들의 처지
를 빗대어 노래하는 장면에 다름 아니다.

나아가 노래 속 시타는 발미키의 시타처럼 수동적이고 소극적
인 여성이 아니다. 예를 들어 숲에서 황금사슴을 잡아달라고 하는
장면을 보자. 발미키 판에서는 시타가 마치 철모르는 아이처럼 사
슴을 잡아달라고 칭얼댄다고 묘사하는데, 노래에서는 전혀 다르
다. 라마가 그 사슴은 마법을 쓴 악마라고 말하며 주저하자, 시타
는 활을 주면 자기가 직접 그 사슴을 잡겠노라 주장한다. 자존심
이 상할 대로 상한 라마는 그제야 황금사슴을 잡으러 숲으로 달려
가는 것이다.

라마가 원숭이 하누만의 도움을 받아 랑카 섬의 악귀 라바나를
죽이는 것은 어떤 〈라마야나〉든 공통된 결론이다. 마지막 부분은
어떤가. 라바나를 물리친 라마가 그동안 납치되었던 아내 시타의
정절을 의심하자, 시타는 스스로 불에 뛰어듦으로써 순결을 입증

하려 한다. 물론 시타는 불의 신 아그니의 도움으로 목숨을 건지고 그제야 라마는 아내를 다시 받아들인다. 이 부분은 훗날 많은 논란을 불러일으킨다.

세상의 칭송을 두루 받는 라마가 실은 굉장히 쫀쫀한 사내로 나오는 것이다.

이런 장면도 있다. 라바나가 죽은 뒤 그의 여동생 슈르파나카는 복수를 위해 호시탐탐 기회를 노린다. 어느 날 그녀는 은자로 변장하여 시타에게 접근해서는 라바나를 그려달라고 설득한다. 시타는 당연히 고개를 젓는다.

"랑카에 있는 동안, 나는 그 사람 얼굴은 한 번도 못 봤어요. 발만 겨우 본 걸요."

"그럼, 발이라도 그려주세요."

은자의 거듭되는 청을 거절할 수 없었던 시타는 할 수 없이 라바나의 발 모양을 그려주었다. 슈르파나카는 그 그림을 들고 나가 자기가 직접 나머지 부분을 그렸다. 그런 다음 창조신 브라흐마에게 생명을 불러달라고 부탁했다. 사실 그녀의 오빠 라바나는 브라흐마를 위해 엄청난 고행을 한 덕분으로 세상을 지배할 힘을 얻었던 것이다. 이번에도 브라흐마의 도움으로 그림은 생명을 얻게 된다.

이제 슈르파나카는 그 그림을 시타 앞에 툭 던져놓고 "당신 하고 싶은 대로 하세요." 하고 말한 다음 달아났다. 놀란 시타가 하녀들을 시켜 그 그림을 없애려고 했다. 그러나 불을 붙여도 타지 않고, 깊은 우물 속에 내던져도 다시 살아났다. 결국 시타는 라마의 이름을 불러 일시적으로 라바나를 제압할 수 있었다. 그때 우연찮게 라마가 방에 들어온다. 시타는 그림을 얼른 침대 밑에 숨기지만, 시타와 사랑을 나눌 목적으로 다가서던 라마가 기어이 그 그림을 발견한다. 화가 솟구친 라마는 시타를 숲으로 추방하라고 명령한다. 락슈미나의 아내 우르밀라를 비롯하여 라마의 제수들이 일제히 사정을 설명하며 시타에게 죄가 없음을 변호한다. 라마는 화가 더 치솟아, 시타를 아예 죽여 버리라고 명령한다. 그러자 제수들이 더 거세게 항의한다.

"그런 논리라면 우리도 다 라바나를 사랑하는 셈이니까, 우리도 다 숲으로 쫓아내세요."

여자들의 이런 연합전술에 라마는 결국 자신의 결정을 뒤집고 시타를 추방하는 선에서 일을 마무리한다. 그때 그녀는 임신한 상태였다.

노래에서는 라마의 이렇듯 비겁하고 쩨쩨한 행동에 대해 비판하는 장면이 숱하게 나온다.

〈라마가 문을 걸어 잠가서 시타를 내쫓다〉라는 부분; 어느 날 시타가 부엌에서 일을 하다가 조금 늦었다. 시타가 방으로 들어가려고 하자, 삐칠 대로 삐친 라마가 안에서 문을 걸어 잠갔다. 시타가 아무리 애원해도 문을 열어 주지 않았다. 시타는 할 수 없이 시어머니 카우살야에게 가서 도움을 요청했고, 시어머니는 직접 와서

(철없는) 라마를 타일렀다.

누구보다 라마에게 '적대적'인 사람은 그의 두 아들 라바와 쿠사였다.

쌍둥이 두 아들은 (임신한) 어머니를 버린 아버지를 결코 용서할 수 없었다. 숲에서 그들은 라마가 희생제를 지내려고 준비한 말을 잡았다. 화가 난 라마가 그 둘을 잡으라고 명령했다. 물론 그때 쌍둥이는 라마가 아버지인 줄 몰랐고, 라마도 그들이 자기 아들들인 줄 몰랐다. 어쨌거나 싸움이 벌어졌고, 놀라운 결과가 이어졌다. 천하무적이라던 하누만이며 락슈마나도 어이없이 죽임을 당했고, 심지어 라마마저 목숨을 잃었다. 상황이 이렇게 되자 숲에서 쌍둥이를 길러주었던 발미키 성자가 신통력을 발휘하여 죽은 이들을 도로 살려냈다. 그런 다음 전후사정을 쌍둥이에게 알려주며 아버지와 화해할 것을 요청했다. 그러나 쌍둥이는 완강했다. 다른 신들까지 나서도 못 들은 척, 쌍둥이는 아버지가 자기들 발밑에 엎드려 절을 하지 않는 한 화해할 수 없다고 뻗댄다. 결국 라마가 마지못해 그 조건을 받아들이고서야 표면적으로나마 화해가 이루어진다.

이렇듯 〈찬드라바티 라마야나〉나 텔루구어 노래 〈라마야나〉는 흔히 발미키 판본으로 대표되는 기존의 〈라마야나〉하고는 상당한 차이를 드러낸다. 무엇보다 여성의 입장이 훨씬 직접적으로 반영되어 있는 것이다. 그렇다고 해서 이것이 당대를 지배한 가부장 사회에 대한 조직적 항거라고 말할 수는 없다. 다만 여성들은 이렇게 자기들의 입장을 담은 노래를 부름으로써 내적인 위안을 얻었다.

중요한 것은 오늘날 신화를 다시 읽는 우리의 자세일 것이다. 예를 들어, 어쩌면 〈시타야나〉('시타의 길')라고 해야 할 이런 〈라마야나〉('라마의 길')들처럼, 이제까지 흔히 무시되거나 외면되어온 주변의, 혹은 소수자들의 목소리들을 다시 발굴하고 듣는 데에도 아낌없는 노력을 기울여야 할 것이다.

신화, 공존의 인문학

근래 인문학이 대단한 열풍처럼 회자된 바 있다. 물론 신화에도 그 이름을 붙일 수 있을 것이다. 정재서는 신화에서 당대 인문학이 요구하는 상상력, 이미지, 스토리라는 가장 중요한 세 가지 아이템을 찾아낸다.[161] 첫째, 상상력은 한때 실증주의와 합리주의에 의해 허무맹랑하거나 불완전한 것, 심지어 불온한 것으로까지 여겨지기도 했지만, 이제는 인간 창조의 가장 중요한 원천으로 인정받고 있다. 신화가 상상력의 보고, 빅데이터임은 두말 할 나위도 없다. 둘째, 신화에는 인류가 생산한 가장 오랜 이미지들이 저장되어 있다. 예컨대 중국의 대표적인 신화집 『산해경』은 고대 중국인들이 상상했던 신(귀신)들의 종합안내서인 동시에 화첩이기도

161 정재서, 『중국 신화의 세계-상상력, 이미지, 스토리』, 돌베개, 2011.

했다. 거기에는 머리가 잘리자 젖으로 눈을 삼고 배꼽으로 입을 삼았던 형천(刑天)이라든지, 아홉 개의 사람 머리에 몸은 푸른빛을 내는 뱀의 그것인 상류(相柳), 가슴에 구멍이 있어서 존귀한 이는 비천한 자로 하여금 대나무로 그 구멍을 꿰어 가마처럼 들고 다니게 한다는 관흉국(貫匈國) 따위의 이미지가 수두룩하다.[162] 나아가 신화가 인류의 가장 오래된 스토리임은 구구한 설명이 필요치 않을 것이다.

하지만 신화에 인문학의 이름을 붙이려면 그 너머의 이유도 고려해야 할 것이다. 가령 인문학이 기본적으로 근대적 자연과학의 상대적 개념으로 주로 그 목적과 가치를 인간의 입장에서 따지는 모든 학문을 일컫지만, 이제 그 토대로서 휴머니즘(인본주의) 자체에 대해서도 진지하게 다시 생각해야 볼 수 있어야 한다는 뜻이다. 다시 말해, 휴머니즘은 다 옳은가. 인간을 위해 흘리는 눈물은 다 고귀한가. 인류의 건강을 위해 실험실에서 모르모트와 토끼와 원숭이가 죽는 것은 어쩔 수 없는 희생인가. AI를 막는다는 구실로 양계장의 닭들을 3천만 마리나 대량으로 '살처분'하는 방역 방식은 과연 얼마나 정당한 것인가.

이쯤에서 이 책의 출발선을 되돌아보고자 한다. 그것은 신화가 과거 인류와 직접적인 관계를 맺었을 테지만, 오늘날에는 간접적인 방식으로만 관계를 맺을 뿐이라는 인식이었다. 따라서 "옛날

---

162 정재서 역주, 『산해경』, 민음사, 1996.

사람들이 온몸으로 신화를 산 반면, 오늘날에는 그렇게 사는 것 자체가 불가능하다."고 미리 단정한 바 있다. 그렇다면 그 옛날 온 몸으로 신화를 산다는 건 어떤 것이었을까.

일본의 홋카이도 지방은 겨울이 긴 지방이다. 예부터 그곳에는 아이누인들이 선주민으로 살고 있었다. 그들은 풍요로운 자연 속에 서 조상 대대로 내려오는 삶의 방식을 이어나갔다. 일본 본토에서 식민지 개척의 명분으로 와진(和人)들이 대거 몰려들기 이전까지는.

아이누 말로는 땅을 모시리라고 한다. 그 아이누 모시리에서의 삶이 어떤 것이었는지, 한 아이누인의 말에 귀를 기울여 보자.

- 겨울 땅에서는 숲과 들판을 뒤덮은 깊은 눈을 박차고 일어나 천지를 얼려버린 한기를 아랑곳하지 않고 산을 넘고 넘어 곰을 잡 고, 여름 바다에서는 상큼한 바람에 물결치는 녹색 파도와 하얀 갈매기 노래를 벗 삼아서 나뭇잎 작은 배를 띄워 온종일 고기 잡 고, 꽃피는 봄에는 부드러운 햇빛 받으며 쉴 새 없이 지저귀는 작 은 새와 더불어 머위 따고 쑥 캐며, 빨갛게 나뭇잎 물드는 가을에 는 이삭 여무는 억새 가르다 연어 잡던 화톳불도 꺼지는 저녁뜸에 밖에서 벗 찾는 사슴 계곡에서 우는 소리 퍼지면 둥근 달에 꿈을 엮는다. 얼마나 아름다운 삶인가.[163]

163 http://kwonht88.tistory.com/entry/아이누-신요집アイヌ神謠集-지리-유키에-知里 幸惠-서문

아이누인들은 그 아름다운 자연을 존중할 줄 알았다. 그것은 자신들을 둘러싼 주변의 만물에 영혼이 깃들어 있다고 믿었기 때문이다. 그중에서도 자신들에게 직접적인 도움을 주는 대상이나 인간의 힘을 뛰어넘는 현상은 카무이, 즉 신으로서 경배했다. 신들은 신들의 나라, 신들의 세계에 있을 때에는 인간과 똑같은 모습으로 사는데, 인간처럼 집을 짓고 인간처럼 먹고 인간처럼 말한다고 믿었다. 그러다가 아이누 모시리, 즉 아이누의 땅에 내려올 때면 제각기 그에 맞는 옷을 입고 내려오는 것이다. 예컨대 여우의 신은 여우로, 나무의 신은 나무로, 심지어 냄비조차 냄비의 신이 옷을 갈아입고 나타난 것이라 생각했다. 해와 달, 번개와 벼락은 당연히 그렇고, 천연두나 독화살도 모두 신의 현현이었다. 그런 만큼 아이누인들은 모든 점에서 삼갈 줄 알았다. 주변의 만신과 맺는 관계에 흐트러짐이 있을 때, 어떤 위험이 닥쳐올지 잘 알았기 때문이다. 예컨대 끔찍한 기근은 짐승이나 물고기의 신들에게 대한 대접이 소홀했거나 사냥할 때 예의를 갖추지 않았기 때문에 발생한다고 믿었다.

아이누인들은 동북아시아 지역의 다른 많은 원주민들과 마찬가지로 많은 동물들 중에서도 특히 곰을 중요하게 생각했다. 곰신이 자비를 베풀어야 인간이 털가죽과 고기, 무엇보다 귀중한 약재로서 웅담을 얻게 된다고 믿었다. 따라서 사냥을 할 때는 곰신에 대해 감사를 표하는 의식을 치렀다. 그렇게 하면 곰신의 육체에서

분리된 넋(영혼)이 마땅히 가야 할 신의 세계로 돌아가게 되는데, 만일 이 절차를 훼손하거나 생략한다면 그에 상응하는 벌을 받는 다고 믿었다. 곰과 관련한 아이누의 의례 가운데서도 '이오만테' 라는 의례가 가장 주목을 받았다.[164] 곰은 보통 동면중에 출산을 하는데, 아이누는 이때 잡은 아기곰을 데려다가 1~2년간 키운 다 음 그 영혼을 돌려보내는 의례를 행하는 것이다. 이때는 곰의 두 개골을 예쁘게 화장해주어야 한다.

- 화장을 해주는 것은 곰이 영혼의 세계로 돌아간 후에 자신이 얼마나 인간들로부터 존경을 받으며 살해되었는지, 그리고 인간 들이 자신의 몸을 얼마나 정중하고 소중하게 다루었는지를 친척 곰들에게 이야기할 것이기 때문입니다. 그럼으로써 친척 곰들로 하여금 두려움을 느끼지 않고 인간의 마을에 다녀오려는 생각을 갖게끔 하려는 겁니다.[165]

물론 실제로는 곰은 마을 사람들의 손에 죽임을 당하는 것이다. 인간인 이상 '사냥'은 어쩔 수 없는 일이다. 곰을 잡아서 고기를 먹

---

164 아이누 민족박물관 홈페이지. http://www.ainu-museum.or.jp/kr/study/2_5sinko. html ; 財団法人アイヌ文化振興·研究推進機構, アイヌ生活文化再現マニュアル: イオ マンテ(熊の靈送り)【儀礼編】, 2005. http://www.frpac.or.jp/manual/files/2005_12.pdf ; 사라시나 겐죠 저, 이경애 역, 『아이누 신화』, 도서출판 역락, 2000. pp.53~54.

165 나카자와 신이치 저, 김옥희 역, 『곰에서 왕으로- 국가, 그리고 야만의 탄생』, 동아시아, 2003. p.80.

고 털가죽으로 옷을 해 입지 않고서는 살아갈 수 없기 때문이다. 대신, 그들은 그런 대상에게 최대한의 예의를 갖추는데, 이오만테는 그런 전통이 하나의 의례로 굳어진 경우라 하겠다.

홋카이도 이외의 지역에서도 이와 유사한 의례가 전승되어 왔는데, 특히 아무르강 유역이나 사할린 섬에 사는 니브히족 역시 곰의 넋을 보내는 제의를 매우 성대하게 치렀다. 무엇보다 중요한 것은 아이누든 니브히든 그들이 곰을 '털가죽을 입은 인간'으로 생각하여 지극한 예우를 다해 곰의 넋(영혼)을 돌려보낸다는 것이다. 예컨대 가죽을 벗길 때에는 칼로 한 번에 배를 가르는 게 아니라, 마치 옷을 입은 곰에게서 단추를 풀듯이 조심스럽게 가른다.[166] 이런 식으로 정성을 기울여야 곰의 영혼은 기뻐하며 자신이 인간세상에서 받은 대접을 친척들에게 잘 이야기해 준다고 믿었다.

아이누인들은 연어를 좋아했다. 해마다 오호츠크해에서 부화한 연어들이 다시 알을 낳기 위해 아이누 모시리로 찾아온다. 연어도 당연히 신의 물고기였다. 그들은 연어가 나타나는 계절이면 강어귀에 제단을 차려놓고 연어를 보내준 데 대해 신에게 경배했다. 이때 부르는 노래를 신요라 하는데, 말 그대로 신의 노래라는 뜻이다. 따라서 신인 연어가 1인칭 '나'의 입장에서 말을 하고 노래

---

166 나카자와 신이치의 앞의 책과 이정재, 「아이누족의 곰축제」, 《중앙민속학》 제9집, 중앙대학교 한국문화유산연구소, 2001. 참고.

준비

곰을 끌고 오는 장면

곰을 잡는 장면

곰신에게
제를 올리는 장면

아이누의 이오만테

322

를 한다. 그들의 시선을 따라가 보라. 그들은 바다에서 강으로 몰려온다. 당연히, 그들에게는 강물이 높은 산 쪽에서 바다를 향해 흐르지 않는다. 거꾸로 바다에서 산 쪽을 향해 흐르는 것이다.

강어귀에 도착한 연어는 이렇게 말한다.

- 내 동료는 서로 뛰어오르면서, "피폭 마을의 물이 좋다"면서, 니이카푸가와(新冠川)를 향해 뛰어놀러가자, 좋은 사람들이 마렛키(아이누의 작살)를 가지고 기다리고 있다가, 우리 물고기 동료들을 찌르고는 들어올려, 버드나무로 만든 '머리 두드리는 나무'를 가지고 우리 머리를 두드려 주어서 잡힌 내 동료들은 신이 될 수 있었다.[167]

'좋은 인간'은 연어가 잡혀주어서(잡는 게 아니다!), 연어는 연어대로 '좋은 인간'이 잡아주어서 신이 될 수 있으니 결국 서로에게 이득이 돌아간다는 말이다. 공존의 철학이요, 서로 평등한 관계가 유지되는 사유체계이다. 아이누 신화(신요)에는 조상대대로 내려온 이 같은 사유의 흔적이 여전히 남아있다.

이럴진대 아이누 땅에서는 쓸데없는 남획도 없었다. 잡은 짐승이나 물고기는 예의를 갖춰 제를 지낸 뒤 먹었다. 그 제의 대상은 비단 짐승과 물고기로 국한된 게 아니었다. 그들은 깨끗한 물에게

167 사라시나 저, 이경애 역, 『아이누 신화』, 도서출판 역락, 2000. p.78.

도 예의를 갖췄다. 예컨대 사슴을 잡으면 가죽으로 옷을 만드는데, 그때 가죽을 물에 함부로 씻지 않았다. 땅에서 몇 번이고 힘들게 발로 밟아 더러운 피를 다 빼낸 다음에야 물에다 헹구는 식이었다.

아이누인들은 숯을 구울 나무를 하러 산을 올라가서는 이렇게 제를 지낸다. 그것을 온가미라고 한다.

- 아이누인 저는 자식을 키우고 있으므로 돈벌어야 할 욕심 때문에 이렇게 조용한 산 속 깊은 곳까지 들어와 나무를 베어 산에서 살고 계시는 여러 신들의 주거와 정원을 황폐하게 만드는 것을 진심으로 마음 아프게 생각하고 있습니다. 하지만 인간이나 신은 똑같으니 배고프게 살지 않으려고 조용한 산에 와서 일해야 합니다. 신이시여 그 점을 헤아리시고 아무쪼록 아이누의 행위를 용서해 주십시오.[168]

사실 이런 행위는 아이누 땅에만 있던 게 아니다. 우리 주변에서도 어머니와 할머니들을 통해 얼마든지 볼 수 있었다. 김용택 시인은 어머니 이야기를 자주 들려준다.[169] 어느 날 시골집 보일러가 고장이 났다. 시인이 기사를 부르니 다짜고짜 '에아'가 찼으니 물

168 가야노 시게루 저, 심우성 역, 『아이누 민족의 비석』, 동문선, 2007. p.123.
169 김용택, 『김용택의 어머니』, 문학동네, 2012.

부터 **빼내야** 된다며 호스를 끼우고 물을 **빼기** 시작했다. 물은 모락모락 김을 피우며 마당 전체에 퍼졌다. 그때 어디선가 나타난 시인의 어머니가 뜨거운 물김 가까이에 대고 이렇게 조용조용 말씀을 하시더라는 것.

"눈 감아라. 눈 감아라."

시인은 그 모습이 너무도 엄숙하고 진지하여 그저 가만히 숨을 죽이고 있다가 말씀이 끝나자 어머니께 여쭌다. 보지는 않았지만 이런 대화가 짐작된다.

"엄니, 누구헌티 허시는 말씀이어라? 내 눈엔 아무도 안 보이는 디?"

"여그 있잖으냐. 여그 아래 말이다."

시인은 어머니의 손가락 끝이 어디를 가리키는지 그제야 깨닫는다. 뜨거운 물이 땅에 스며들어 땅속의 벌레들 눈에 닿으면 눈이 먼다는 것. 그러니 벌레들에게 눈을 감으라고 일러 준다는 것이었다. 실은 시인도 대충 짐작은 한 터였다. 그게 시인이 아는 어머니였고, 어머니의 세계였다. 이쯤이면, 신화의 세계가 달리 어디 먼 데 있는 게 아니리라.

인문학적 관점에서 신화를 읽는다는 것도 이렇듯 인간과 동물, 혹은 다른 존재가 공존하는 방법에 대해서, 따라서 (세상에서, 자연에서, 또 우리 사회에서) 중심과 주변의 관계에 대해서, 다수와 소수의 관계에 대해서, 틈과 사이에 대해서 넉넉히 생각할 수 있어야 한다는 말이다. 이때 물론 인간이 자연세계에서 특별한 지위를 주장할 근거는 어디에도 없다는 사실을 부정해서도 안 되거니와,[170] 인간이 진화의 종착역이라는 오래된 믿음 또한 의심의 대상이 될 수 있다는 가정도 회피해서는 안 될 것이다.

이렇게 보면 우리 시대의 신화 읽기는, 기왕의 인문학이 고수해온 관점 자체를 일정 부분 해체하는 동시에 새롭게 확장하는 일까지 그 임무로 끌어안는다, 고 감히 말할 수 있으리라.

170 로렌 아이슬리 저, 김현구 역, 『광대한 여행』, 강, 2005. p.280.

에필로그

'이야기'로서의 신화

신들의 황혼, 라그나로크

스토리텔링의 관점에서 신화를 보려 한 우리의 여행도 끝날 때가 되었다.

해가 서산에 기울자 땅거미가 남은 태양의 시간을 잠식한다. 낮과 밤이 교차하는 마법의 시간이 정확히 언제인지 짚어낼 수는 없다. 분명한 것은 어느 순간 '그때'가 온다는 사실뿐이다. 미네르바의 올빼미가 미처 날기도 전에, 신들은 천공을 가득 채운 불모의 기운에 잠시 정신을 잃는다. 애써 깨어나 다시 무기를 잡았을 때는 이미 황혼이었다. 훗날, '신들의 황혼'이라고 불리게 될, 더 정확히는 '신들의 종말'이라고 해야 할 라그나로크가 그렇게 시작된다.

- 현자는 많이 알고 미리 알고 있으니
세계가 멸망하고 아스 신들이 몰락하리라.

형제들이 반목하여 서로 쓰러뜨리고
사촌끼리 가문을 깨뜨림을 보았다.
대지가 꿍음 내고 악한 영들 날아다니니
아무도 다른 이를 돌보지 않는구나.

끔찍한 일들 일어나니 온 세상이 음탕해졌다.
도끼의 시대, 창검의 시대 방패들이 부딪치니
세계가 몰락하기 전의 겨울이며 늑대의 시간이었다.[171]

　발드르의 죽음을 계기로, 오랫동안 쌓인 알력과 갈등이 한 순간
에 터지면서 세계는 끔찍한 종말에 휩싸인다. 종말의 징조로, 세
번의 여름에 날이 어두워지고, 세 번의 겨울에 혹독한 추위가 이
어진다. 인간들은 탐욕에 눈이 멀어 부모자식이 서로를 알아보지
못하고, 천지에 살육이 난무한다. 검의 시대가 오자, 방패들이 쪼
개지리라. 그 뒤 3년 동안 여름은 오지 않고 혹독한 겨울만 계속될
것이다. 해는 힘을 잃고, 세상은 서리와 얼음으로 덮여버린다. 혹
한을 견디지 못한 미드가르드의 뭇 생명이 죽어가리라. 마침내 힘
이 빠진 해를 늑대가 삼켜버리면서 달도 별도 하늘에서 사라질 것
이다. 그 가운데 대지가 요동치는 거대한 지진이 일어나리라. 나
무가 모두 뽑히고, 산맥이 붕괴한다. 그때 쇠사슬이 끊어지면서

171　임한순, 최윤영, 김길웅 역, 『에다』, 서울대학교출판부, 2004. pp.16.

늘대 펜리르가 풀려나고, 미드가르드 뱀 요르문간드가 광분하여 요동친다. 그가 육지로 기어오르자 거대한 쓰나미가 일 것이다. 그때 죽은 자의 손톱으로 만든 배 나글파르가 출항할 것이다. 선장은 흐림이라는 거인이다. 신과 인간은 그 배가 완성되기를 바라지 않지만, 배는 벌써 떠났으리라. 늘대 펜리르가 위턱이 하늘에, 아래턱이 땅에 닿을 만큼 입을 쩍 벌리고 달려들 것이다. 미드가르드 뱀이 내뿜는 독이 세상을 온통 오염시킬 것이다.

　이 혼란을 틈타 수르트가 불꽃을 내뿜으며 무스펠의 아들들을 이끌고 아스 신들을 침공하리라. 늘대 펜리르와 미드가르드의 뱀도 비그리드 평원으로 몰려가리라. 로키와 흐림 역시 모든 서리거인족을 이끌고 평원으로 간다. 헬의 일족이 그 뒤를 쫓을 것이다. 헤임달이 일어나 뿔나팔을 불면 모든 아스 신들이 일어난다. 발할성에 머물던 전사자들, 그 모든 에인헤랴르들도 무장을 갖춰 평원을 향해 나아가리라. 세상을 지탱하던 물푸레나무 이그드라실이 마구 진동하리라, 오딘이 펜리르에게 달려간다. 토르는 미드가르드 뱀하고 맞서 싸우리라, 프레이르는 수르트와 싸우다 죽는다. 그 무렵 그니파헬리르의 동굴에 묶여 있던 사냥개 갸름이 풀려나 튀르와 싸우리라. 둘은 서로 죽이고 죽는다. 토르는 미드가르드 뱀을 죽이지만, 승리는 고작 아홉 걸음이었다. 뱀의 독기가 그를 삼키기 때문이다. 늘대는 오딘을 삼켜버린다. 신과 인간의 아버지 애꾸눈 오딘의 최후가 그러하다. 비다르가 달려들어 늘대의 주둥

라그나로크(Friedrich Wilhelm Heine 그림, 1882)

라그나로크(Emil Doepler 그림, 1905)

이를 찢어버린다. 로키와 헤임달이 맞붙어 격렬하게 싸우고 서로를 죽일 것이다. 신과 거인, 이들이 이끌던 병사들마저 모조리 죽어갔다. 영웅들은 헬로 가리라. 하늘에서 빛나던 별들이 떨어지고, 대지가 바다 밑으로 가라앉는다. 뜨거운 화염이 하늘까지 치솟으면, 아스가르드를 비롯한 모든 세계가 불타버릴 것이다.

이야기의 바깥은 없다[172]

신화, 신들의 이야기는 여기서 끝난다. 세계 어느 나라 어느 민족의 신화가 이토록 참혹하게 종말을 보여줄 수 있을까. 대지도, 바다도, 하늘도 태초 이전의 혼돈 속으로 사라져버린다. 살아남은 악마가 없지만 살아남은 신도 없다. 하물며 인간임에랴! 하지만 누구도 세상이 끝났다고 생각하지 않는다. 우리는 모두 세상이 끝나는 지점에서 다시 이야기가 시작되리라는 걸 알고 있기 때문이다. 신들이 다 죽었다고? 오딘까지? 그 용맹한 토르도? 그래서 어떻게 되었지? 그래서 어쨌는데?

인간은 의미 없는 세계에서 살 수 없다. 이야기는 의미 없는 세계에 의미를 안겨주는 가장 중요한 통로의 하나였다. 현대과학과 실존주의 철학자들이 생의 무의미함과 무상함을 말하기 훨씬 이전부터 무당과 음유시인과 이야기꾼은 그것을 알고 있었다. 한마

---

172 이 소제목은 도정일, 「이야기의 바깥은 없다」(《세계의 문학》 82호, 1996년 겨울호)에서 따왔다.

디로 이야기는 무의미한 우주를 의미 있게 만들고자 했던 인간의 오랜 노력을 상징한다.

도대체 세상은 왜 창조되었는지. 누가 어떤 목적으로 만들었는지. 창조주가 완벽한 절대지존이라면서, 왜 우리 인간은 이 모양이 꼴로 만들었는지. 아니, 창조주는 또 어디서 비롯되었는지! 어디서든 오지 않았다는 말은 도무지 납득도 되지 않고, 요령부득이니까. 자재(自在), 즉 저절로 있다는 게 무슨 뜻인지! 왜 오늘은 어제가 아닌가. 밤은 왜 오는지. 달은 왜 이지러지고 또 차는지. 농부는 왜 봄에 씨를 뿌리고 가을에 거둬들여야 하는지. 노래는 어디서 왔는지. 이 세상 최초의 이야기꾼은 누구인지. 왜 아기는 자라고 노인은 늙는지. 그리고 마침내, 죽음은 무엇인지. 그것은 어째서 피할 수 없는지.

이 모든 질문이 곧 이야기였다. 인간의 우주란 곧 이야기의 우주라고 말할 수 있는 것도 이 때문이다. 이야기는 인간이 세계를 이해할 수 있는 모델로 바꾸기 위해 만들어내는 판타지이며, 인간은 이야기를 지어냄으로써만 세계를 자기 것으로 만들고 그 자신의 존재를 의미 있게 한다.[173] 이런 면에서 인간은 이야기라는 DNA를 간직한 호모 나랜스(Homo Narrans), 즉 '이야기하는 동물'이다. 〈천일야화〉의 세헤라자데는 이야기가 무엇인지, 어떤 속성을 지녔는지 정확히 보여준다. 이야기는 끝이 없다. 그녀가 그렇게 이

---

173 도정일, 「이야기의 바깥은 없다」, 《세계의 문학》 82호, 1996년 겨울호. p.235.

야기를 계속 들려줄 수 있었던 까닭은 무엇일까. 그것은 바로 죽음에 대한 공포였다. 이야기를 멈추는 순간, 죽게 되니까. 그러므로 세헤라자데의 이야기는 매일 밤 이것이 아니면 죽음이라는 절박한 투쟁의 산물이었다. 그녀의 이야기가 오늘날까지 의미 있게 전달되는 까닭은 바로 그녀의 이야기가 이렇듯 죽음에 의해 권위를 부여받았기 때문이다.

일회적인 우리의 삶에서 영원에 대해 사유하게 하는 죽음이야말로 절대적인 권위를 지닌다. 죽음으로 인해 일회적일 수밖에 없는 삶, 그 '살았던 삶'에서 길어 올리는 이야기는, 거꾸로 늘 '새로운 것'을 추구하고, 바로 그 '새로운' 순간에만 살아있고, 전적으로 그 순간에 집착하는 정보의 휘발성과는 다른 깊이를 얻게 되는 것이다.[174]

이야기꾼은, 그러니까 과거의 이야기꾼은 모두 죽음에 관여했다. 이 말은 그가 온 마을의 죽음에 관여했다는 뜻이기도 했다. 부고를 받으면 그는 밤을 도와 길을 갔고, 어둠 속에서 임종을 지켜봤다. 거기서 또 하나의 이야기가 생성되었을 것이다. 그는 다시 길을 떠나고, 바람의 말이 되고, 말의 바람이 되고, 간밤에 새로 태어난 아이가 어째서 천 년 전 죽은 영웅의 화신인지 들려주고, 태초의 시간, 나무와 풀이 아직 말을 하던 시절에 무슨 일들이 있었

---

174 김남시, 「트위터와 새로운 문자소통의 가능성 : 발터 벤야민의 "이야기" 개념을 중심으로」, 《기호학연구》 제30집, 한국기호학회, 2011. p.15.

는지 전해주고, 대지를 뿔에 건 푸른 소를 푸른 물고기가 태워 나르던 시절, 사람이 나무에서 열렸던 시절, 인류가 돌과 싸우고 한 알만 먹어도 배부른 낟알이 날아서 저절로 곳간으로 들어가던 시절, 강이 하늘에서 추방당하고, 여자가 햇빛을 받아 임신을 하고 때가 되자 왼쪽 겨드랑이로 알을 낳고, 또 늙은 쥐가 북 속에서 인간 남매를 꺼내던 이야기, 새의 나라 이야기, 하늘에서 떨어지는 떡을 받아먹던 최초의 남녀 이야기, 하늘에 뚫린 구멍 이야기, 매피리 전설, 돔브라 전설, 꿈잡이채의 전설, 그네를 타고 지하세계를 빠져나온 연인 이야기, 토끼 귀가 긴 이유, 메추라기 꽁지가 짧은 이유, 순록이 제 명에 죽지 못한 이유, 해마다 '그날'이 오면 산이 움직이고 들이 가쁜 숨을 몰아쉬는 까닭, 영웅이 부족을 이끌고 아슬아슬 계곡을 빠져나올 때 산과 산이 양쪽에서 얼마나 무섭게 좁혀들었는지, 그러다가 한 부족이 송두리째 사라졌지만 아무도 기억하지 못하는 그 소멸에 대해 어째서 이야기해야 하는지, 그렇다, 아무도 모른다고 하더라도 이야기꾼은 이야기를 멈추지 않았다. 그건 이야기를 멈추는 순간, 세상이, 곧 우주가 작동을 멈춘다는 사실을 알았기 때문이다.

신들이 사라진 시대, 신화를 굳이 기억의 창고에서 불러내어 이렇게 스토리텔링을 하는 이유도 이 때문인지 모른다.

거듭 말하지만, 신화는 정보가 아니라 이야기이다. 데이터의 메마른 육체가 아니라 은유와 알레고리의 풍부한 정신이다. 이야기

이므로 죽음도 없다. 이야기 속에서 죽은 자는 다시 산다. 영원히 산다. 그러니 이야기의 '바깥' 같은 것은 아예 없다.

라그나로크 이후에도 이야기는 계속되는 것이다.

― 육지가 바다에서 솟아오르는데, 푸르고 멋진 모습이다. 곡식은 저절로 자랄 것이다. 알고 보니 신들 중에서는 오딘의 두 아들 비다르와 발리가 살아 있었다. 그들은 바다에 빠져 죽지도 수르트의 화염에 불타 죽지도 않았던 것이다. 토르의 아들들인 모디와 마그니도 나타나서 함께 살 것이다. 그들은 모두 함께 앉아 옛 이야기를 나눌 것이다. 억울하게 죽은 발드르도 헬에서 부활해 돌아올 것이다.

인간도 살아남았다.

오랫동안 회자되어 온 끔찍한 겨울이 사라지면
살아남는 자는 누구더냐?

리프와 리프트라시르가 호드미미르의 숲에 몸을 숨겨 살아남는다. 아침 이슬이 유일한 그들의 식량이며, 그들에게서 새 종족이 생겨난다.[175]

175 임한순, 최윤영, 김길웅 역, 『에다』, 서울대학교출판부, 2015. p.47.

리프와 리프트라시르(Lorenz Frølich 그림, 1895)

후기

벌써 몇 년 전 방현석 교수와 함께 『백 개의 아시아』라는 책을 펴냈다. 그때는 신화에 대한 관심이 막 샘솟던 때여서 두려움도 없었다. 허겁지겁 배워가면서 쓴 책이니 부족한 부분이 많았을 것이지만, 특히 그동안 갖고 있던 아시아에 대한 관심을 설화의 영역까지 넓힌다는 데 일종의 의무감마저 느꼈다. 다행히 반응이 좋았다. 나는 건강을 핑계로 본업인 소설 쓰기를 좀 더 뒷날로 미루어 놓은 다음, 다시 대상 지역을 넓혀 나갔다. 파고들면 들수록 오묘하고 신나는 신화의 세계가 나를 유혹했다. 결국 이렇게 또 사고를 치고 말았다. 스토리텔링의 관점에서 세계 신화를 바라본다는 기본 취지만이라도 이해해 주시기를 바랄 뿐이다. 인간의 우주란 곧 이야기의 우주이며, 그렇기 때문에 인간이 존재하는 한 이야기의 바깥 같은 건 없다. 이 자리를 빌려, 새삼 이런 사실을 깨닫게 해준 도정일 선생님께 감사드린다.

처음 집필을 시작할 때 장난처럼 '꽃보다 신화'라고 가제를 붙여놓았다. 이제 막상 책으로 펴내려 하니 그 제목이 얼마나 오만한지 스스로 부끄럽다. 신화와 꽃이 어떻게 연결될지는 모르지만, 적어도 어느 한쪽이 다른 한쪽을 밀쳐내지는 않을 거라 생각해서 감히 용기를 낸다. 왜냐하면 이 책이 말하려는 신화는 이미 중심과 다수를 넘어 주변과 소수에도 관심을 기울이는 공생의 그것이기 때문이다.

들판의 꽃들이 그렇지 아니한가.

2017년 11월 20일
신화의 세계로 떠난 엄마가 그리운 새벽에
김남일

그림 출처

마야 신화-쌍둥이 영웅
https://es.wikipedia.org/wiki/Ixbalanqu%C3%A9#/media/File:Hero_Twins.JPG

마야 신화 공놀이
https://en.wikipedia.org/wiki/Mesoamerican_ballgame#/media/File:Maya_Vase_Ballplayer.png

크로노스
https://en.wikipedia.org/wiki/Cronus#/media/File:The_Mutiliation_of_Uranus_by_Saturn.jpg

마르둑
https://en.wikipedia.org/wiki/Marduk#/media/File:Marduk_and_pet.jpg

중국 싼싱두이 유적에서 발굴된 청동 종목인상
https://zh.wikipedia.org/wiki/%E4%B8%89%E6%98%9F%E5%A0%86%E9%81%97%E5%9D%80#/media/File:Sanxingdui_Oct_2007_557.jpg

아트라하시스
https://en.wikipedia.org/wiki/Atra-Hasis#/media/File:Bm-epic-g.jpg

하이누웰레
https://en.wikipedia.org/wiki/Hainuwele#/media/File:XRF-Hainuwele.jpg

잘과 시무르그
https://en.wikipedia.org/wiki/Simurgh#/media/File:SchoolOfTabriz3.jpg

야마타노 오로치를 무찌르는 스사노오
https://ja.wikipedia.org/wiki/%E3%82%B9%E3%82%B5%E3%83%8E%E3%82%AA#/media/File:Dragon_Susanoo_no_mikoto_and_the_water_dragon.jpg

명궁 아르주나
https://en.wikipedia.org/wiki/Arjuna#/media/File:The_Swayamvara_of_Panchala%27s_princess,_Draupadi.jpg

발리의 죽음
https://en.wikipedia.org/wiki/Vali_(Ramayana)#/media/File:Brooklyn_Museum_-_Vali_and_Sugriva_Fighting_Folio_from_the_Dispersed_%27Shangri_Ramayana%27.jpg

테티스와 아킬레우스
https://en.wikipedia.org/wiki/Achilles#/media/File:Peter_Paul_Rubens_181.jpg

지그프리트
https://en.wikipedia.org/wiki/Siegfried_(opera)#/media/File:Ring45.jpg

쿠훌린
https://en.wikipedia.org/wiki/C%C3%BA_Chulainn#/media/File:Cuinbattle.jpg

북미 신화의 트릭스터 코요테
https://en.wikipedia.org/wiki/Trickster#/media/File:Coyoteinacanoe.png

경배를 받는 이시스(런던 이집트고고학 박물관 소장)
https://en.wikipedia.org/wiki/Isis#/media/File:Stela_showing_%22Isis_the_Great_
Goddess%22_sitting_and_holding_a_was-sceptre._A_man,_the_head_of_necropolis_
workers,_adores_her._From_Egypt,_Middle_Kingdom._The_Petrie_Museum_of_
Egyptian_Archaeology,_London.jpg

아니의 파피루스
https://en.wikipedia.org/wiki/Book_of_the_Dead#/media/File:Bookofthedeadspell17.jpg

심장계량(후네퍼 파피루스)
https://en.wikipedia.org/wiki/Book_of_the_Dead#/media/File:Weighing_of_the_
heart3.jpg

황금가지(터너의 그림)
https://en.wikipedia.org/wiki/The_Golden_Bough#/media/File:Golden_bough.jpg

히틀러가 구상했던 세계수도 게르마니아 모형
https://de.wikipedia.org/wiki/Welthauptstadt_Germania#/media/File:Bundesarchiv_
Bild_146III-373,_Modell_der_Neugestaltung_Berlins_(%22Germania%22).jpg

아이누의 이오만테
준비
https://ja.wikipedia.org/wiki/%E3%82%A4%E3%82%AA%E3%83%9E%E3%83%B3
%E3%83%86#/media/File:Brooklyn_Museum_-_Ezo_Shima_Kikan_3_of_a_set_of_
three_scrolls.jpg
곰을 끌고 오는 장면
https://ja.wikipedia.org/wiki/%E3%82%A4%E3%82%AA%E3%83%9E%E3%83%B3
%E3%83%86#/media/File:Brooklyn_Museum_-_Local_Customs_of_the_Ainu.jpg
곰을 잡는 장면
https://ja.wikipedia.org/wiki/%E3%82%A4%E3%82%AA%E3%83%9E%E3%83%B3
%E3%83%86#/media/File:Sacrifice_of_a_bear_(10795600014).jpg
곰신에게 제를 올리는 장면
https://ja.wikipedia.org/wiki/%E3%82%A4%E3%82%AA%E3%83%9E%E3%83%B3
%E3%83%86#/media/File:AinuBearSacrificeCirca1870.jpg

라그나로크(Friedrich Wilhelm Heine 그림, 1882)
https://upload.wikimedia.org/wikipedia/commons/f/fd/Kampf_der_untergehenden_
G%C3%B6tter_by_F._W._Heine.jpg

라그나로크(Emil Doepler 그림, 1905)
https://en.wikipedia.org/wiki/Ragnar%C3%B6k#/media/File:Ragnar%C3%B6k_by_
Doepler.jpg

리프와 리프트라시르(Lorenz Fr lich 그림, 1895)
https://en.wikipedia.org/wiki/L%C3%ADf_and_L%C3%ADf%C3%BErasir#/media/
File:L%C3%ADf_and_L%C3%ADfthrasir_by_Lorenz_Fr%C3%B8lich.jpg

〈아시아 클래식〉을 펴내며

하루 종일 우리는 인터넷과 신문, 방송 등을 통해서 무수한 정보를 주고받는다. 그럼에도 우리는 늘 진정한 이야기에 목말라 한다. 그 까닭은, 백 년 전 발터 벤야민이 이미 말했듯이, 우리가 알게 되는 일들이 하나의 예외 없이 설명이 붙어서 전달되기 때문이 아닐까. 거기, 상상력이 설 자리는 없다.

"옛날 한 옛날에"로 시작되는 이야기는 한 순간이 아니라 모호해서 오히려 영원한 시간과 관련을 맺고 있다. "어느 마을에"로 시작되는 이야기의 공간 역시 아홉 시 뉴스의 특정 발화(發話) 지점하고는 상관이 없다. 그곳은 어디에도 없고 동시에 어디에나 있다.

그래서 우리는 이렇게 말할 수 있을 것이다.

"이야기는 미래의 모든 곳을 향해 열려 있다."

몽골의 한 소년이 초원을 초토화시킨 참혹한 조드(재앙)의 희생자가 된다. 아직 때가 아니라고 염라대왕이 돌려보내며 한 가지 선물을 준다. 소년은 뜻밖에도 '이야기'를 선택한다. 세상에 이야기가 생겨난 사연이다. 그리하여 바리공주부터 이난나까지, 손가락만한 일촌법사부터 산보다 큰 쿰바카르나까지, 엄마를 무시해서 돌이 된 말린 쿤당에서 두 어깨에서 매일 뱀이 자라는 폭군 자하크까지 크고 작은 이야기들이 나뉘고 또 섞이면서 아시아를 아시아답게 만들어왔다.

우리 현실은 충분히 추하지만, 그래도 아시아의 광대한 설화의 초원에서 새삼 희망을 읽는다. 오늘 밤 우리가 꾸는 꿈이 부디 그 증거이기를!

김남일

1957년 수원에서 태어났다. 한국외국어대학교 네덜란드어과를 졸업하고 1983년 『우리 세대의 문학』을 통해 작품 활동을 시작했다. 지은 책으로 장편소설 『청년일기』『국경』『천재토끼 차상문』, 창작집 『일과 밥과 자유』『천하무적』『세상의 어떤 아침』『산을 내려가는 법』이 있으며, 산문집 『책』과 고전이야기 『전우치전』, 인물평전 『안병무 평전』등을 펴냈다. 아름다운작가상, 제비꽃문학상 등을 수상하고 2012년 권정생 창작기금을 받았다. 특히 아시아에 관심이 많아 '베트남을 이해하려는 젊은 작가들의 모임'을 만들었고, '한국-팔레스타인을 잇는 다리', '아시아문화네트워크' 등에서 활동했다. 신화와 관련해서는, 『백 개의 아시아』(공저), 『스토리텔링 하노이』(공저), 『아시아 신화여행』(공저), 어린이용 인도 서사시 『라마야나』 등을 펴냈다.

꽃처럼 신화

2017년 11월 30일 초판 펴냄

지은이 김남일 | **펴낸이** 김재범
편집장 김형욱 | **편집** 신아름 | **관리** 강초민, 홍희표 | **디자인** 나루기획
인쇄·제본·종이 AP프린팅

펴낸곳 (주)아시아 | **출판등록** 2006년 1월 27일 | **등록번호** 제406-2006-000004호
전화 02-821-5055 | **팩스** 02-821-5057 | **이메일** bookasia@hanmail.net
주소 경기도 파주시 회동길 445(서울 사무소: 서울시 동작구 서달로 161-1 3층)
홈페이지 www.bookasia.org | **페이스북** www.facebook.com/asiapublishers

ISBN 979-11-5662-334-2 04800
      978-89-94006-53-6(세트)

*값은 뒤표지에 표시되어 있습니다.
*한국출판문화산업진흥원의 출판콘텐츠 창작자금을 지원받아 제작되었습니다.

이 도서의 국립중앙도서관 출판시도서목록(CIP)은 서지정보유통지원시스템 홈페이지(http://seoji.nl.go.kr)와 국가자료공동목록시스템(http://www.nl.go.kr/kolisnet)에서 이용하실 수 있습니다.(CIP 제어번호: CIP2017030687)